마니석, 고요한 울림

마니석, 고요한 울림

초판 1쇄 발행 2018년 10월 15일

지은이 페마체텐
옮긴이 김미헌
펴낸이 강수걸
편집장 권경옥
편집 이은주 윤은미 정선재 강나래
디자인 권문경 조은비
펴낸곳 산지니
등록 2005년 2월 7일 제333-3370000251002005000001호
주소 부산시 해운대구 수영강변대로 140 BCC 613호
전화 051-504-7070 | 팩스 051-507-7543
홈페이지 www.sanzinibook.com
전자우편 sanzini@sanzinibook.com
블로그 http://sanzinibook.tistory.com

ISBN 978-89-6545-563-9 03820

* 책값은 뒤표지에 있습니다.
* 이 도서의 국립중앙도서관 출판예정도서목록(CIP)은 서지정보유통지원시스템 홈페이지(http://seoji.nl.go.kr)와 국가자료공동목록시스템(http://www.nl.go.kr/kolisnet)에서 이용하실 수 있습니다.(CIP제어번호: CIP2018031463)

마니석, 고요한 울림

페마체덴 지음 · 김미헌 옮김

산지니

차례

마니석 고요한 울림

이튿날 활불은 근처 사원에서 라마 일곱 분을 초청해 칠일 밤낮 동안 대대적으로 경을 읊었다.
조각공 노인은 다시는 르싸네의 꿈에 나타나지 않았다. 가끔 달이 아주 크고 아주 둥글고 유달리 밝게 빛나는 어두운 밤에, 르싸네가 술에 취해 집으로 돌아올 때면, 이따금 저 멀리서 누군가 마니석을 두드리는 소리를 들을 수 있었다. 가사 없는 민요처럼 고요한 울림이었다.

르싸네洛桑는 그야말로 술고래였다. 한 달에 거의 스무 날은 취해 지낸다.

어머니가 돌아가신 날도 술에 취해 있었다. 르싸네의 어머니는 한 달 전 어느 오후 갑자기 돌아가셨다. 아무런 조짐도 없었다. 점심에도 쑤요참바를 큰 그릇으로 드셨다.

르싸네의 아내 도옴桑姆은 그런 시어머니께 너무 먹지 말라며 노인이 많이 먹으면 소화하기 힘들다고 얼렀다. 어머니는 되레 버럭 성을 내셨다.

"지금 내 나이가 몇인데! 얼마나 더 살지도 모르는데 먹을 수 있을 때 먹어야지!"

그렇게 쑤요참바 한 그릇을 다 비우고 또 차 한 대접을 마셨다. 그러더니 노곤하다시며 침대에 누워서 쿨쿨 잠이 들었고 다시는 깨어나지 못했다.

르싸네 어머니가 죽은 뒤 노인들은 농담으로 말했다.

"저 노인네 배는 곯지 않고 세상 떴으니 그것도 복이라면 복이야."

르싸네의 아내가 후에 기억을 더듬어 말하길 어머니가 주무시러 가기 전에 르싸네를 찾으며 문득 한마디를 했다는 것이다.

"르싸네 이놈은 또 술 취해서 돌아다니는 게냐? 뭐 하느라 온종일 코빼기도 안 보여? 어쩜 그리 제 아비하고 똑같을꼬!"

이 말을 들은 르싸네는 자신이 불효를 저지른 것 같아 가슴이 아팠다. 하지만 르싸네가 더욱 괴로웠던 이유는 정말 기가 막히게도, 어머니가 돌아가실 때 진짜 취해 있었기 때문이다. 그 일 때문에 르싸네는 마을에서 또다시 웃음거리가 되고 말았다.

어머니 장례를 치르고 난 후, 르싸네는 거의 매일 술에 취해 지냈다. 술이 슬픔을 떨칠 수 있는 유일한 방법이라고 했다. 노인들은 엄지를 치켜세웠다.

"지금 네 놈 꼬락서니는 그야말로 명실상부 술고래인 네 아버지를 능가하는구나!"

르싸네는 그들이 뭐라 하든 괘념치 않았다.

아버지도 술에 환장하던 사람으로 결국 술에 빠져 죽었다.

아버지가 돌아가셨던 날도 생생하게 기억한다. 어느 겨울날 새벽이었다. 젊은 청년 몇 명이 꽁꽁 얼어붙은 아버지의 시체를 대문까지 옮겨 왔다. 아버지의 사지는 사방으로 쭉 뻗어 있었다. 그 때문에 아버지의 시체를 작은 대문 안으로 옮길 방법이 없었다. 그들은 하는 수 없이 시체를 문 앞에 두고 안에다 소리를 지르고는 그대로 가버렸다. 밖으로 나온 어머니는 굳은 시체를 보고 눈물을 흘리기는커녕 냉랭하게 말했다.

“이런 날이 올 거란 걸 진즉에 알았지. 오늘내일할 뿐이었어.”

얼음처럼 굳어버린 르싸네 아버지의 얼굴에 옅은 미소가 떤 것 같았다. 마치 하늘을 쳐다보며 웃고 있는 듯했다.

남편의 푸르죽죽한 웃는 얼굴을 눈을 크게 뜨고 보던 어머니는 몸을 돌려 집 안으로 들어가 버렸다.

그때 르싸네는 잠에 취해 있었다. 잔뜩 화가 난 어머니가 한참 자고 있던 그를 이불 밖으로 끌어냈을 때까지도 무슨 일이 벌어졌는지 전혀 알지 못했다. 어머니는 그를 문 앞까지 끌고 와 꽁꽁 언 아버지의 시체를 가리키며 이게 술을 퍼마신 자의 최후라고 차갑게 말했다. 르싸네는 아버지의 창백한 얼굴 위에 걸쳐진 미소를 보고 속으로 좀 우스웠다. 지금껏 그런 웃음을 본 적이 없기 때문이다. 그 미소는 그의 뇌리에 깊이 남았다. 나중에 아버지를 생각할 때마다 아버지의 기이한 미소가 떠올랐다.

아버지가 술을 먹고 죽었다는 얘기를 어머니께 듣고 나서야 두려움이 밀려왔다. 벌벌 떨며 아무 말도 할 수 없었고 울고 싶었지만 눈물도 나오지 않았다. 남몰래 앞으로 술은 절대 입에 대지도 않겠다고 속으로 다짐했다.

하지만 열여덟 살이 지나 르싸네는 술에 빠져들었고 명실상부한 술고래가 되었다. 그의 어머니는 그저 자기 팔자가 사납다고, 전생에 죄를 많이 지었다면서 한탄할 뿐이었다.

그날도 르싸네는 언제나처럼 대낮에 술친구 테엔젠丹增을 찾아가 저녁까지 술을 마셨다.

밤하늘에 달이 낮게 걸려 있었다. 아주 크고 둥근 달이었다. 르싸네와 테엔젠은 달빛 아래 얼큰하게 취해 콧노래를 불렀다. 그러다가 멈춰서 달을 향해 오줌을 갈기며 욕지거리를 내뱉기도 했다. 그 후 둘은 각자 집으로 돌아갔다.

르싸네는 집에 들어가자마자 신발을 벗어 던진 후 술기운에 아내의 이불 속을 파고들었다.

시끄러운 소리에 깬 아내는 이불 속에서 남편의 발을 걷어차며 욕을 퍼부었다.

"아이고, 이 술고래야!"

르싸네는 아내의 발을 끌어안은 채 이불 속으로 더욱 파고들며 희희낙락 웃었다.

"그래! 내가 술고래다! 이 별명 마음에 쏙 든다니까."

아침에 날이 밝자마자 르싸네가 눈을 떴다. 그러더니 뜬금없이 오묘한 말을 내뱉었다.

"어젯밤 달이 아주아주 크고 아주아주 동그랬어. 그리고 무지하게 밝았지!"

르싸네의 아내가 말했다.

"그게 뭐 어때서요? 보름달이 다 그렇죠!"

르싸네가 잠시 멈추더니 다시 입을 열었다.

"어제 달빛 아래서 누군가 마니석을 두드리는 소리를 들었어."

아내는 해장용 양고기 국을 가져와 그에게 건넸다.

"아직 술 덜 깼어요? 이거 먹고 얘기해요."

르싸네는 양고기 국을 한 입 먹고는 다시 말했다.

"분명히 들었어! 마니석 두드리는 소리였어! 엄청 고요해서 뚜렷이 들렸어!"

"어디서 들었는데요?"

"길에서. 집에 오는 길에서. 마니퇴* 쪽에서 소리가 들렸어."

아내는 그의 얼굴을 자세히 들여다보더니 매섭게 눈을 치뜨며 말했다.

"그럴 리가요. 조각공 어르신이 돌아가신 지 벌써 며칠이나 지난 걸요! 조각할 줄 아는 사람도 이제 없는데 누가 거기서 마니석을 두드려요!"

"어르신 돌아가신 건 나도 알지. 근데 진짜 들었다니까! 어르신 살아계실 때랑 똑같은 소리가 났어!"

"설마요!"

"뭐가 설마야? 내 양쪽 귀로 똑똑히 들었다는데, 뭐가 말이 안 돼!"

아내가 웃으며 말했다.

"당신 어제 집에 올 때, 무슨 개처럼 엄청 취해 있었어요."

"기억나. 당신이 나더러 술고래라고 욕도 했잖아."

"오락가락하는 줄 알았더니 기억하네요!"

르싸네는 양고기 국을 또 들이켜고는 뭔가 생각하더니 다시 입을 열었다.

"개처럼 취한 건 사실인데, 전부 기억나."

---

* 마니석이나 돌을 쌓아 올린 돌무더기

"설마요."

"나도 좀 이상하긴 해. 평소엔 술 마시면 아무것도 기억 안 나는데, 어젯밤 일은 정말 또렷이 기억난다니까."

아내가 쓴웃음을 지었다.

"뭐가 기억나는데요?

르싸네는 미소의 의미를 알아채고 자신도 비슷한 미소를 지어 보았다. 그리고 들고 있던 양고기 국을 깨끗이 비우고 말했다.

"됐어, 물어보지 마. 기억난다고. 전부 다!"

"맹세할 수 있어요?"

"난 원래 아무 때나 맹세하지 않아. 하지만 정말 다 기억나."

아내는 그저 웃기만 할 뿐 아무 말도 없었다.

르싸네도 그저 웃기만 할 뿐 아무 말도 하지 않았다.

아내는 다시 양고기 국을 한 그릇 떠 왔다. 여전히 쓴웃음을 지어 보이며 말했다.

"한 그릇 더 먹어요. 몸보신해야죠."

르싸네는 아무런 대꾸도 없이 평소 술 들이켜듯 양고기 국을 벌컥벌컥 마셨다.

아침이 되었지만, 먹구름에 둘러싸인 태양은 좀처럼 모습을 드러내지 않았다.

동쪽에서 거센 바람이 휑하니 불어오자 먹구름은 사라지고 태양이 나타났다. 사람들도 마을 중앙에 있는 공터로 모여들었다.

마을 사람들은 매일 모여 이런저런 새로운 이야깃거리를 나눈다. 먼저 간밤의 달이 화젯거리로 떠올랐다. 달 이야기가 나오자 다들 정말 크고 동그랗고 엄청 밝게 빛났다며 감탄을 연발했다.

그러자 르싸네가 어젯밤 달빛 속에서 마니석을 두드리는 소리를 들었다고 말했다.

사람들은 순식간에 집중했다. 하나둘씩 수군거리기 시작하더니 결국 대부분이 그 말이 거짓이라고 여겼다.

어떤 사람은 화를 씩씩 내며 소리쳤다.

"술고래가 하는 말을 어떻게 믿어!"

르싸네는 난감한 표정이 역력했다. 어쩔 줄을 몰라 하다가 결국 진짜라고 맹세를 했다.

맹세까지 했지만, 사람들은 믿지 않았다.

르싸네는 간밤에 함께 집에 갔던 술친구 테엔젠이 인파 속에서 웃고 있는 걸 발견하고는 그를 뚫어지게 노려봤다.

그제야 테엔젠의 얼굴에 있는 시퍼런 멍이 눈에 들어왔고, 멍 때문에 웃는 건지 아닌 건지 좀처럼 분간하기 힘들었다. 순간 아버지가 돌아가셨을 때 웃고 계셨던 얼굴이 떠올라 조금 긴장됐다. 당황한 르싸네가 물었다.

"얼굴이 왜 그래?"

테엔젠이 말했다.

"나도 모르겠어. 아침에 일어나니까 마누라가 내 얼굴 오른쪽이 시퍼렇게 멍들었다고 하는 거야. 그래서 거울을 봤더니 아니나 다를까 정말 심하더라."

르싸네가 말했다.

"정말 알다가도 모를 일이네. 그래도 살아 있어서 다행이다."

테엔젠이 르싸네의 얼굴을 쳐다보며 말했다.

"무슨 소리야?"

르싸네는 한참 있다가 반응했다.

"아, 아무것도 아니야."

테엔젠은 눈을 흘기며 말을 이었다.

"네가 간밤에 이렇게 만든 거 아냐?"

"그럴 리가. 어젯밤 일 전부 다 기억해."

"그래?"

르싸네는 웃었다. 하지만 여전히 진지한 모습이었다.

"그렇다니까."

테엔젠이 말했다.

"못 믿겠는걸. 술 취해서 뭐라도 잘못 말하면, 너 맨날 내 오른쪽 얼굴 때렸잖아."

르싸네가 대답했다.

"근데 어제는 진짜 안 때렸어. 분명히 기억해."

테엔젠이 웃으며 말했다.

"그럼 어젯밤에 나 안 때렸다고 맹세해."

르싸네는 두 손을 모아 합장을 하고는 눈을 감았다.

"맹세합니다!"

테엔젠은 시퍼렇게 멍든 얼굴을 만지며 말했다.

"알았어, 이제 믿을게. 길에서 자빠져서 어디 돌부리에 부딪쳤나 봐."

르싸네는 테엔젠의 말은 듣지도 않고 옆에서 이상한 눈빛으로 자신을 쳐다보는 사람들을 보며 말했다.

"근데 다들 내 말을 안 믿잖아."

테엔젠은 얼른 마을 사람들에게 르싸네를 두둔하며 말했다.

"르싸네는 평소 허투루 맹세하지 않아요. 맹세했다는 건 절대 거짓말이 아니라는 거예요. 그러니 다들 믿으세요."

사람들은 계속 손사래를 치며 고개를 저었다.

테엔젠도 갑자기 뭔가 의아한 듯 르싸네를 노려보며 말했다.

"어제 분명 우리 같이 집에 갔지? 난 아무 소리도 못 들었는데 넌 어떻게 들었어?"

"달 기억나? 아주 커다랗고 아주 둥글고 유난히 밝던 달 말이야."

"기억나지. 지금까지 살면서 그렇게 크고, 그렇게 둥글고, 그렇게 밝은 달은 처음 봤거든."

"그럼, 달 보면서 네가 뭐라고 했는지도 기억나?"

테엔젠은 조금 머쓱해 하며 대답했다.

"그건 기억 안 나."

르싸네가 말했다.

"네가 그랬잖아. '달님, 달님, 꼭 우리 마누라 얼굴처럼 아름답네요.'라고"

몇 사람이 테엔젠을 보며 킥킥거리고 웃었다.

테엔젠은 민망했는지 서둘러 말했다.

"알았어, 알았으니까 이제 그만 말해."

르싸네는 테엔젠을 노려봤다.

테엔젠은 다시 진지하게 말했다.

"근데 난 마니석 두드리는 소리는 정말 못 들었어."

르싸네도 사뭇 진지했다.

"너 방금 내가 맹세하는 거 봤잖아. 내가 술고래긴 해도 한 번도 부처님을 두고 장난친 적 없어. 난 부처님께 맹세한 거라고."

테엔젠은 잠시 뭔가 생각하더니 고개를 끄덕이며 아주 정중하게 대답했다.

"그건 그래."

르싸네는 그제야 테엔젠에게서 시선을 돌려 다른 사람들의 얼굴을 살폈다. 자신을 보는 사람들의 눈빛이 애매해서 정확한 의미를 파악할 수 없었다.

이때, 염소수염을 한 어떤 노인이 입을 열었다.

"르싸네가 술고래긴 하지만 지금껏 함부로 맹세하는 걸 본 적이 없어."

그는 마을 사람들이 아니라 앞쪽의 어떤 곳을 보며 엄숙한 표정으로 말했다.

사뭇 진지한 표정이 염소수염과 대조되어 우스꽝스러워 보였다.

르싸네는 염소수염 노인의 그런 모습을 보자 웃음이 터졌다.

그러자 노인은 고개를 돌려 르싸네의 얼굴을 보며 말했다.

"이 술고래 자식! 뭐가 웃겨! 지금 네 역성 들어주는 거 안 보여!"

다른 사람들도 계속해서 르싸네를 쳐다봤다. 다들 진지한 표정이었다.

르싸네는 얼른 엄숙한 표정을 짓고는 고개를 끄덕였다. 얼굴에서 미소가 묻어났다.

다른 사람들도 엄숙한 표정을 짓고는 고개를 끄덕이더니 곧 소리 내 웃기 시작했다.

르싸네는 웃음을 멈추고 말했다.

"대체 내 말을 믿는 거예요, 안 믿는 거예요?"

사람들 모두 르싸네를 쳐다보며 의미심장하게 웃고 있었다. 염소수염 노인도 이상한 표정으로 속을 알 수 없는 웃음을 지어 보였다.

르싸네는 화가 났다. 얼굴이 순식간에 붉게 달아오르더니 목까지 시뻘게졌다.

"정말 다들 이상한 사람들이네요. 맹세까지 했는데도 못 믿는 겁니까?"

사람들은 여전히 웃고 있었다. 웃음소리도 들렸다.

르싸네는 조금 조바심이 났다.

"내가 진짜 마니석 두드리는 소리를 들었다니까요. 저 산 위 마니퇴에서 소리가 들렸다고요. 우리 마누라한테도 말했는데, 결국 마누라는 믿어줬어요."

누군가 웃기 시작했다.

"어이구, 조각공 어르신 화장해서 마니퇴 주변에 뿌린 게 언젠데!"

르싸네가 말했다.

"그건 나도 알아요."

염소수염 노인이 말했다.

"그런데도 터무니없는 소리 할 거야?"

르싸네가 말했다.

"터무니없는 말 아니에요. 또 맹세할 수 있어요."

테엔젠이 말했다.

"맹세하지 마. 그래 봤자 다들 안 믿어."

르싸네가 말했다.

"어째서?"

테엔젠이 말했다.

"네가 술고래라서 그래."

화가 난 르싸네가 말했다.

"쳇, 싫으면 믿지 말라지."

염소수염 노인은 한심하다는 듯 르싸네를 쳐다보며 웃었다.

"넌 정말 인내심이라곤 눈곱만큼도 없구나. 어떻게 해야 사람들이 네 말을 믿을까 고민하고 있었는데, 이렇게 참을성 없이 행동하는 걸 보니 내가 괜한 고민을 한 거 같다."

다른 사람들도 비웃는 눈빛으로 그를 쳐다봤다.

르싸네는 테엔젠에게 말했다.

"이 사람들 정말 이상하네. 믿기 싫으면 말라고 해."

테엔젠이 말했다.

"맞아, 뭘 모르는 사람들하고 시시콜콜 따질 필요 없어."

르싸네는 잠시 뭔가 생각하더니 다시 입을 열었다.

"가자. 마니퇴 쪽에 가서 좀 살펴보자."

테엔젠은 별로 내키지 않아 보였지만 하는 수 없이 그의 뒤를 따랐다.

사람들은 두 사람이 떠나는 뒷모습을 바라보며 웃었다.

두 사람이 마니퇴 쪽으로 걸어가고 있을 때, 앞에서 양 몇 마리가 사람이 오든 말든 신경쓰지 않고 건들거리며 느릿느릿 걸어가고 있었다. 마니퇴 근처에 다다랐을 때, 양 한 마리가 멈춰 서더니 마니석 위에 오줌을 쌌다.

그 모습을 본 르싸네는 뛰어가 발로 양을 걷어차고 욕을 퍼부었다.

"아무리 세상이 말세라지만, 이젠 짐승까지도 법도를 숭상할 줄 모르네! 이런 지옥에 떨어질 짐승아! 감히 신성한 마니석에 오줌을 싸!"

영문도 모른 채 르싸네에게 발길질을 당한 양은 고개를 돌려 르싸네를 한 번 노려보고는 오줌을 계속 질질 흘리면서 비틀거리며 앞으로 걸어갔다. 흙길 위에는 오줌을 따라 이상한 그림이 생겼고 그걸 본 르싸네는 별의별 생각이 다 들었다.

앞서가던 양 몇 마리가 멈춰 서더니 고개를 돌려 그 양을 비웃기라도 하듯 쳐다봤다. 그 상황을 보고 있던 테엔젠도 큰 소리로 웃기 시작했다.

르싸네는 양이 오줌 싼 마니석을 들어 올려 살펴보고는 소매로 오줌을 닦아내며 욕을 퍼부었다.

“이것 좀 봐. 조각공 어르신이 안 계시니까 이런 짐승까지도 신성한 마니석을 무시하네.”

그 마니석에는 불상 한 점이 새겨져 있었다. 아주 장엄한 모습이었다.

르싸네는 다시 소매로 마니석을 잘 닦은 후, 옆에 있는 마니퇴 위에 올려놓았다. 두 손으로 합장하고 예를 올린 르싸네 얼굴에서 미소가 피어올랐다.

테엔젠도 미소를 지으며 르싸네의 웃는 모습을 바라봤다.

좀 전의 양들은 흔들거리며 진작에 저 멀리 걸어갔다.

두 사람은 조각공 어르신이 평소 마니석을 새기던 곳에 도착했다. 그곳은 마치 아무것도 존재하지 않았던 것처럼 텅 비어 있었다.

조각공 어르신의 죽음은 사실 갑작스러웠기에 아무도 예상하지 못했다.

조각공 어르신이 돌아가신 걸 제일 먼저 발견한 사람은 양몰이꾼이었다. 그날 양몰이꾼은 자신의 양 떼를 몰아 양 우리로 가고 있었다. 마니퇴 옆으로 난 작은 길을 지날 때, 주변의 공기가 평소와 다르단 걸 느꼈다. 당시에는 어떤 느낌인지 알 수 없어서 그냥 계속 앞으로 걸어갔다. 그러다 조각공 어르신이 마니석 벽 한쪽에 기대 있는 것을 보았지만 그저 잠이 드신 줄만 알았다고 했다. 양 떼가 어르신 곁을 지나는데도 어르신은 여전히 미동도 없었다. 그때 조각공 어르신이 돌아가셨다는 것을 알아차릴 수 있었다고 한다.

양몰이꾼의 어머니도 어르신처럼 마당 벽에 기댄 채, 조금도 움직이지 않는 모습으로 돌아가셨던 게 떠올랐다고 말이다. 그리고 바로 공기 중에 가득 차 있던 죽음의 기운을 느낄 수 있었다고 말했다. 어머니가 돌아가셨을 때도 그런 기운이 가득했다는 것을 분명히 기억한다고 했다.

조각공 노인은 자식도 친척도 없었기에 마을 사람들이 대신 장례를 치러줬다. 단출하면서도 장중했다. 사원의 활불께서도 직접 오셔서 조각공 노인을 제도하는 경을 읊어주었다.

그날 르싸네는 술도 마시지 않고 조각공 노인이 작업하던 돌무더기 속에서 무언가를 찾고 있었다. 그의 술친구 테엔젠도 술을 마시지 않았다. 테엔젠이 물었다.

"뭐 찾아?"

르싸네가 대답했다.

"아무것도 아니야."

이렇게 대답한 후 르싸네는 돌무더기 속에서 돌 하나를 집어 들어 자세히 살펴보았다. 그 모습을 본 테엔젠이 다시 물었다.

"그게 뭐야?"

"부탁드렸던 마니석인데 애석하게도 완성하지 못했어. 두 글자밖에 못 새겼어."

"뭐라고?"

"사실 내가 아니라 돌아가신 어머니께서 부탁하신 거야."

테엔젠이 다가와 르싸네의 얼굴과 손에 쥔 마니석을 번갈아 쳐다봤다. 그리고 물었다.

"그게 대체 무슨 말이야?"

르싸네는 한숨을 내쉬며 말했다.

"에이, 십여 일 전쯤에 어머니가 꿈에 나타나신 거야. 조각공 어르신께 가서 어머니를 위해 육자진언*을 새겨주십사 부탁하라고 시키셨어."

"아, 그랬구나. 근데 이젠 어쩔 수 없네. 이제 마니석을 조각할 수 있는 사람이 더는 없잖아."

"에잇, 사실 마니석은 어머니가 아니고 아버지를 위한 거야. 돌아가신 어머니가 몇 번이고 꿈에 나와서는 아버지가 자꾸 귀찮게 하신다는 거야. 아버지가 돌아가셨을 때, 라마들 모시고 며칠 경을 읊는 것도 안 해줘서 아버지가 크게 상심했다고 그러셨대. 당시엔 사정이 좋지 않아서 정말 슬프게도 법사를 할 수 없었는데, 지금 생각해보니 그게 마음에 걸린다고 하셨어. 그래서 조각공 어르신께 부탁해서 돌아가신 아버지를 위해 육자진언을 새겨 달라고 말씀하신 거지."

테엔젠은 어리둥절한 표정으로 그를 보며 말했다.

"뭔가 복잡한 얘기네."

르싸네가 말했다.

"안 복잡해. 이게 다야. 하지만 완성하지 못했지."

테엔젠은 계속 어리둥절한 표정을 짓고 있었다.

* 관세음보살의 진언으로 '옴 마니 파드메 훔'을 말한다

그 당시 르싸네는 그를 신경 쓰지 않고 완성하지 못한 마니석을 옆에 있는 마니퇴 위에 올려놓았다.

르싸네는 바로 그 마니석을 바닥에서 집어 들었다. 기억이 조금 가물거리긴 하지만, 이 마니석을 마니퇴 위에 올려놓은 건 똑똑히 기억하는데, 어떻게 바닥에 떨어져 있는 건지 영문을 알 수 없었다. 아마 어떤 양몰이꾼이 떨어뜨렸으리라 생각했다.

그는 마니석을 집어 들고 자세히 살펴봤다. 자신이 조각공 어르신께 부탁했던 마니석이 확실했다. 다만 마니석에는 한 글자가 더 새겨져 있었다. 육자진언의 세 번째 글자였다.

그는 마니석을 테엔젠에게 보여주면서 한 글자가 더 늘었다고 말했다.

테엔젠이 말했다.

"말도 안 돼!"

"너 기억 안 나? 그날 너도 여기에 두 글자만 있던 거 봤잖아. 지금은 세 글자가 됐어."

"보긴 했지만 몇 글자였는지는 기억 안 나."

"그땐 두 글자밖에 없었어. 지금은 세 글자고."

테엔젠이 믿을 수 없다는 눈빛으로 쳐다보자 르싸네는 또다시 맹세했다.

르싸네가 맹세하자 테엔진은 곧바로 그 말을 믿었고, 당황하는 기색으로 주변을 살펴보며 말했다.

"정말이야? 그게 사실이라면 좀 이상해."

르싸네는 조금 전 마니석을 주운 곳에서 돌을 조각하는 도구인 정을 찾아 테엔젠에게 보여주었다.

테엔젠은 더욱 진지하게 말했다.

"이거 완전 이상해."

르싸네와 테엔젠은 마니석을 들고 활불이 계신 사원으로 들어갔다.

활불은 작은 체구지만 탄탄한 몸에 인자하고 선한 모습이었다. 저 멀리서 두 사람이 정문으로 들어오는 모습을 보고는 말했다.

"두 분 술 끊으려고 오셨습니까?"

두 사람은 활불 앞으로 다가가 고두를 세 번 올리고는 아무 말도 꺼내지 못했다.

활불은 미소를 지으며 말했다.

"두 분이 한시도 술을 놓지 못하는 것을 잘 알고 있습니다. 후에 진짜 끊을 생각이 드시거든 그때 다시 오십시오."

르싸네는 두 손으로 마니석을 올렸다.

"저희는 그것 때문이 아니라 이걸 보여드리려고 왔습니다."

활불은 마니석을 들어 올리고는 신기하다는 듯 보더니 물었다.

"이게 뭔가요?"

테엔젠이 얼른 대답했다.

"린포체*여, 우리 마을에 기이한 일이 생겼습니다."

---

* 티베트 불교의 영적 지도자

활불이 눈이 휘둥그레져 그를 쳐다봤다.

르싸네도 고개를 들어 활불의 얼굴을 바라봤다.

활불이 물었다.

"무슨 일입니까?"

르싸네는 얼른 고개를 숙이고 말을 이었다.

"간밤에 제가 술에 취해 집에 돌아가는 길에 누군가 마니석을 두드리는 소리를 들었습니다."

활불이 물었다.

"그리고요?"

르싸네가 말을 이었다.

"그리고 오늘 아침이죠. 오늘 아침에 이 일을 마을 사람들에게 말했더니 아무도 믿지 않는 겁니다. 제가 맹세까지 했는데도요."

"쉽게 맹세하는 건 좋지 않아요. 그건 죄를 짓는 겁니다."

"사람들이 믿게 하려고 맹세한 거예요. 평소에는 아무 때나 맹세하지 않습니다."

활불은 그의 얼굴을 쳐다보며 아무 말도 하지 않았다.

르싸네의 친구 테엔젠도 활불의 얼굴을 쳐다보고 있었다.

활불이 테엔젠을 보며 물었다.

"간밤에 두 분이 같이 계셨습니까?"

테엔젠이 대답했다.

"네, 함께 있었습니다."

"그럼 그 소릴 들으셨습니까?"

"아니요. 전 아무 소리도 못 들었어요."

활불은 다시 르싸네를 쳐다봤다.

르싸네는 조금 억울하다는 표정을 지었다.

"제가 다시 맹세라도 할까요?"

활불은 고개를 저으며 뜻밖의 말을 했다.

"아니요. 제가 아무 때나 맹세하는 건 좋지 않다고 하지 않았습니까? 그리고는요?"

르싸네는 신이 나서 테엔젠에게 말했다.

"이것 봐. 활불께서 내 말을 믿기 시작했어."

테엔젠도 말했다.

"난 처음부터 믿었는걸."

활불은 테엔젠을 무시하고 계속 르싸네를 보며 말했다.

"맹세하지 않아도 된다는 게 믿는다는 말은 아닙니다. 어쨌든, 그리고요?"

르싸네가 말을 이었다.

"우리는 바로 마니퇴가 있는 곳으로 가서 이 돌을 찾았습니다."

테엔젠이 말했다.

"맞아요. 우리 둘이 같이 찾았어요. 근데 좀 이상한 거 같아요."

활불은 여전히 테엔젠의 말은 듣지 않고 계속 곁눈질로 르싸네의 얼굴을 훑어봤다.

르싸네는 그제야 정색하며 말했다.

"돌에 글자 하나가 늘었어요. 제가 분명히 기억하는데 조각공 어르신이 돌아가셨을 때 여기엔 두 글자밖에 없었거든요. 근데 지금은 세 글자가 되었어요. 정말이에요. 맹세해요!"

활불은 다시 돌을 자세히 살펴보더니 돌 위의 글자를 만져보았다.

르싸네와 테엔젠은 숨을 죽인 채 활불의 얼굴을 빤히 쳐다봤다.

활불이 말했다.

"그런 사연이 있었군요. 여기 새겨진 글자가 참으로 아름답습니다. 하나 이게 사실이라면 문제가 심각합니다."

르싸네와 테엔젠은 고개를 들어 활불을 쳐다봤다.

"이 노인은 무언가에 얽매여 구천을 떠돌며, 아직도 이 세상을 떠나지 못하고 있는 게 분명합니다."

르싸네와 테엔젠은 그림 속 인물처럼 눈도 깜박이지 않았다.

활불은 조금 실망한 듯 말했다.

"보아하니 내가 조각공 노인을 위해 했던 제도*는 큰 효과가 없었나 봅니다."

르싸네와 테엔젠은 여전히 그림 속 인물처럼 미동도 없었지만, 눈은 아주 빨리 깜박였다.

활불이 말을 이었다.

"얼른 다시 제도하지 않으면 안 됩니다. 만귀로 변해 마을에 큰 화라도 입히게 되면 그때는 문제가 정말 심각해집니다."

르싸네와 테엔젠은 다시 한 번 눈을 깜빡거리더니 입을 열었다.

"세상에, 이렇게 큰일인 줄은 전혀 몰랐어요."

---

* 중생을 구제하여 열반의 언덕으로 건너게 함

활불은 심각하게 말했다.

"내일 꼭 라마들을 소집해 법사*하겠습니다. 노인을 잘 제도해야지요."

르싸네와 테엔젠이 말했다.

"린포체 말씀 따르겠습니다."

활불은 내일 법제도 할 때 사용해야 한다며 마니석을 놓고 가라고 했다. 르싸네는 조금 망설였지만 마니석을 그곳에 두고 왔다.

이날 르싸네는 술 한 모금 마실 시간도 없었다. 집에 돌아오자 아내가 깜짝 놀라 물었다.

"와, 웬일로 술 안 마셨어요? 오늘 해가 서쪽에서 뜬 건 아니죠?"

르싸네는 이 말에 대꾸하지 않고 오늘 있었던 일을 하나도 빠짐없이 말했다.

아내는 얘기를 다 듣더니 입이 떡 벌어져서는 "어머나!" 하고 소리를 질렀다.

아내가 저녁밥을 차려줬지만, 그는 생각이 없었다. 몸을 일으켜 대문 밖으로 나갔다.

달빛이 마치 어젯밤처럼 밝게 빛났다. 르싸네는 달을 올려다보고는 마니석이 있는 곳을 향해 귀를 쫑긋 세웠다. 한참을 귀 기울였지만 아무 소리도 들리지 않았다. 조금 이상하다는 생각이

---

* 불가에서 행하는 모든 일

들어 다시 집 안으로 돌아와 아내에게 말했다.

"이상하네, 오늘 저녁엔 왜 마니석 두드리는 소리가 안 들리지?"

아내가 말했다.

"어젯밤에도 안 들린 거 아니에요? 당신이 환청을 들었을 수도 있어요."

르싸네는 아내를 노려봤다.

"당신도 날 못 믿어? 너무하는군!"

말을 하고는 자리에 눕더니 바로 잠이 들었다. 금세 드르렁거리며 코 고는 소리가 들려왔다.

이튿날, 르싸네는 아침 일찍 잠에서 깼다.

아내가 아침을 차려줬지만 먹지 않고 활불을 보러 가야 한다고 말했다.

아내는 맑은 차를 한 잔 따라주었다. 그는 한 모금 마시더니 몸을 일으켜 외투를 걸치고 나갈 채비를 했다.

아내가 이렇게 일찍 뭐하러 활불을 만나러 가느냐고 물었더니, 그는 꿈을 꿨다고 대답했다. 아내가 무슨 꿈이냐고 다시 물어봤지만, 그는 듣지 못한 듯 그대로 나가버렸다.

르싸네는 혼자 아침 일찍 활불을 찾아갔다. 마침 불당에서 경을 읊고 있던 활불은 그가 들어오는 모습을 보고 잠시 멈췄다.

"또 어쩐 일로 오셨습니까?"

"린포체여, 제가 간밤에 꿈을 하나 꿨습니다."

"꿈이요? 어떤 꿈입니까?"

"꿈에 조각공 어르신이 나타나 제게 말씀하셨습니다. 그 마니석은 제 어머니가 하도 독촉을 해서 새긴 것이라고요. 어르신이 돌아가신 후에도 저희 어머니께서 끊임없이 찾아오는 바람에 편히 쉬지도 못해서 어쩔 수 없이 전부 완성하기로 약속하셨답니다. 그러시면서 라마를 불러 법제도를 하시는 걸 멈춰달라고 린포체께 부탁하라고 하셨습니다. 마니석에 글을 다 새기면 꼭 왕생하겠노라 말씀하셨어요."

활불은 이야기를 끝까지 귀 기울여 들었다.

"이 노인은 여전히 선량한 본성을 지닌 것 같습니다."

"네, 맞습니다. 그러니 라마를 불러 제도하는 걸 미뤄주세요."

"만일 노인이 만귀로 변해 마을에 해를 입히기라도 하면 그때는 정말 처리하기 힘들어집니다."

르싸네는 웃으며 말했다.

"조각공 어르신도 활불께서 그렇게 말씀하실 거라고 예상하셨습니다."

활불은 눈을 크게 뜨며 그를 쳐다봤다.

"그래요? 그래서 뭐라고 하던가요?"

르싸네가 말했다.

"조각공 어르신께서 말씀하시길, 평생 수많은 마니석을 조각하면서 그렇게 많은 덕을 쌓았으니 이제 와서 어떻게 한다 한들 만귀로 변해 마을에 해를 입히지는 않을 거라고 하셨어요."

활불은 웃으며 말했다.

"이 노인은 죽어서도 오히려 큰소리군요!"

"그러니 라마를 불러 경을 읊지 말아주세요."

활불이 말했다.

"하나 라마는 진작에 불렀습니다. 지금쯤이면 벌써 마니퇴가 있는 곳으로 가고 있을 거예요."

"그러시면 절대 안 돼요. 만일 조각공 어르신이 자신의 염원을 이루지 못한다면 진짜 만귀로 변해 마을에 해를 입힐지도 모른다고요."

"그런 것은 제압할 수가 있으니 두렵지 않습니다만, 어쨌든 취지가 좋으니 사람을 보내 라마들을 돌려보내도록 하겠습니다."

"린포체여, 감사합니다. 정말 감사합니다!"

"그럼 조각공 노인에게 잘 새기라고 전해주세요. 시간 너무 오래 끌면 안 된다고 꼭 일러두시고요."

르싸네는 움직이지 않고 가만히 서서 웃으면서 활불을 쳐다봤다.

활불이 말했다.

"또 할 말이 있으십니까?"

르싸네가 말했다.

"여기에 있는 마니석은 제가 다시 마니퇴가 있는 곳에 갖다 두겠습니다."

"아, 그렇군요. 가져다 드리겠습니다."

"조각공 어르신이 마니석을 원래 있던 마니퇴 쪽에 갖다 놓으라고 하셨어요. 그래야 조각할 수 있다고요."

활불은 웃으며 "노인네 거 참."이라고 말했다. 불당으로 들어가 한구석에 있는 마니석을 들고 나와 르싸네에게 건넸다.

“조각공 노인이 또 꿈에 나타나거든 서둘러 완성하라고 일러 주십시오. 너무 지체하면 왕생할 수 없다고요.”

르싸네는 웃으며 “꼭 그렇게 하겠습니다”라고 말하고는 마니석을 받아 들고 자리를 떴다.

르싸네와 테엔젠은 조심스럽게 마니석을 전날 있던 곳에 올려 두었다. 르싸네가 주변을 살피더니 말했다.

“어르신, 마니석을 찾아 왔어요. 활불께 법사도 하지 마시라고 말씀드렸어요. 마니석 잘 새겨주세요. 아까 활불께 어르신 칭찬도 많이 했어요.”

테엔젠은 알 수 없다는 표정으로 그를 쳐다보고는 다시 주변을 살폈다.

주변에는 소리 없이 누워 있는 마니석 말고는 아무것도 없었다. 양도 보이지 않았다.

갑자기 뭔가 생각난 듯 르싸네가 허공에 대고 외쳤다.

“에잇, 참! 어젯밤에는 왜 마니석 두드리는 소리가 안 들렸죠? 설마 게으름 피우는 건 아니시죠?”

주변이 텅 비어 있어 메아리도 울리지 않았다.

테엔젠은 의아한 듯 그의 얼굴을 쳐다보면서 말했다.

“너 어제는 좀 당황한 것처럼 보였는데, 어째 오늘은 뭔가 해결된 것 같은 표정이네?”

르싸네가 말했다.

“누가 마니석을 두드리는지 알았거든.”

테엔젠은 이상한 생각에 물었다.

"그게 누군데?"

"바로 돌아가신 조각공 어르신이야."

테엔젠은 눈이 휘둥그레져서 말했다.

"왜 또 이상한 소리 하고 그래?"

"이상한 소리 하는 거 아니야. 조각공 어르신이 우리 어머니를 위해 육자진언을 새기고 있었대. 그게 바로 어제 우리가 주운 마니석이야."

테엔젠은 입이 떡 벌어진 채 그를 쳐다보며 아무 말도 하지 않았다.

르싸네는 그런 테엔젠을 툭 밀치며 말했다.

"가자, 할 일도 없는데 가서 술이나 마시자. 어제 하루 안 마셨더니 목구멍이 엄청 근질근질하네."

그 후 두 사람은 술을 마시러 갔다.

오후가 되자 그들은 잔뜩 취해 있었다.

르싸네가 쉬지 않고 딸꾹질을 하자 테엔젠이 웃으며 말했다.

"너 오늘 왜 그래? 고작 그거 마시고 이 꼴이 된 거야?"

르싸네는 그 말을 무시한 채 계속 딸꾹질을 해댔고, 술이 진득하게 취한 테엔젠은 계속 웃어댔다. 갑자기 르싸네가 딸꾹질을 멈추더니 이렇게 말했다.

"어르신께 좀 가봐야겠어."

"누구한테 간다고?"

"어르신이 한 분밖에 더 있어? 조각공 어르신 말이야."

테엔젠은 "요 며칠 귀신이라도 본 거야?"라고 말하고는 그를 흘겨보았다.

르싸네가 말했다.

"나 멀쩡하니까 그렇게 보지 마. 이따 어르신께 술 좀 가져다 드려야겠어. 어르신께서 살아생전에 약주를 좀 하셨거든."

테엔젠은 여전히 이상한 눈빛으로 쳐다보고 있었다. 르싸네는 그런 테엔젠을 무시한 채 술 한 병을 들고 걷기 시작했다.

술이 잔뜩 취한 르싸네가 마니퇴 옆에 도착했다.

그는 시뻘게진 눈으로 주변을 살피더니 말했다.

"어르신, 작업 시작하셨어요? 왜 조각하는 소리가 안 들리죠?"

바람 부는 소리만 허공에 들려왔다.

조금 심심해진 르싸네는 마니석 옆에 누워 잠이 들었다.

조각공 노인이 르싸네 꿈속에 나타나 말했다.

"어젯밤 소리를 못 들었다고 했지? 마니석이 활불이 계신 불당에 있는데 내가 어떻게 작업하겠느냐? 불당까지 가서 할 수도 없고 안 그래? 그건 말이 안 되잖아."

르싸네가 말했다.

"네네, 그렇죠."

조각공 노인이 말했다.

"그리고 조금 전에 나한테 고래고래 소리를 지르면서 지금은 왜 마니석 두드리는 소리가 안 들리냐고 했지? 그건 말이야, 난 원래 대낮에는 나갈 수가 없어. 눈앞이 번쩍거려서 아무것도 안 보이거든. 저녁에 달빛이 비칠 때만 나갈 수 있지. 그땐 모든 것이 잘 보이거든."

그리고 또 다른 꿈을 꿨지만, 그 꿈은 기억나지 않았다.

잠에서 깬 르싸네는 조각공 어르신이 한 말을 곰곰이 되새겨 보았다. 꿈속 장면이 너무 생생해서 웃음이 터져 나왔다. 그는 얼른 자리에서 일어나 가지고 온 술을 마니퇴 위에 올려놓고는 허공에 소리를 질렀다.

"어르신께서 살아생전 술 좋아하셨다는 거 알아요. 그래서 술 한 병 가지고 왔어요. 피곤하고 지칠 때 한 모금 하세요. 정신이 좀 들 거예요."

그는 다시 주변을 살피고는 허공에 외쳤다.

"헤헤, 술 받으시니까 좋으시죠?"

그리곤 가만히 멈춰 있더니 다시 교활한 표정으로 말했다.

"그래도 어머니가 부탁하신 마니석 꼭 잘 새겨주세요. 돌아가시기 전에 비용도 이미 드렸잖아요!"

날이 저물자 르싸네는 집으로 돌아왔다. 잔뜩 취한 모습을 보더니 아내가 말했다.

"이런 꼴로 와야 내가 안심된다니까."

그리곤 양고기 국을 데워다 주었다. 르싸네는 몇 입 먹고는 잠이 들었다.

한밤중 갑자기 잠에서 깬 르싸네가 밖으로 뛰어나갔다.

바깥 달빛이 아주 좋았다. 달빛 아래 서서 유심히 귀 기울였지만 아무 소리도 들리지 않자 씩씩거리며 말했다.

"이 노인네, 또 게으름 피우고 있구만!"

그리고는 다시 집으로 들어와 잠을 청했다.

막 잠이 들자 조각공 노인이 꿈속에 나타났다. 노인은 술에 취한 듯 눈을 가느다랗게 뜨고 말했다.

"이 술고래 녀석, 누가 너더러 술 가져오라고 했냐. 네 녀석 때문에 오늘 밤에는 일도 제대로 못 했잖아. 달빛이 이렇게 좋은데 아까워 죽겠네."

르싸네도 화를 냈다.

"기껏 생각해서 가져다줬더니 뭐요! 누가 어르신이 이렇게 될 줄 알았습니까? 죽어서도 아직도 본인 주량을 모르세요?"

조각공 노인은 씩씩거리며 노발대발했다.

"무지막지한 네 어머니가 죽어라 매달리며 사정하지만 않았어도, 나도 이런 시기에 마니석이나 조각하고 있지 않았을 게다! 네 어머니는 어찌 그리도 뻔뻔한지. 내가 젊었을 적에 자기하고 한동안 잘 지냈다고 우겨대는데, 왜 나는 하나도 기억이 안 나지?"

"그래도 싸죠. 어르신이 젊었을 때 얼마나 여자들을 울리고 다니셨는지는 모르겠지만요!"

조각공 노인이 말투를 바꾸어 말했다.

"르싸네, 앞으로 술은 절대 주지 말아라. 난 주량이 약해서 몇 모금만 마셔도 금방 취하거든. 가끔은 술내만 맡아도 취하기도 해. 취하면 마니석 조각할 생각이 싹 가신단다. 그렇다고 안 하면 망할 네 엄마가 또 나를 쪼아대지 않겠니? 난 여자들이 말로 몰아붙일 때가 제일 짜증 난단 말이야. 르싸네야, 내일 이왕이면 쑤요차를 준비해다오. 그리고 날카로운 정도 하나 준비해주고. 이걸 다 끝내야 나도 진짜 떠날 수 있겠지. 안 떠나면 린포체 그 옹졸한 양반도 마음 못 놓을 거고. 아 참, 내일 와서 내가 먹다 남은 술도 꼭 가지고 가렴. 그래야 술 냄새를 못 맡지. 어찌나 향기로운지 자꾸 날 유혹한다니까."

"알았어요. 말씀하신 대로 할게요."

"정말 착한 아이구나. 나한테도 너 같은 아들이 하나 있었으면 정말 좋았을 텐데 말이다. 한 번은 네 엄마가 나한테 네가 내 아들일지도 모른다고 했었지. 만약 내 아들이었으면 마니석 조각하는 기술을 전부 네게 전수해줬을 게야. 근데 나중에 자세히 관찰해보니 너는 술고래인 네 아버지랑 어쩜 그리 똑같은지. 그걸 보고 네가 내 아들일 리가 없다고 확신했단다."

르싸네는 버럭 화를 냈다.

"이 노인네가 갑자기 무슨 해괴망측한 소릴 하는 거예요?"

"미안하구나. 이런 생각 하면 안 되는데 말이다. 근데 이 말은 처음 꺼낸 거야. 살아생전 그 누구한테도 말한 적 없어."

르싸네는 여전히 잔뜩 화가 났다.

"제가 진짜 어르신 아들이라고 해도 그 기술은 안 배웠을 거예요. 전 술 마시는 게 좋지 조각은 싫어요."

조각공 노인이 말했다.

"알았다. 알았어. 이 얘기는 그만하자꾸나. 말해봤자 별 의미도 없단다. 사실 오늘 밤에 작업을 조금 했는데 잘 안 된 거 같아. 내가 술을 마시면 손을 좀 떨거든."

"거짓말하지 마세요. 전 마니석 두드리는 소리 못 들었는데요?"

"아마 그때 너 자고 있었을 거야. 내일 가보면 알 거다."

이른 아침 르싸네는 간밤에 꾼 꿈 얘기를 아내에게 들려주었다.

아내는 이야기를 가만히 듣더니 미소를 지으며 말했다.

"알았어요. 쑤요차를 준비할 테니 얼른 가져가요."

르싸네는 마니퇴로 가는 길에 철공소에 들려 대장장이 도제多杰에게 끝이 날카로운 정을 하나 만들어 달라고 했다.

"어디에 쓰려고요?"

"마니석 조각할 때 쓰려고요."

"조각공 어르신도 돌아가셨는데 누가 조각해요?"

"쓸 데가 있어요."

도제는 가만히 그를 쳐다봤다. 르싸네가 말했다.

"얼마예요?"

도제는 일부러 평소보다 비싸게 불렀지만, 르싸네는 아무런 말 없이 돈을 지불하고 발길을 돌렸다.

마니퇴 옆에서 르싸네는 찻주전자를 들어 올린 후 허공에 대고 말했다.

"보이시죠? 말씀하신 쑤요차 가지고 왔어요."

잠시 가만히 들고 있다가 다시 바닥에 내려놓았다.

이번에는 정을 들어 올린 후 또 허공에 대고 말했다.

"보세요. 정도 가지고 왔어요. 방금 철공소 가서 만들어 왔어요. 엄청 날카로우니까 손가락 안 찔리게 조심하세요."

그러고 나서 두리번거리며 주변을 살폈다. 마니퇴 위에 있는 술병이 눈에 들어왔다. 르싸네는 그쪽으로 걸어가서 술병을 집어 들어 흔들면서 말했다.

"고작 이거 마시고 그렇게 취하신 거예요? 진짜 술 약하시네요."

그는 술병을 열었다.

"죽은 사람이 먹다 남은 술은 어떨지 맛 좀 볼까?"

그리고는 술을 벌컥벌컥 들이부었다.

그는 눈을 감은 채 한참 동안 아무 말도 하지 않았다. 그러다 갑자기 눈을 번쩍 뜨더니 말했다.

"와, 맛이 정말 기가 막히네!"

그는 또 연거푸 몇 모금 들이켰다.

그러더니 갑자기 뭔가 떠올랐는지 바닥에 주저앉아 그 마니석을 주워 들고는 자세히 살펴보았다. 마니석에는 육자진언의 네 번째 글자가 새겨져 있었다. 하지만 별로 예쁘지는 않았다. 르싸네는 바로 허공에 대고 큰 소리로 욕을 퍼부었다.

"이 노인네가! 일하긴 했네요. 근데 이것 좀 보세요. 이렇게 새기면 어떡해요? 전혀 예쁘지 않잖아요! 계속 이런 식으로 하면 어머니가 아니라 저도 싫다고 할 거예요! 제가 생전에 비용 전부 드린 거 잊으시면 안 돼요!"

주변은 조용할 뿐 아무런 소리도 들리지 않았다.

르싸네는 입으로 계속 "좋은 술이야"라고 연발하며 계속 마셨고 결국 술병을 깨끗이 비웠다. 그리고 취해버렸다.

그날 저녁, 술에 취한 르싸네는 어떻게 집에 왔는지 생각이 나지 않았다. 하지만, 집에 눕자마자 누군가 문을 세차게 두드렸다. 그는 어쩔 수 없이 일어나 투덜거리며 문을 열었다. 문 앞에는 테엔젠이 있었다. 테엔젠은 살짝 취했지만 잔뜩 흥분한 듯이 말했다.

"나도 들었어! 누군가 마니석을 두드리는 소리를 들었다고!"

르싸네는 그를 잠시 흘겨보고 나서야 입을 열었다.

"정말 들었어?"

"진짜 들었다니까! 맹세할 수 있어. 집에 가는데 달빛 아래에서 똑똑히 들었다고!"

"맹세는 됐어. 들었다는 얘기 난 믿어."

테엔젠은 르싸네를 쳐다보며 말했다.

"사실 나도 네 말을 처음부터 완전히 믿지는 못했어."

르싸네는 테엔젠을 보며 웃었다. 테엔젠도 르싸네를 보며 웃었다.

르싸네가 말했다.

"오늘은 그만 집에 가. 내일 아침에 마니퇴가 있는 곳에서 만나자."

다음 날 아침 일찍 르싸네와 테엔젠은 약속도 하지 않았지만 놀랍게도 둘 다 같은 시간에 마니퇴 옆에 도착했다. 르싸네는 마니석을 들어 올려 살펴보기 시작했다. 잠시 보더니 바로 허공에 대고 말했다.

"어르신, 술 안 드시니까 얼마나 좋아요. 다섯 번째 글자까지 새기셨네요. 엄청 예쁘게 됐어요."

테엔젠이 마니석을 보더니 깜짝 놀라 말했다.

"이렇게 정교한 건 처음 봐. 평범한 사람은 절대 이런 비범한 글자는 못 새길걸. 설령 조각공 어르신이 살아계셨어도 이렇게는 못 했을 거야."

르싸네가 테엔젠에게 말했다.

"너 이런 것까지 볼 줄 알아? 정말 의외네."

"날 우습게 보면 안 되지. 이래 봬도 학교까지 다닌 몸이라고. 넌 학교 다녔어?"

두 사람이 한참 옥신각신 실랑이를 하고 있을 때, 저 멀리서 많은 사람이 오는 모습이 보였다. 전부 마을 사람들이었다. 그들은 제각기 손에 뭔가를 들고 있었다. 제일 앞서 걸어온 사람은 염소수염 노인이었다.

사람들이 가까이 다가오자 르싸네는 염소수염 노인에게 물었다.

"여긴 웬일로 오셨어요?"

염소수염 노인는 전과는 사뭇 다르게 아주 겸손한 말투로 말했다.

"술고래야. 아, 아니지. 르싸네야, 넌 정말 거짓말을 하지 않았더구나. 우리도 어제 누군가 마니석을 두드리는 소리를 똑똑히 들었단다. 불연*이 깊은 사람이 제일 먼저 그런 소리를 들을 수 있다고 린포체께서 말씀하셨는데, 네가 공덕을 아주 많이 쌓은 모양이야."

르싸네는 사람들을 보며 말했다.

"누가 내 말 믿지 말래요?"

다들 입을 모아 말했다.

"믿어, 믿는다고. 이젠 완전히 믿는다니까."

르싸네는 사람들이 들고 온 것들을 보며 물었다.

"다들 뭘 가지고 오셨어요?"

염소수염 노인이 말했다.

"별거 아니고 공양품이네. 먹거리와 마실 거리야. 다들 조각공 어르신께 성의 표시를 하고 싶어서 말이야."

르싸네가 말했다.

"연로한 노인 혼자 이 많은 걸 어떻게 다 먹어요?"

염소수염 노인은 간절히 부탁하듯 말했다.

"린포체께서 망혼이 마니석을 새기는 일은 천재일우의 기회라고 하시더군. 우리도 이참에 덕 좀 보세나. 공덕 좀 쌓게 해주게."

르싸네가 뭐라 말하기도 전에 사람들은 벌써 마니퇴 쪽으로 몰려갔다. 마을 사람들은 가져온 음식들을 마니퇴 위에 올려놓고 허공을 보면서 말을 했다. 조각공 어르신 맛있게 드시라, 우리를 잘 보우해달라는 그런 말들이었다.

---

* 중생이 불교나 부처와 맺은 인연

사람들은 마니퇴 주변을 에워싸고 앉아서 육자진언을 읊으며 그곳을 떠나지 않았다.

오후 남짓부터 르싸네는 친구들과 술을 마시기 시작했고 저녁이 되어서야 잔뜩 취해서 집으로 돌아갔다. 돌아가는 길에 몇몇이 마니석 두드리는 소리를 들었다고 말했다.

르싸네는 집에 가자마자 바로 자리에 누웠다. 막 잠이 들었을 때, 조각공 노인이 꿈에 나타나 노발대발하며 말했다.

"이 술고래 녀석아, 먹을 걸 잔뜩 가져오게 내버려두면 어쩌느냐. 너무 배가 불러서 더는 일을 할 수가 없잖아. 넌 대체 내가 일을 끝내기를 바라는 게야, 아닌 게야?"

르싸네도 같이 화를 내며 말했다.

"제 잘못이 아니잖아요. 다들 어르신을 공경하는 뜻에서 스스로 가져다 드린 거예요."

"물론 좋은 마음이란 건 나도 안다. 그렇지만 너무 많이 먹으면 몸을 움직일 수가 없잖아. 손 까딱하는 것도 귀찮다니까. 조각은 커녕 잠만 자고 싶어진단다."

르싸네는 비아냥거리며 말했다.

"누가 그렇게 많이 드시래요? 죽어서도 입 하나 단속 못 하세요?"

조각공 노인이 말했다.

"그만 비웃거라. 나도 얼른 끝내놓고 길을 떠나야 한단 말이다."

르싸네는 웃으며 물었다.

"그럼 말씀해보세요. 어떻게 도와드릴까요?"

"마니퇴 위에 먹거리를 갖다 놓지 못하도록 길을 막아다오. 내일 저녁에 마지막 한 글자만 새기면 이제 만사형통이지!"

이튿날 르싸네와 테엔젠은 마니퇴로 가는 길목을 막아서서 사람들이 더는 음식을 나르지 못하게 했다. 그러면서 가져다줘 봤자 조각공 어르신께 좋을 것이 하나 없으며 오히려 해를 입히는 꼴이라고 말했다.

어째서 그렇냐는 사람들의 물음에 르싸네는 어르신이 너무 배불리 드신 탓에 마니석을 조각하기 힘들어하신다고 대답했다.

사람들은 웃으며 그런 일이 있을 수 있냐면서 믿지 않았다.

르싸네가 말했다.

"어젯밤에 마니석 두드리는 소리를 들은 사람 있어요?"

다들 서로를 쳐다보더니 하나같이 고개를 가로저었다.

르싸네가 말했다.

"어제 여러분이 먹을 거며, 마실 거며 잔뜩 가져오는 바람에 조각공 어르신이 잔뜩 먹고 너무 배불러서 조각을 못 해서 그래요."

사람들은 반신반의하면서도 가져온 음식을 들고 다시 발걸음을 돌렸다. 되돌아가면서도 자신들을 보우해달라는 말을 어르신께 꼭 전해달라며 신신당부했다.

저녁이 되자, 어른이나 아이 할 것 없이 마을 사람들 모두 마니석을 두드리는 소리를 들을 수 있었다. 그들은 마치 가사 없는 민요를 듣는 것처럼 가만히 그 소리를 듣고 있었다.

이튿날 르싸네는 마니퇴까지 뛰어가 바닥에서 마니석을 주워 들었다. 마니석에는 육자진언이 완벽하게 새겨져 있었다.

수많은 사람이 모여들었다. 마니석은 손에서 손으로 옮겨졌고, 다들 와와 거리면서 신기해하며 범상치 않은 조각공 노인의 솜씨에 감탄을 금치 못했다.

인파 속에는 활불도 있었다. 그는 마니석을 받아 들고는 한참 동안 쳐다보더니 천천히 입을 열었다.

"지금껏 이렇게 아름다운 육자진언은 본 적이 없습니다."

르싸네가 활불 앞으로 다가갔다.

"이제 저도 안심입니다. 저희 어머니도 이제 아버지 뵐 면목이 생기셨을 거고, 조각공 어르신도 이제 안심하고 길을 떠나실 수 있을 거예요."

활불이 말했다.

"당신 어머니와 아버지는 참으로 복 받으신 분입니다."

활불의 말을 들은 르싸네는 매우 흡족해하며 사람들을 쳐다보며 웃었다.

활불은 르싸네를 한쪽으로 불러내더니 의미심장하게 말했다.

"상의드릴 일이 있습니다."

활불이 누군가에게 이 정도로 격식을 차리는 것을 르싸네는 단 한 번도 본 적이 없었다. 이런 태도에 조금 긴장됐지만 그래도 차분하게 대답했다.

"린포체여, 무슨 일이신지 말씀하십시오."

활불이 말했다.

"조각공 노인께 부탁을 드리고 싶습니다. 우리 사원을 위해 육자진언을 새겨주시면 향후 우리 사원의 보물의 될 것이 분명합니다."

"그거 좋은 생각이네요. 린포체께서 그렇게 말씀하시면 조각공 어르신도 기꺼이 응하실 겁니다."

활불은 난색을 보이며 말했다.

"하나 조각공 노인은 내 꿈에는 통 나타나지 않습니다. 나타났다면 진작에 잘 말했을 텐데요."

르싸네가 말했다.

"활불께서 법사해서 노인을 제도한다고 말한 적이 있어 무서워서 안 나타나나 봐요."

활불이 웃으며 말했다.

"그래서 도움을 청하는 것입니다. 혹시 또 꿈에 나타나면 내 뜻을 전달해주세요."

르싸네는 잠시 생각하더니 대답했다.

"알았어요. 오늘 저녁에 말씀드릴게요."

밤이 되자, 아니나 다를까 조각공 노인이 르싸네의 꿈에 나타났다.

조각공 노인은 입을 열자마자 이렇게 말했다.

"활불께서 하신 말씀 나도 다 들었다. 하지만 난 지금 기운이 하나도 없어서 육자진언은 더는 새길 수 없을 것 같다. 온몸이 나른해져서 기운이 다 빠졌단다."

르싸네가 말했다.

"하지만 활불께서 청하신 일인걸요."

조각공 노인은 어쩔 수 없다는 표정으로 굳은살이 잔뜩 박힌 자신의 손바닥을 바라보았다. 어느 곳은 심지어 긁혀 찢어져 있었다.

이때 어디에선가 르싸네의 어머니가 나타나 조각공 노인에게 말했다.

"고마워요. 정말 고마워요. 나 때문에 애 많이 썼어요."

조각공 노인은 눈을 부릅뜨고 그녀를 보며 말했다.

"앞으로 날 괴롭히지 않는다면 그걸로 아미타불이지!"

르싸네 어머니는 말했다.

"안 그럴 테니 걱정 말아요."

조각공 노인은 그녀를 쳐다보더니 말했다.

"이 여편네야, 다 당신 때문이야. 활불께서 사원을 위해 마니석을 하나 새겨주시길 바라시는 거 알지? 나도 해드리고 싶은 마음이 굴뚝같은 데 정말 힘이 하나도 없어. 내 팔 하나도 들지 못할 정도라니까."

이 말을 들은 르싸네의 어머니가 조각공 노인에게 말했다.

"이번에 새긴 마니석을 우리가 가지고 갈 수도 없잖아요. 원래 덕을 쌓고 개인적인 염원을 이루기 위한 거였는데 이미 염원은 이루어졌으니, 나랑 내 그 술주정뱅이 남편이랑 당신 이름으로 사원에 헌납해서 보물로 삼아요. 이러면 공덕이 더욱 커지지 않겠어요?"

다음 날 르싸네는 육자진언이 새겨진 마니석을 활불께 건넸다.

활불은 너무 기뻐 입을 다물지 못했다. 마니석을 받아 들고 한참 동안 이리저리 살펴보더니 입을 열었다.

"우리가 조각공 노인을 잘 제도하겠습니다."

이튿날 활불은 근처 사원에서 라마 일곱 분을 초청해 칠일 밤낮 동안 대대적으로 경을 읊었다.

조각공 노인은 다시는 르싸네의 꿈에 나타나지 않았다.

가끔 달이 아주 크고 아주 둥글고 유달리 밝게 빛나는 어두운 밤에, 르싸네가 술에 취해 집으로 돌아올 때면, 이따금 저 멀리서 누군가 마니석을 두드리는 소리를 들을 수 있었다. 가사 없는 민요처럼 고요한 울림이었다.

낯선 사람

구나에디크가 가버린 후, 낯선 사람이 내게 물었다.
"여기가 '스물한 분 타라보살' 고향이라는 거 정말 몰랐어요?"
나는 대답했다.
"내가 모르는 게 아니라 여기에 그렇게 많은 돌마가 없어요. 여기 사람 전부 불러봐야 백 명도 안 돼요."

내가 사는 이곳은 백 명도 채 살지 않는 아주 작은 마을이다. 어느 집에 무슨 일이 생겨도 5분이면 온 마을이 알게 된다.

마을 입구에서 끝까지 걸어가도 불과 10분밖에 걸리지 않는다. 실컷 기대하고 잔뜩 신이 나 이곳으로 여행 온 사람들도 10분이면 큰 실망을 하고 돌아가게 된다.

하지만 언젠가 결국에는 낯선 사람들이 이곳에 오게 될 것이다.

그날 이곳에 낯선 사람 한 명이 왔다.

낯선 사람이 마을에 등장하는 걸 제일 먼저 알게 되는 건 바로 우리다. 우리처럼 하는 일 없이 한가한 젊은 사람들은 거의 매일 마을 중앙에 있는 작은 매점에 모여 논다. 매점에 파는 싸구려 술로 매일 고주망태가 될 때까지 마시다가 하늘 높이 떠 있던 태양이 자취를 감추면 그제야 비틀거리며 각자 집으로 돌아간다.

그날 오전 매점에 나타난 사람은 오직 나 하나뿐이었다. 조금 의아한 생각에 30분이나 그곳에서 기다렸지만 어느 누구도 나타나지 않았다. 매점에는 여자 판매원이 한 명 있는데, 이름은 돌마卓玛다. 나와 비슷한 또래인 돌마는 우리 마을 어떤 여자보다도 훨씬 아름다웠다. 아마도 자신이 예쁘다는 걸 알기 때문인지 우리를 잘 상대하지 않았다. 우리 마을 사람은 아니고 촌장님이 데려온 사람이다. 촌장님이 매점을 열면서 당신은 셈을 잘 못한다며 그녀를 고용했다. 촌장님은 그녀가 주판을 아주 잘 다룬다고 했지만 주판은 계속 계산대 위에 놓여 있을 뿐, 지금껏 단 한 번도 그녀가 주판을 쓰는 걸 본 적이 없다. 몇몇 사람들은 그녀가 오래 버티지 못하고 여기를 떠날 거라고 했다.

나는 자꾸 술을 마시다 보니 중독이라도 되었는지 매일 이 시각에 술을 입에 털어 넣지 않으면 그렇게 불안할 수가 없었다. 일부러 윗옷 주머니를 만져봤지만 결과는 실망스러웠다. 사실 주머니에 손을 갖다 댈 때부터 크게 실망할 것을 알고 있었다. 어제부터 주머니 속에 돈은커녕 먼지만 가득했기 때문이다. 그저 누군가 나타나 술을 사주기만을 기다릴 수밖에 없었다.

태양이 하늘 높이 떠오르자 따뜻한 햇볕이 쨍쨍 내리쬈다. 나는 겉옷을 벗어 매점 근처에 있는 비딱하게 휘어진 나무 위에 걸어두었다. 나무에는 내 옷 말고도 하다*가 많이 매여 있었는데 이곳 사람들이 그 나무를 신성한 나무라고 믿기 때문이다. 나무는 잔뜩 풀이 죽은 모습이었다. 아마도 그런 일부 사람들의 끊임없는 기도로 잔뜩 피곤했을 것이다.

---

* 극진한 경의와 축원을 표시할 때 사용하는 가늘고 긴 비단

겉옷을 벗고 있으니 조금 용기가 생긴 것 같아 매점 안으로 들어갔다. 판매원 돌마는 해바라기씨를 까 먹고 있었다. 씨껍질을 계산대 앞에다 뱉었는지 시멘트 바닥이 온통 해바라기씨 껍질로 가득했다.

미소를 한껏 머금고 그녀를 바라봤지만 그녀는 해바라기씨만 계속 먹을 뿐 나를 상대하지 않았다.

나는 웃으며 그녀에게 말했다.

"술 한 병만 외상으로 주면 안 될까요? 돈은 내일 바로 갖다 드릴게요."

그녀는 내 쪽으로 눈길 한 번 주지 않았다. 해바라기씨를 뱉던 입에서 한 단어가 같이 튀어나왔다.

"안 돼요."

나는 잠시 그녀를 보다가 바로 매점을 나왔다.

태양이 더 높이 걸렸지만 여전히 아무도 나오지 않았다. 삐딱하게 휘어진 나무만 홀로 외로이 그곳에 서 있었다. 뜨겁게 내리쬐는 햇볕에 축 늘어진 것 같았다.

나무 아래 망가진 통이 있기에 얼른 그것을 들고 멀지 않은 곳에 있는 우물가로 갔다.

이 우물은 우리 마을의 두 번째 우물이다. 첫 번째 우물에는 한 아이가 빠져 죽었다. 사람들은 아예 우물을 메워버리고 마을 사원에서 라마*를 모셔와 며칠 동안 경을 읊었다. 하지만 누군가

---

* 티베트 불교인 라마교의 고승

아이의 망령이 우물 근처에서 배회하고 있다고 말한 후로는 저녁이 되면 대부분의 사람이 우물 근처에 얼씬도 하지 않았다. 나는 가끔 술에 잔뜩 취해 그곳을 지나곤 했는데 그때마다 등골이 오싹한 느낌이 들었다.

나는 우물에서 물을 길었다. 두레박을 끌어올리자 두레박 안에서 청개구리 한 마리가 개굴개굴 울고 있었다. 이곳 사람들은 청개구리가 용의 자손이라고 믿었기 때문에 경외심을 갖고 있다. 청개구리가 나를 보고 있는 것 같았다. 툭 튀어나온 눈이 약간 도발적이었다. 우리는 잠깐 서로를 노려보았지만 결국 기분을 맞춰주겠다는 듯 웃으며 두레박에 담긴 물을 다시 우물 안으로 쏟아버렸다. 우물 안에서 청개구리의 울음소리가 울려 퍼졌다. 개굴개굴 소리가 잦아들자 나는 다시 물을 길었다. 이번에는 두레박 안에 청개구리가 없었다. 운이 좋다고 생각하면서 물을 망가진 통 안으로 쏟아부었다. 망가진 통에서 물이 새기 시작하는 걸 보고는 얼른 물통을 집어 들고 삐딱하게 휘어진 나무를 향해 뛰었다.

삐딱하게 휘어진 나무에 도착했을 때 통 안에 물은 반밖에 남아 있지 않았다. 나는 남은 물을 전부 나무에 뿌리고 나무를 바라봤다. 순간 눈앞에서 나무가 생기를 되찾았고, 나뭇잎이 햇빛에 반사되어 반짝반짝 빛났다.

커다란 구름이 태양을 가려버렸는지 삐딱하게 휘어진 나무 위로 그림자가 드리워졌다. 이때 뒤쪽에서 바스락거리는 소리가 들렸다.

돌아보자 한 사람이 매점을 향해 걷는 모습이 시야에 들어왔다. 단번에 낯선 사람이라는 걸 알았다.

나는 일어서지 않고 쪼그리고 앉아 그가 다가오기를 기다렸다.

태양이 다시 비추자 그의 얼굴이 제대로 보였다. 서른 살 정도 되어 보이는 낯선 사람은 얼굴에 피곤함과 슬픔이 가득했다.

그는 매점 입구에서 멈춰 섰다. 내게 말을 걸 거라고 생각했지만 그는 말을 걸지 않았다.

그는 윗옷 주머니에서 담배를 꺼내더니 한 개비를 입에 물었다.

나는 그를 쳐다보다가 몸을 일으켜 그쪽으로 걸어갔다.

그는 나에게 담배 한 개비를 건넸다.

"한 대 피워요."

난 사양하지 않았다. 바지 주머니에 라이터가 있는 걸 떠올리곤 얼른 꺼내 직접 불을 붙였다.

그는 담배만 피울 뿐 말이 없었다.

담배를 절반 정도 피우고 나서 나는 결국 참지 못하고 입을 열었다.

"어디에서 왔어요?

"넓은 곳에서 왔죠."

"아, 알겠네요. 대도시에서 왔군요."

그는 말없이 계속 담배만 피웠다.

좀 이상한 사람이란 생각이 들어 먼저 질문을 했다.

"이름이 뭐예요?"

그의 대답은 의외였다.

"내 이름은 중요하지 않아요. 난 사람을 찾으러 왔어요."

나는 그를 자세히 보았다.

"누구를 찾는데요?"

"어떤 여자요."

"동네가 작아서 여자가 몇 없어요."

"돌마라는 여자를 찾고 있어요."

나는 매점에서 일하는 판매원 돌마가 바로 떠올랐다.

"아, 저 알아요. 따라오세요."

나는 판매원 돌마에게 다가갔다. 아직도 해바라기씨를 먹고 있는지 주위에 껍질이 가득했다. 계산대 위에도 온통 해바라기씨 껍질이 널려 있었다.

"이 사람이 당신을 찾아왔대요."

돌마는 행동을 멈추더니 이상한 눈으로 쳐다봤다.

고개를 돌려보니 낯선 사람은 이미 밖으로 나가고 없었다.

나는 얼른 뒤쫓아 갔다.

"저 사람이 돌마예요. 돌마를 찾는 거 아니었어요?"

매점 바깥으로 나온 낯선 사람은 햇볕이 내리쬐는 곳에 서서 말했다.

"내가 찾는 사람이 아니에요."

"저 여자도 외지 사람이에요."

"그녀는 아니에요."

"그럼 이곳엔 당신이 찾는 여잔 없겠네요."

"이곳에 스물한 명의 돌마가 있다는 걸 알아요. 그중에 내가 찾는 여자가 있을 거예요."

나는 웃었다.

"설마 불경에 나오는 '스물한 분 타라보살*'을 말하는 거예요? 그건 불경에나 나오는 말이죠. 여기에 어떻게 그 많은 돌마가 있겠어요."

"어떤 책을 보니까 여기가 바로 불경에서 말하는 '스물한 분 타라보살' 고향이라고 했어요."

"하하, '스물한 분 타라보살' 고향이 이렇게 이상한 곳이라는 얘긴 난생처음 듣네요."

"틀림없어요. 책에 그렇게 적혀 있었어요."

나는 눈을 감고 잔뜩 거드름을 피우며 염하기 시작했다.

"옴! 존귀하고 성스러운 타라보살님께 지극한 마음으로 예경하나이다. 눈이 찰나의 번갯빛처럼 빠르고 용맹하게 중생을 구제하시는 타라보살님. 삼계의 보호주이시고 눈물의 바다이신 관세음보살 두 눈에서 화현하신 타라보살님. 백 개의 가을밤 보름달을 겹쳐 놓은 듯한 얼굴의 타라보살님. 천 개의 별빛을 모아놓은 것보다 더 수승하고 찬란히 빛나시는 타라보살님…."

낯선 사람이 말했다.

"'스물한 분 타라보살 예찬문'을 전부 외웠네요."

나는 눈을 크게 뜨며 말했다.

"별거 아니에요. 이곳에 사는 사람은 전부 외워요."

---

* 티베트 불교의 대표적인 여자 보살로 티베트어로 '돌마'라고 한다.

그는 엄지손가락을 치켜세웠다.

"난 오래 연습했는데도 못 외우겠더라고요."

나는 다시 눈을 감고 더 큰소리로 염하기 시작했다.

이때 할 일 없는 또 다른 청년이 등장했다. 구나에디크次多다. 나와 마찬가지로 주머니 사정이 안 좋은 청년이다.

그가 말했다.

"왜 '타라보살 예찬문'을 읊고 있어? 웬 허세야?"

"이분한테 들려주고 있었어."

그는 이제야 발견했다는 듯 낯선 사람을 보며 물었다.

"누구셔?"

"대도시에서 오셨대. 자기 여자를 찾고 있는데 이름이 돌마래."

"돌마? 혹시 우리 여동생을 찾아왔나?"

"그렇지. 네 여동생 이름도 돌마인데 왜 그 생각을 못했지?"

"걔도 이제 엄연한 숙녀인데 왜 생각을 못 했어? 걔도 대도시에 갔었잖아."

"그럼 얼른 데리고 와. 내가 이분하고 여기에 있을게."

구나에디크는 우물 옆으로 뛰어갔다.

구나에디크가 가버린 후, 낯선 사람이 내게 물었다.

"여기가 '스물한 분 타라보살' 고향이라는 거 정말 몰랐어요?"

나는 대답했다.

"내가 모르는 게 아니라 여기에 그렇게 많은 돌마가 없어요. 여기 사람 전부 불러봐야 백 명도 안 돼요."

그는 나를 보며 그저 웃기만 했다.

구나에디크가 재빨리 여동생을 데리고 나타났다.

구나에디크와 여동생은 우리와 몇 걸음 떨어진 곳에 멈춰 섰다. 구나에디크가 손가락으로 낯선 사람을 가리키며 여동생에게 물었다.

"저 남자 알아?"

구나에디크의 여동생이 대답했다.

"내가 대도시에서 일할 때 자기한테 시집오라는 남자가 한둘이 아니긴 했어. 근데 저 사람도 그중 하나인지는 정확히 모르겠네."

구나에디크가 말했다.

"혹시 아는 사람인지 다시 한 번 제대로 봐봐."

구나에디크의 여동생은 낯선 사람을 자세히 살펴보았다.

낯선 사람이 그녀를 보며 말했다.

"내가 찾는 돌마가 아니에요."

돌마의 오빠는 조금 실망했다.

돌마도 조금 실망했는지 낯선 사람을 쳐다보며 말했다.

"잘 생각해봐요. 정말 나한테 시집오라고 말한 적 없어요?"

낯선 사람이 말했다.

"맹세코 당신에게 그런 말을 하지 않았어요."

이때 나는 더욱 술이 당겨 일부러 구나에디크에게 말했다.

"돈 있어? 술 좀 사 와."

"없어."

"너 돈 없는 거 나도 알아. 일부러 물어본 거야."

구나에디크는 창피하지도 않는지 자신의 여동생에게 말했다.

"돌마, 술 좀 사줘."

돌마는 낯선 사람을 보며 말했다.

"대도시에서 온 사람 있잖아. 그 사람한테 사달라고 해."

구나에디크는 말했다.

"저기요. 술 좀 사주세요."

낯선 사람이 말했다.

"이렇게 하죠. 여러분이 돌마를 데려올 때마다 백 위안을 줄게요. 그 돈으로 사 먹어요."

구나에디크는 신이 나서 낯선 사람에게 말했다.

"그 말 책임질 수 있어요?"

"물론이죠."

그래도 구나에디크는 조금 의심스러운 듯 그를 쳐다보았다.

낯선 사람은 주머니에서 백 위안짜리 돈다발을 꺼내더니 흔들며 말했다.

"돈 없다고 의심하는 거예요?"

이때 내 머릿속에서 뭔가 번쩍였다.

"아까 내가 돌마 찾았잖아요. 그 말 책임진다면서요. 얼른 백 위안 줘요."

낯선 사람은 전혀 망설이지 않고 지폐 한 장을 빼서 나에게 주었다.

구나에디크도 사태를 파악했는지 얼른 말했다.

"나도 아까 돌마를 찾아줬잖아요."

낯선 사람은 또 백 위안짜리를 구나에디크에게 건넸다.

구나에디크의 여동생이 말했다.

"돌마를 데려오면 나한테도 백 위안 줄 거예요?"

"물론이죠. 데려오는 사람한텐 다 줄 거예요."

구나에디크의 여동생이 서둘러 자리를 떴다.

나는 구나에디크에게 말했다.

"이거 수입이 꽤 짭짤한데? 스물한 명을 다 찾으면 이천백 위안이나 벌 수 있는 거잖아."

구나에디크가 대답했다.

"일단 술을 마시자."

나도 동의했다.

"그래. 일단 술 좀 마시고 다시 얘기하자."

나와 구나에디크는 가게로 들어갔다.

판매원 돌마가 해바라기씨를 다 먹었는지 아까와 달리 바닥과 계산대가 깨끗했다.

나는 그녀에게 눈길도 주지 않은 채 말했다.

"술 줘요."

판매원 돌마는 눈을 흘기며 말했다.

"돈 있어요?"

나는 백 위안짜리 지폐를 계산대에 던졌다. 앞면의 마오 주석 표정이 조금 엄숙했다.

돌마는 돈을 집어 들고 자세히 살펴봤다.

"가짜 돈은 아니겠죠?"

"마오 주석이 가짜도 있나요?"

돌마는 살짝 웃으며 아무 말도 하지 않았다. 그녀의 미소는 사람을 매혹시킨다.

내 뒤에 서 있던 구나에디크가 화를 내며 소리쳤다.

"왜요? 우리 돈 없다고 무시하는 거예요?"

돌마는 그 말에는 아무런 대꾸도 하지 않고 정색하며 나에게 말했다.

"이 돈은 어디서 났어요?"

"낯선 사람한테 벌었어요."

돌마는 고개를 들어 바깥을 쳐다봤다. 나도 고개를 바깥으로 돌렸지만 낯선 사람의 모습은 보이지 않았다.

돌마가 말했다.

"어떤 술 드려요?"

"제일 좋은 거요."

"제일 좋은 건 오십 위안짜리예요."

"그거 주세요."

돌마는 술 한 병과 잔돈 오십 위안을 건넸다.

나는 오십 위안짜리 지폐를 들어 자세하게 살펴보았다. 오십 위안 지폐에 그려진 포탈라 궁이 아주 아름다웠다.

돌마는 '체체'거리더니 말했다.

"왜요? 가짜 돈일까 봐 그래요?"

나는 웃으며 대답했다.

"포탈라 궁이 진짜인지 본 거뿐이에요."

돌마는 다시 '체체'거리며 아무 말도 하지 않았다.

나는 포탈라 궁을 돌돌 말아 주머니 속에 집어넣으며 말했다.

"제일 좋은 술 한 병 더 살 수 있겠네요."

뒤에 있던 구나에디크가 더는 기다리지 못하겠다는 표정을 하고 있었기에 얼른 뚜껑을 열어 한 모금을 마시고 그에게 술병을 건넸다.

구나에디크는 한 모금 마신 후 한참 동안 맛을 음미하더니 느릿느릿 말했다.

"정말 맛있네. 이거 다 마시면 나도 오십 위안짜리 하나 사야겠어."

"응. 정말 맛있네. 이렇게 좋은 술은 몇 년 만에 마셔봐."

"걔네는 왜 안 나오지?"

"걔네라니? 누구 말하는 거야?"

"또 누가 있어? 매일 우리랑 같이 술 마시는 걔네 말이야."

"아, 걔네 말하는 거였구나. 안 그래도 계속 안 보여서 나도 답답했어."

구나에디크는 대꾸도 하지 않고 계속 술만 마셨다.

몇 모금을 더 마신 후 우리는 매점 바깥으로 나왔다.

바깥의 햇볕이 무척 좋았다. 낯선 사람은 햇볕이 내리쬐는 곳에 가만히 서서 앞에 있는 삐딱하게 휘어진 나무를 바라보고 있었다.

낯선 사람이 물었다.

"이 삐딱하게 휘어진 나무에 왜 저렇게 많은 게 걸려 있죠?"

내가 대답했다.

“휘어졌다고 얕보면 안 돼요. 이 나무는 행운을 가져다주는 신성한 나무예요.”

“햇빛이 나무에 비치니까 아주 멋있네요.”

구나에디크가 말했다.

“이 동네는 햇빛이 매일 이렇게 비쳐요.”

낯선 사람이 또 말했다.

“이곳은 내가 사는 곳보다 햇볕이 좋은 거 같아요.”

구나에디크가 말했다.

“그렇게 좋지도 않아요. 햇볕 때문에 우리 얼굴이 까맣게 타버렸는걸요.”

낯선 사람이 말했다.

“햇볕에 탄 거면 나쁘지 않죠. 오늘은 나도 잘 쬐어야겠어요.”

나는 낯선 사람에게 술을 건네며 말했다.

“이렇게 좋은 술을 마실 수 있게 해줘서 고마워요. 당신도 한 모금 마셔요.”

낯선 사람이 말했다.

“난 술 안 마셔요. 마셔본 적 없어요.”

구나에디크가 내게 말했다.

“우리 돌마 찾으러 안 가? 이렇게 좋은 돈벌이를 또 어디서 구하겠어?”

“한 병만 다 마시고 가자. 술 안 마시면 정신이 안 들어.”

우리는 또 몇 모금을 마셨다. 내 눈에는 구나에디크의 정신이 말짱해 보였다.

이때 구나에디크의 여동생이 아이를 안고 있는 여자와 절음발이 여자를 데려왔다. 순간 그 두 사람 이름도 돌마인 게 떠올랐다.

구나에디크의 여동생은 바로 낯선 사람 앞으로 걸어가 말했다.

"두 사람 모두 이름이 돌마예요."

낯선 사람은 그들을 한 번 보더니 말했다.

"내가 찾는 사람이 아니에요."

그리곤 주머니에서 이백 위안을 꺼내 구나에디크의 여동생에게 주었다.

구나에디크의 여동생은 돈을 받아 들고 똑같이 이름이 돌마인 다른 여자들을 불러 가게로 들어갔다.

그녀가 가게로 들어가는 모습이 조금 웃겼지만 겉으로 티내지는 않았다.

잠시 후 또 어떤 여자가 등장했다. 늙은 여자였다. 늙은 여자 이름도 돌마라는 게 떠올랐다.

나는 주저하며 낯선 사람에게 물었다.

"늙은 여자도 포함인가요?"

낯선 사람이 대답했다.

"뭐라고요?"

"돌마라는 늙은 여자도 포함이냐고요."

"이름이 돌마이기만 하면 돼요."

나와 구나에디크는 동시에 늙은 여자에게로 뛰어가 한쪽씩 팔을 잡고는 낯선 사람에게로 이끌었다.

낯선 사람 옆에 다 왔을 때 늙은 여자가 우리 손을 뿌리쳤다. 그녀는 직접 낯선 사람 앞으로 걸어가더니 말했다.

"당신이 돌마라는 여자를 찾는 사람인가요? 내 이름도 돌마예요."

낯선 사람은 그녀를 쳐다보았다.

나와 구나에디크는 서둘러 말했다.

"이름이 돌마 맞아요. 조금 늙었지만요."

"내가 찾는 사람이 아니에요."

낯선 사람은 주머니에서 백 위안을 꺼내더니 나와 구나에디크를 보면서 말했다.

"이 돈은 누구한테 줘야 하죠?"

우리가 뭐라고 말하기도 전에 늙은 여자가 돈을 낚아챘다.

"백 위안 받으려고 내 발로 직접 온 거예요."

나와 구나에디크는 그녀를 보고 있었고 낯선 사람도 그녀를 보고 있었다. 결국 다들 웃기 시작했다.

늙은 여자는 백 위안을 주머니에 쑤셔 넣고는 넓지 않은 흙길을 가리키며 말했다.

"호호, 저기 또 돌마가 오네요."

중년 남성과 중년 여자가 시끄럽게 다투며 이쪽으로 걸어오고 있었다.

중년 남성은 곧장 낯선 사람 앞으로 걸어와 말했다.

"당신이 돌마라는 여자를 찾는 사람입니까? 이 여자도 돌마요."

낯선 사람이 재빨리 백 위안을 꺼냈다.

"받으세요. 백 위안이에요."

중년 남자가 말했다.

"백 위안 받으려고 온 게 아닙니다. 제발 이 여자 좀 데려가세요. 정말이지 더는 같이 못 살겠어요. 아무것도 바라지 않으니 제발 좀 데려가세요."

"이분은 내가 찾는 돌마가 아니에요."

"날 못 믿는 겁니까? 돌마가 맞습니다. 신분증을 보여드리죠."

중년 남성은 얼른 주머니에서 신분증을 꺼내 두 손으로 받쳐 들어 낯선 사람에게 보여주었다.

낯선 사람은 신분증을 받지 않았다.

"믿어요. 당신 말을 믿습니다."

이때 중년 여성도 입을 열었다.

"한 살 이후로 내 이름은 돌마였어요. 저이하고 20년을 살았는데 이젠 하루도 같이 못 살겠어요. 나를 데려가겠다면 시키는 건 뭐든지 할게요."

"당신은 정말 내가 찾는 사람이 아니에요."

중년 남자는 화를 내며 말했다.

"진짜 이상한 사람이군요! 이렇게 되면 돈이라도 받아야겠습니다. 얼른 백 위안 주세요. 술이라도 마시고 좀 취해야지 원."

낯선 사람은 얼른 돈을 건넸다.

"그러세요. 여기요. 돈 받아요."

돈을 받은 중년 남성이 매점으로 들어가자, 그 뒤로 중년 여성이 따라 들어가더니 둘은 다시 다투기 시작했다.

늙은 돌마도 매점 안으로 들어갔다.

구나에디크는 기회를 놓칠세라 내게 말했다.

"우리 얼른 찾으러 가자. 이러다가 다른 사람들이 먼저 찾아버리면 어떡해. 매점 안에 돌마가 벌써 여섯 명이나 있다고."

햇살 아래에서 술을 마셔서 그런지 나는 정신이 들기는커녕 오히려 움직이기가 귀찮았다.

"돈 벌고 싶으면 얼른 찾으러 가. 난 안 갈래. 지금 기분이 딱 좋거든."

구나에디크도 잠깐 생각하더니 말했다.

"그만두지 뭐. 술이나 마시자."

우리는 자리를 펴고 앉아 술을 마시기 시작했다. 한 병을 다 비우자, 구나에디크가 매점에 가서 같은 술을 한 병 더 사 왔다.

이때 내가 말했다.

"이 술 정말 맛있는 거 같아."

구나에디크의 얼굴에 웃음이 번졌다.

어떤 부부가 여자 아이 두 명을 데리고 이쪽으로 오고 있었다.

바닥에 앉아 있던 우리는 일어나기 귀찮아 고개만 들고 낯선 사람에게 말했다.

"저기 돌마 두 명 오네요."

낯선 사람은 가만히 그들을 기다렸다.

부모처럼 보이는 어른 두 명이 얼굴이 똑같은 여자아이 둘을 낯선 사람 앞으로 밀었다.

"얘네 둘은 쌍둥이에요. 둘 다 이름이 돌마죠."

"둘 다 내가 찾는 사람이 아니네요. 어쨌든 고맙습니다."

두 아이의 부모는 아주 실망한 것 같았다.

"다시 한번 잘 보세요. 둘 다 아닌가요?"

"아니에요. 둘 다 내가 찾는 돌마가 아니에요."

부모는 뭔가 말하려는 눈치였지만 낯선 사람은 이미 백 위안짜리 지폐 두 장을 꺼냈다.

"받으세요. 당연한 대가인걸요."

그 후 몇 명의 돌마가 더 찾아왔다. 뚱뚱한 돌마, 홀쭉한 돌마, 키 큰 돌마, 키 작은 돌마, 늙은 돌마, 어린 돌마, 예쁜 돌마, 못생긴 돌마…… 모든 종류의 사람이 다 있었다.

낯선 사람은 아직도 돌마를 찾지 못했고, 주머니 안의 돈은 전보다 훨씬 줄어들었다

이때 우리와 항상 어울리던 할 일 없는 청년들도 대부분 매점 근처로 나왔고 우리는 잔뜩 신이 나 술을 마시기 시작했다.

나는 낯선 사람에게 말했다.

"이렇게 많은 사람이 전부 당신이 찾는 돌마가 아니라서 어쩌죠?"

낯선 사람은 조금 낙담한 것 같았다.

"지금까지 찾은 돌마가 몇 명인지 아세요?"

주위를 둘러보니 온통 돌마로 가득했다. 나는 말했다.

"모르겠네요. 한번 세어봐야겠어요."

나는 몇 번이고 수를 셌지만 셀 때마다 매번 열을 넘지 못했다. 조금 취한 것 같았다.

나는 고등학교를 졸업한 청년을 데리고 왔다. 그는 막 스무 살이 되었다. 줄곧 대학에 가고 싶어 입학 시험을 몇 번이나 봤지만 매번 합격증을 받지 못했다. 그는 어려서부터 술은 입에도 대지 않았다. 우리 중에 정신이 제일 맑은 사람인 것이다. 집에서 그에게 마지막 기회를 주었다. 만약 올해마저 떨어진다면 착실하게 집에 살면서 다시는 대학에 가고 싶다는 말을 하지 않겠다고 약속했다.

그는 아주 빨리 수를 세더니 19명이 있다고 말했다.

낯선 사람이 말했다.

"그럴 리가요. 다시 한번 세어보세요."

고등학교 졸업생은 다시 세더니 조금 화가 난 목소리로 말했다.

"19명 맞아요. 이런 숫자도 제대로 못 세면 올해 대학을 무슨 수로 붙겠어요?"

낯선 사람을 아무 말 없이 나를 쳐다봤다.

나는 머리를 쥐어짜도 마을에 또 다른 돌마가 누구인지 전혀 떠오르지 않았다.

같이 술을 마시던 청년들에게 물어봤지만 다들 모르겠다고 말했다.

돌마라는 이름을 가진 여자들에게도 물어봤지만 다들 모르겠다고 말했다.

나는 계속 술을 마셨다. 옆에 있던 여자들이 끊임없이 뭐라고 떠들었지만 무슨 말인지 제대로 알아들을 수 없었다.

낯선 사람이 갑자기 말했다.

"매점에 있는 판매원도 셌어요?"

고등학교 졸업생이 말했다.

"아니요. 그 사람은 여기 사람이 아니에요."

나는 얼른 말했다.

"그녀도 포함해야 하나요? 촌장님이 데려오긴 했지만 여기 사람이 아니에요."

낯선 사람이 말했다.

"당연하죠. 포함해야죠. 여기에 있으니까 포함해야 해요. 이런 사람이 또 있나요?"

나는 잠시 생각하고는 얼른 대답했다.

"없어요."

낯선 사람은 말했다.

"분명 한 명이 더 있을 텐데."

술을 마시고 있던 청년들이 모두 입을 모아 말했다.

"없어요. 없다고요. 이름이 돌마인 여자는 이 사람들이 전부예요."

이름이 돌마인 여자들도 사방에서 모여들더니 다들 입을 모아 말했다.

"정말 없어요. 있었다면 우리가 알았겠죠."

"분명 한 명이 더 있을 텐데요. 다시 한번 잘 생각해보세요. 생각해내면 그 사람에게 삼백 위안을 드릴게요."

늙은 돌마가 조금 흥분한 듯 말했다.

"나 알겠어요."

순간 주변이 쥐 죽은 듯이 조용해졌다. 다들 늙은 돌마를 쳐다봤다.

늙은 돌마는 대단한 거라도 알고 있는지 웃기만 할 뿐 말을 하지 않았다.

나는 조금 조급해졌다.

"말해봐요. 얼른요."

늙은 돌마는 그제야 입을 열었다.

"혹시 우리 사원 안에 모셔진 돌마 조각상 아니에요?"

모두 웃음을 터트렸다. 낯선 사람도 웃었다.

늙은 돌마의 얼굴이 순식간에 달아올랐다.

"왜 웃어요?"

"내가 찾는 사람은 살아 있는 돌마예요."

낯선 사람은 모두를 보며 말했다.

"여러분 다시 한번 잘 생각해보세요. 생각해내면 오백 위안을 드릴게요."

모두 생각해내려고 한참 애쓴 뒤 이렇게 말했다.

"없어요. 정말 없어요. 천 위안을 준다고 해도 없는 건 없는 거예요."

낯선 사람은 실망한 듯 얼굴에 낙담한 기색이 역력했다.

그런 모습을 보니 연민이 들었고 어떻게든 그를 위로하고 싶었다.

이때 마을 촌장이 떠올랐다.

나는 사람들에게 물었다.

"촌장님은 지금 어디 계시죠? 촌장님이라면 마을 상황을 훤히 알고 계실 테니 물어보면 바로 아실 거예요."

다들 인파 가운데서 촌장을 찾았지만 그곳에는 없었다. 누구도 그가 어디에 갔는지 알지 못했다.

나는 낯선 사람을 위로하며 말했다.

"촌장님은 분명 알고 계실 테니 너무 실망하지 말아요. 소식이 있으면 무슨 수를 써서라도 꼭 알려줄게요."

낯선 사람은 조금 감동한 눈치였다.

"당신은 좋은 사람이군요."

그리곤 모두를 쳐다보며 말했다.

"당신들도 모두 좋은 사람이에요."

사람들의 얼굴에 미소가 번졌다.

그 후 낯선 사람은 매점 안으로 들어갔다.

나는 조금 이상한 생각이 들어 그를 따라 들어갔다.

낯선 사람이 판매원 돌마에게 다가가 말했다.

"실례합니다. 술 세 병만 주세요."

"어떤 술이요?"

"여기에서 제일 좋은 거요."

"한 병에 오십 위안인데 괜찮으세요?"

"괜찮습니다. 그걸로 주세요."

"몇 병 드릴까요?"

"세 병이요."

판매원 돌마는 낯선 사람의 돈이 가짜인지 검사하지 않았다. 나는 왠지 기분이 조금 언짢았다.

주머니에 손을 넣으니 돌돌 말린 오십 위안짜리 지폐가 만져졌다. 이걸로 좋은 술을 한 병 더 살 수 있겠다고 생각했지만, 입 밖으로 꺼내진 않았다.

낯선 사람이 술을 들고 가게를 나서려고 할 때 판매원 돌마가 말했다.

"여기에서 날 데리고 나갈 사람을 계속 기다리고 있었어요. 오늘 당신을 보니 그 사람이 바로 당신이라는 생각이 들었죠. 돌마라는 여자들이 계속 들어와서 조금 걱정했어요. 이곳에 돌마가 이렇게 많은지 몰랐거든요."

낯선 사람은 가만히 서서 그녀의 얼굴을 보며 말했다.

"그렇군요."

"날 데리고 가줄 수 있어요?"

"당신이 원한다면."

판매원 돌마는 계산대에서 빠져나오더니 낯선 사람에게 다가가 팔짱을 꼈다.

낯선 사람은 나에게 손에 들려 있던 술 세 병을 건넸다.

"가지고 가서 다 같이 마셔요. 고마웠어요."

판매원 돌마는 잠시 뭔가 생각하더니 계산대 쪽으로 가서 커다란 사탕 한 봉지를 들고 와 내게 주며 말했다.

"여자들에게 주세요."

나는 술 세 병과 커다란 사탕 한 봉지를 받아 들었지만, 무슨 말을 해야 할지 몰랐다.

우리가 가게 밖으로 나온 후, 판매원 돌마는 가게 문을 걸어

잠그고 열쇠를 내 손에 쥐여주었다.

"죄송한데 촌장님께 좀 전해주세요. 여기를 떠날 거라고 다시는 돌아오지 않을 거라고 전해주세요."

나는 그녀를 보면서도 뭐라고 할 말이 없었다. 조금 실망했다.

그녀가 말을 덧붙였다.

"하마터면 깜박할 뻔했네요. 사탕 한 봉지 가져갔다고도 말해주세요."

그녀와 낯선 사람은 마을 밖으로 걸어갔고 사람들은 그들이 떠나는 모습을 신기하게 쳐다봤다.

내가 다가오는 것을 보고는 남자들과 여자들이 앞다투어 물었다.

"자신이 찾던 돌마를 찾은 거야?"

나는 대답했다.

"잘 모르겠는데, 그런 거 같아요."

남자들과 여자들이 너도나도 잇달아 말했다.

"찾았으면 됐지. 정말 잘됐네."

나는 술 세 병을 들어 보이며 남자들에게 말했다.

"외지 사람이 우리 마시라고 주고 갔어요. 술 드실 분은 이쪽으로 오세요."

그리곤 또 커다란 사탕 한 봉지를 들어 올려 여자들에게 말했다.

"이 사탕은 판매원 돌마가 여자들에게 준 거예요. 가지고 가서 드세요."

남자들은 병을 집어 들고는 술을 마시기 시작했다.

술을 마시더니 한 사람씩 말했다.

"좋은 술이네. 참 맛있어."

여자들은 비닐을 벗겨 사탕을 입 안에 넣고는 눈을 가느스름하게 뜨더니 찬찬히 맛을 음미했다.

서른쯤 된 돌마가 말했다.

"나도 외지 사람이 데려가 주면 좋겠다."

이때 위쪽 흙길에서 천천히 걸어 내려오고 있는 촌장 모습이 보였다.

촌장은 삐딱하게 휘어진 나무 옆에 가더니 하다 하나를 그 위에 올려놓았다.

촌장의 얼굴에는 기쁨과 행복이 넘쳐흐르고 있었다.

모두 촌장을 보고 있었다.

촌장이 말했다.

"다들 축복해주세요. 간밤에 우리 집 며늘아기가 아이를 낳았답니다. 산모와 아기가 아무 탈 없이 건강할 수 있도록 복을 빌어주세요."

다들 크게 기뻐하며 말했다.

"아, 그래서 안 보이셨군요. 축하드려요."

촌장은 주머니에서 백 위안을 꺼내더니 내게 주며 말했다.

"얼른 가서 좋은 술이랑 여자들이 좋아하는 것 좀 사 오게. 오늘 같은 날은 한 잔 사야지. 기쁨은 나눠야 배가 되지 않겠는가."

나는 주머니에서 매점 열쇠를 꺼내며 말했다.

"판매원 돌마가 떠났어요. 이걸 촌장님께 전해주랬어요."

촌장은 눈살을 찌푸리며 말했다.

"뭐? 떠났다고?"

"떠났어요. 외지 사람하고 함께 떠났어요."

"정말 떠났어?"

"정말 떠났어요. 다시는 돌아오지 않을 거라고 했어요. 그리고 사탕 한 봉지 가져갔다고 말해달라고 했어요."

촌장은 뭔가 생각하고 있었다.

이때 늙은 돌마가 촌장에게 물었다.

"아들이에요? 딸이에요?"

"딸이에요."

"이름은 지었어요?"

촌장이 대답했다.

"어르신하고 똑같아요. 돌마예요."

우겐의 치아

우겐은 내 소학교 친구다. 이건 많은 사람이 알고 있다. 우겐은 후에 활불이 되었다. 이것도 많은 사람이 알고 있다. 하지만 이 모든 것은 중요하지 않다. 중요한 것은 우겐이 스무 살에 죽었다는 것이다.

우겐烏金은 내 소학교 친구다. 이건 많은 사람이 알고 있다.

우겐은 후에 활불*이 되었다. 이것도 많은 사람이 알고 있다.

하지만 이 모든 것은 중요하지 않다. 중요한 것은 우겐이 스무 살에 죽었다는 것이다. 우겐이 죽고 나서 그에 대해 말할 때마다 다들 입을 모아 전세 활불께는 '죽다'라는 단어를 직접 사용해선 안 되며, 반드시 '원적'이라는 단어를 써야 한다고 했다. 하지만 우겐과 나는 어렸을 때 함께 뛰어놀던 친구이자, 소학교를 5년간 같이 다닌 동창에, 심지어 짝꿍이었다. 나이가 엇비슷한 사람이 갑자기 죽었는데, 그 애가 '원적'했다고 억지로 말한다는 것은 정말 어려운 일이었다. 하지만 모두 하나같이 절대 '죽다'라고 말해서는 안 된다고 했다. 특히 우리 부모님은 아주 단호하게 함부로 '죽다'라는 단어를 쓰지 말라고 하시면서 '너보다 공덕도 많

* 전세(轉世) 활불. 살아 있는 부처로 티베트 불교인 라마교의 수장이다.

고 지혜로운 분에게 무례를 저지르는 꼴'이라고 말씀하셨다.

부모님의 말씀을 들으니 나는 더욱더 '원적'이라는 단어를 쓰고 싶지 않았다. 우겐이 나보다 공덕이 많다는 것을 지금은 확실히 인정할 수 있다. 왜냐하면 활불이 된 우겐 앞에 많은 사람이 무릎을 꿇고 고두했기 때문이다. 한번은 부모님이 나를 데리고 가서 억지로 우겐에게 고두하라고 시킨 적이 있다. 솔직히 정말 하고 싶지 않았다. 우겐도 사람들 속에서 웃으며 "넌 하지 않아도 돼"라고 했지만, 부모님은 그렇게 놔두지 않고 기어이 억지로 고두를 시키셨다. 내가 머뭇거리며 망설이자 부모님은 "활불께서 네 소학교 친구라서, 둘이 같은 위치라고 생각해서 하기 싫은 거지?"라며 비난을 퍼부었다.

부모님의 말씀을 거역할 수도 없었고, 내 뒤로 참배행렬이 길게 이어져 있었기 때문에 별 수 없이 우겐에게 고두를 세 번 해야 했다. 막상 내가 고두했을 때, 우겐도 막지 않고 그저 미소를 지은 채 나를 바라보고 있었다. 그때는 정말 기분이 좋지 않았다. 하지만 나중에 생각해보니 내가 우겐에게 고두했다는 것은, 분명 우겐이 나보다 훨씬 공덕이 많다는 뜻이다. 그렇지 않다면 우겐이 나한테 고두하지, 왜 내가 우겐에게 했단 말인가? 어떤 일들은 그저 이렇게 인정하는 것 외에 다른 방법이 없다.

그러나 우겐이 나보다 훨씬 지혜롭다는 말에는 절대 동의할 수 없다. 소학교 1학년부터 5학년까지 같은 반이었기에 우겐의 수준을 누구보다 잘 알고 있다. 분명하게 장담할 수 있는데, 소학교 1학년부터 5학년을 마친 후 졸업할 때까지 우겐은 단 한 번도 수학 시험을 통과해본 적이 없다. 소학교 1학년 때부터 수학 숙제는 전부 내 것을 베꼈다. 이렇게 말해봤자 아무도 믿지는 않을 거라고 생각한다. 다른 사람이 이런 말을 했다면, 나도 분명 믿지 않았을 테니까 말이다. 하지만 확실히 있었던 일이라고 신성한 불법승의 "삼보"*에 대고 맹세할 수 있다. 선생님이 수학 숙제를 내주실 때마다 우겐이 할 수 있는 유일한 일은 내가 숙제를 다 하기만을 인내심을 갖고 기다리는 거였다. 내가 숙제를 끝내기 전에는 우겐도 절대 밖에 나가서 놀지 않았다. 나는 이런 점에 감동을 받곤 했는데, 우겐 혼자 놀러 나갔다면 기분이 나빴을 거고, 그렇다면 숙제도 다 하지 못했을 것이기 때문이다. 나중에 곰곰이 생각해보니, 만약 내가 숙제를 다 하지 못하면 당연히 자신도 숙제를 할 수 없기에 옆에서 기다리는 것은 당연한 일인 셈이고, 그런 면에서 우겐도 가끔은 똑똑했던 것 같다. 우겐은 의외로 아주 성실하게 내 수학 숙제를 베끼곤 했는데, 그렇다고 나를 자기 옆에 붙잡아두거나 하지도 않았다. 보통 나는 숙제를 다 하면 곧장 쏜살같이 교실 밖으로 뛰쳐나가 다른 친구들과 놀았다. 우겐은 숙제를 베끼면서도 아주 진지하고 성실했다. 게으름도 절대 피우지 않았다. 가끔 수학 선생님이 숙제를 또박또박 잘 해왔다고 우겐을 칭찬하기도 했다. 그럴 때마다 사실 난 그다지 기분이 좋지 않았지만 말이다. 그러나 시험을 볼 때면 보여주고 싶은 마음이 굴뚝같아도 행동으로 옮길 수 없었다. 수학 선생님은

* 불상, 승려, 법기

아주 엄격한 데다 심지어 히스테리를 아주 심하게 부렸기 때문이다. 시험 시간에 누군가 다른 사람의 답을 베끼는 것을 목격하면 절대 봐주는 법 없이 당장 시험지를 빼앗아 갈기갈기 찢어버리고는 보여준 사람이나 베낀 사람 모두에게 빵점을 줬다. 소심한 우겐은 베낄 생각은 꿈도 못 꾸었고, 마찬가지로 소심한 나도 감히 우겐에게 보여주지 못했다. 우리 수학 선생님은 대략 서른 살 정도의 여자였다. 이혼을 했고, 아이는 없다고 들었다. 나중에 외부 사람들이 사실 선생님의 아이는 죽었다고 했다. 그래서 수학 선생님이 그렇게 히스테리를 부리는 거라고 다른 과목 선생님들도 생각하고 있었다. 어쨌든 결론은 우겐이 소학교에 다니는 동안 단 한 번도 수학 시험을 통과해본 적이 없다는 것이다. 물론 이건 어릴 적 일에 불과하지만 말이다.

시간이 흘러 나는 중학교를 마치고 고등학교에 진학했다. 고등학교 졸업 후에는 대학에 가지 않고 소도시에서 대충 일자리를 구해 그렇게 살았다. 우겐은 소학교를 졸업한 이후에 학교에 다니지 않았다. 부모님이 외동아들인 우겐을 곁에 두고 싶어 했기 때문이다. 우겐도 딱히 부모님께 학교에 보내달라고 하지 않았다. 우리 고향에는 중학교가 없었기 때문에, 나는 소학교를 졸업하고 중학교에 다니기 위해 현으로 가서 생활했다. 여름 방학을 맞아 고향으로 돌아왔을 때, 우겐에게 왜 학교를 계속 다니지 않았느냐고 물은 적이 있다. 처음에는 부모님이 보내주지 않았다고 하길래, 그냥 그런 줄로만 알고 있었다. 나중에 우겐이 먼저 '왜 중학교에 가지 않았는지 진짜 이유를 알고 싶어?'라고 물었고, 그렇다고 했더니 돌아온 대답은 '수학이 무서워서'였다. 나는 웃으며 '내 거 베끼게 해줬을 텐데'라고 말했다. 우겐은 소학교 5학년 때부터인가 내 수학 숙제를 베낄 때마다 죄책감 같은 게 느껴졌다고 했다. 그런 마음으로 계속 공부하고 싶지 않았다고 말이다. 그때 우겐의 성품을 느낄 수 있었다.

내가 고등학교를 졸업하던 그해, 우리는 열여덟이 되었다. 앞서 말했던 것처럼 나는 일을 시작했고, 우겐은 활불이 되었다. 이듬해 여름, 내가 집에 다니러 갔을 때 우겐이 사람을 보내 절에 와달라고 했다. 우겐이 있는 절은 우리 마을에서 아주 가까웠다. 사실 우리는 그전에도 만난 적이 있다. 우겐이 전세활불로 인정받고 얼마 지나지 않았을 때였다. 우겐이 인정받은 활불은 고향 일대에서 아주 존경받는 인물로 반경 몇 리 안의 사람들이 모두 신도였다. 우겐의 좌상 의식이 거행되던 날, 행사에 참여하려는 사람들로 인파를 이뤘다. 대부분의 사람이 우겐에게 공물을 바치고 무릎을 꿇어 고두를 했다. 부모님이 나한테 억지로 고두를 시킨 것도 그날이었다.

하다와 공물을 챙겨 우겐이 있는 절로 향했다. 절에 도착하자, 한 스님이 우겐의 침실로 안내해주었다. 침실로 들어갔을 때, 우겐은 단좌하고 있었고 주변에는 경서 몇 권과 자주 사용하는 물건들이 놓여 있었다. 우겐은 나를 안내해준 스님에게 돌아가라고 손짓했다. 방 안에서 풍기는 분위기 때문인지 우리 사이에 알 수 없는 거리감이 느껴졌다. 먼저 공손하게 하다를 바친 후, 고두를 해야 할지 고민하면서 머뭇거리고 있었는데, 우겐이 자기 옆으로 와서 앉으라고 손짓했다. 우겐의 얼굴에는 여전히 어릴 적 모습이 남아 있었다. 그 얼굴을 보고 나니 우리를 가로막고 있던 묘한 거리감이 순식간에 사라졌다.

우겐이 웃으며 말했다.

"지난번에 부모님이 억지로 고두를 시켜서 난처했지?"

나는 어떻게 대답해야 할지 몰라 대충 둘러댔다.

"다들 고두하는데 나도 당연히 해야지."

그런 내 모습을 보고 그는 말했다.

"지금은 아무도 없으니까 그렇게 긴장하지 않아도 돼."

그 말을 듣자, 더욱 긴장하게 되었다. 우겐은 바로 화제를 돌렸다.

"넌 수학을 그렇게 잘하는데, 왜 대학에 가지 않았어?"

진학하지 않은 이유는 한둘이 아니었지만, 일일이 설명하고 싶지 않아 대충 몇 가지 이유를 둘러댔다. 우겐이 말했다.

"그 얘기는 나도 들었어. 근데 정말 아깝다."

같이 있으니 마치 어린 시절로 돌아간 것처럼 점점 마음이 편안해졌다. 우겐이 말했다.

"너 지금 우리 어렸을 때랑 똑같아."

그 당시처럼 어색함이 사라지자 우겐에게 거리낌 없이 장난으로 얄궂은 질문을 했다.

"너 아직도 수학이 무서워?"

그는 고개를 절레절레 흔들며 웃었다.

"아직도 무서워."

나도 웃으며 말했다.

"그래도 이젠 아무도 하기 싫은 일을 억지로 시키지 않잖아. 얼마나 좋아!"

우겐이 말했다.

"꼭 그렇지도 않아. 내 경 스승님이 천문역산을 공부하라고 진작부터 말씀하셨거든. 이게 수학이랑 관련이 있는 건데, 이리저리 계산해보니까 어렸을 때 수학만큼 어렵지 않더라."

나는 약간 의아했다.

"그거 아주 심오한 학문이라고 들었는데, 그럼 수학보다 훨씬 어려운 거잖아."

그는 겸손하게 말했다.

"괜찮아. 그 정도는 아니야."

나는 다시 한 번 우겐의 얼굴을 빤히 쳐다봤다.

"활불이 된 후에 갑자기 머리가 좋아진 거야? '지혜의 물을 대고 크게 깨달음을 얻는다.'는 성어처럼?"

그는 계속 웃으며 말을 이었다.

"아마 그때는 너한테 자꾸 의지하다 보니 그게 습관이 돼버렸었나 봐."

나는 그저 우겐을 가만히 쳐다보고 있었다.

잠시 후, 우겐이 다시 입을 열었다.

"어떤 사람이 1+1=3이라는 걸 증명했다는데, 어떻게 한 거야?"

나는 대답했다.

"그건 아주 심오한 학문이라, 수학 천재 같은 사람이나 증명할 수 있는 거야."

비록 내가 소학교 때부터 고등학교를 졸업할 때까지 줄곧 수학을 잘하긴 했지만, 이런 문제는 전혀 알지 못해 그저 대충 얼버무릴 수밖에 없었다.

우겐은 말했다.

"내가 아는 거라곤, 1+1=2, 2+2=4, 3+3=6, 4+4=8, 5+5=10, 6+6=12, 7+7=14, 8+8=16, 9+9=18, 10+10=20이라는 거야."

이렇게 순서대로 말하다가 100+100=200까지 말하지 않을까 걱정했지만, 우겐은 10+10=20까지 말하고는 멈췄다. 다행이라는 생각이 들어 마음이 한결 편해졌다.

이때, 우겐이 대체 어떻게 천문역산을 공부할 수 있는지 또 의아해졌지만 그래도 이렇게 말했다.

"너 이제 수학 계산은 엄청 빠르겠다."

우겐은 그 전에 숫자를 계산하며 말할 때 약간 흥분한 것 같더니, 조금 가라앉은 모습으로 다시 입을 열었다.

"근데 나는 왜 1+1=3인지 모르겠어."

스무 살인 우겐은 죽었고, 스무 살인 나는 여전히 살아 있다. 가슴이 조금 먹먹하다. 만약 뺄셈으로 계산한다면, 앞으로 우리 둘의 나이 차이는 점점 더 벌어지겠지. 우겐의 죽음을 직접 '죽다'라는 단어로 표현해서는 안 된다는 걸 알았지만, 그때는 그저 '원적'이라는 두 글자를 차마 입 밖으로 꺼내지 못했다. 그 두 글자를 나와 함께 자라온 친구에게 써야 한다는 게 왠지 모르게 낯설었다. 하지만 이것도 중요하지 않다. 중요한 것은 우겐은 이미 죽었고, 다시는 돌아오지 못한다는 것이다.

나와 우겐이 마지막으로 만난 것은 그해 새해였다. 새해가 된 첫날부터 우리는 스무 살이 되었다. 사실 소도시에서 일하기 시작한 후, 뭘 해도 순조롭지 않았다. 우리 마을 사람들도 다른 마을 사람들도 일이 생각대로 풀리지 않을 때면 모두 우겐을 찾아가 '보우'를 빈다는 얘기를 들었다. 우겐의 '가지'*를 받으면 일이 정말 잘 풀린다고 했다. 그걸 꼭 믿는 것은 아니지만, 지난 2년 동안 정말 뭐 하나 뜻대로 되는 일이 없었기 때문에 새해를 맞아 우겐한테 가서 '가지'를 달라고 할 생각이었다.

우겐이 활불로 인정을 받은 후, 마을에는 우겐의 출생에 관한 여러 가지 기이한 이야기가 전해졌다. 겨울에 과일나무에서 꽃이 폈다거나, 무슨 맑은 날 갑자기 천둥이 쳤다거나, 만 리가 보일 만큼 청명한 하늘에 무지개가 떴다는 등 과학적으로 설명할 수 없는 수많은 기묘한 현상들이었다. 이런 말을 전부 믿는 것은 아니지만, 완전히 못 믿는 것도 아니다. 나와 우겐은 특별한 사이였기 때문에 후에 일부 사람들이 어린 시절 우겐에게 남다른 점이 없었는지 나에게 물어 왔다. 수학 시험을 볼 때마다 과락한 것을 빼고는 내 기억 속의 우겐은 다른 사람과 별반 다르지 않았다. 그러다 어느 날 갑자기 어렸을 적 일화가 떠올랐다. 적어도 그 일만 놓고 보면 우겐은 아주 착한 아이였다는 것을 알 수 있다. 소학교 3학년 어느 날, 황허 강변에 놀러 갔을 때 일이다.

---

* 중생이 불보살에게 구하는 위력

강변에는 크고 기이한 바위가 하나 있었는데, 우겐은 그 바위에 올라가서 노는 것을 좋아했다. 예전에 연화생대사가 황허를 건너 이곳을 지날 때, 날이 저물기 시작하자 두 비자와 함께 이 바위에 등을 기대고 하룻밤을 묵었다는 전설이 있다. 커다란 바위에는 세 사람의 등 모양이 남아 있는데 양쪽 두 개는 작고, 가운데는 컸다. 어른들은 중간에 있는 것이 바로 연화생대사의 등 모양이고, 양옆의 두 개가 비자의 것이라고 했다. 이 바위는 '성스러운 바위'라고 여겨져서 평소 많은 사람이 참배하러 오곤 했다. 이 일대 사람들은 대부분 연화생대사가 티베트 불교 닝마파의 창시자라고 믿었는데 아마도 그 때문이었던 것 같다. 우겐의 이름도 연화생대사의 또 다른 이름인 '우겐대사'에서 두 글자를 따온 것이다.

그날은 성지순례를 하는 사람이 없어, 덕분에 우리는 오후 내내 마음껏 놀 수 있었다. 집으로 돌아가는 길이었다. 갑자기 모래땅 위에서 팔딱거리고 있는 물고기 한 마리가 시야에 들어왔다. 나는 물고기가 왜 여기에 있는지 생각해보지도 않고 대뜸 말했다.

"엄청 큰 물고기네. 도로 수리하는 사람들 물고기 먹던데, 우리 이거 갖다 팔자."

우겐은 얼른 뛰어가서 물고기를 주워 들고는 말했다.

"안 돼. 다시 물속으로 돌려 보내줄 거야."

나는 우겐의 손에서 힘껏 파닥거리는 물고기를 보며 말했다.

"에이, 그러지 말자. 산 채로 황허에 가서 놓아주는 건 불가능해. 얼마나 먼데. 도중에 죽고 말 거야."

"너 먼저 집에 가. 난 이거 다시 물에 놓아주고 갈게."

우겐은 말을 끝내자마자 물고기를 들고 뛰기 시작했다. 그 뒷모습을 보며 잠시 망설였지만 나도 따라 뛰었다.

한참 뛰어가다 보니 물고기가 움직이지 않는 것 같아 우겐에게 말했다.

"그만하자. 이미 죽은 거 같은데 그만 뛰어."

우겐은 내 말을 무시하고 물고기를 잡은 채 계속해서 앞으로 뛰었다. 나도 그를 따라 뛸 수밖에 없었다.

황허에 도착했을 때, 우리는 숨이 턱까지 차올라 허리도 제대로 펼 수 없었다.

우겐은 수심이 얕은 곳에 물고기를 살며시 놓아주었다. 물고기는 죽은 것처럼 그저 물 위에 둥둥 떠 있었다. 우겐은 숨죽인 채 물고기를 바라보고 있었다. 물고기가 살짝 꿈틀거리더니 또 다시 움직였다. 이내 헤엄치기 시작하더니 수심 깊은 곳으로 가 버렸다.

내가 사람들에게 이 이야기를 해주자, 모두 이런 인물은 역시 천성이 남들과 다르다며 입을 모아 말했다.

우겐에 관해 떠도는 여러 이야기와 내 기억 속 소소한 일을 떠올리면, 나도 가끔 우겐에게 타인과는 다른 뭔가가 있다는 생각을 하곤 했다. 그래서 그해 정월 초하루에 특별히 하다 하나와 선물을 준비해 새해 인사를 하러 갔다.

다시 만났을 때, 우겐은 여전히 친절했다. 하지만 우겐을 대하는 내 감정에는 약간의 변화가 생겼다. 나도 모르는 사이 자연스럽게 경외감 같은 게 생긴 것이다.

나는 공손히 하다와 선물을 바친 후, 고두를 하기 위해 한 발짝 물러섰다.

우겐이 웃으면서 말했다.

"우리 둘만 있을 땐 그렇게 격식 갖출 필요 없어."

그러더니 자신의 옆에 와 앉으라고 했다.

그래도 나는 우겐에게 세 번 고두했다. 그는 자리에 단좌하며 나를 바라보고 있었다.

나는 말했다.

"우겐, 아니, 활불님, 제가 최근 2년 동안 뭘 하든지 일이 잘 풀리지 않습니다. 저에게 가지해주십시오."

우겐이 말했다.

"너 이런 걸 믿어?"

나는 말했다.

"사람들이 네 가지력*이 영험하다고 했어."

우겐은 웃었다.

"내 오랜 친구인데 당연히 가지해줘야지."

우겐은 눈을 감은 채 한참 동안 경을 읊고는 불전에서 성수를 떠와 나에게 마시라고 했다. 마지막엔 붉은색의 호신부(護身簿)를 주었다.

---

* 중생을 보호하는 부처의 불가사의한 힘

"이거 항상 몸에 지니고 있어."

내가 크게 감격해 하자, 우겐은 계속 그럴 필요 없다고 말했다.

잠시 후, 우겐이 갑자기 말했다.

"얼마 전에 내가 누굴 봤는지 맞춰봐."

나는 그를 보며 말했다.

"모르겠어."

그는 웃으며 말을 이었다.

"잘 생각해봐. 우리 둘하고 관련 있는 사람이야."

나는 고개를 저으며 말했다.

"누군지 감도 안 와."

우겐은 그제야 입을 열었다.

"얼마 전에, 우리 소학교 때 수학 선생님이 여기에 왔었어."

하마터면 소리를 지를 뻔했다. 소학교를 졸업하고 나서는 그 선생님을 아마 한 번도 뵙지 못했던 것 같다.

우겐이 말을 이었다.

"나에게 가지를 해달라고 했어."

"선생님이 부탁했다고?"

"그렇다니까. 결혼하셨대. 애도 낳았고."

"우리 어렸을 때 이야기는 안 꺼냈어?"

"안 꺼냈어. 내가 먼저 예전에 수학을 엄청 못했다고 말했더니, 더는 말 못하게 말리시더라. 그때 혼내서 정말 미안했다고 하시면서 말이야."

정말 믿기 힘든 이야기였다.

우겐이 계속 말을 이었다.

"선생님은 나에게 고두를 하고는 자신의 아이가 잘 자랄 수 있도록 가지 해달라고 하셨어."

"넌 뭐라고 했어?"

"그냥 앞으로 선생님과 아이를 위해 자주 복을 기원하겠다고 말했지. 그랬더니 엄청 감격스러워하면서 돌아가셨어."

"선생님이 그럴 줄은 몰랐네."

"선생님은 별로 변한 게 없었어. 예전보다 표정은 많이 평온해지시긴 했어."

"아마 그때는 선생님도 아주 힘들었을 거야."

우겐이 또 말했다.

"내가 선생님께 뭘 질문했는지 맞춰봐."

"글쎄, 뭘 물었는데?"

"누가 1+1=3이라던데 어째서 그런 거냐고 물었어."

"그랬더니?"

"당신은 소학교 수학 선생이라 그런 심오한 문제는 잘 알지 못한다고 하셨어."

순간 요전에 나에게 똑같은 질문을 하던 모습이 떠올랐다. 우겐이 말을 이었다.

"1+1=3이 어떻게 된 건지, 나중에 꼭 알아내고야 말겠어!"

새해가 지난 후, 우겐의 소식을 전해 들었다. 바로 죽었다는 소식이었다.

난 이제 '원적'이라는 단어로 우겐의 죽음을 표현해야 한다는 것을 받아들일 수 있게 되었다. 하지만 이것도 중요하지 않다. 중요한 것은 우겐이 원적한 후, 사원의 스님과 주변 불자들이 우겐을 위해 불탑을 하나 세우고 이 불탑 안에 우겐의 치아를 모신다는 것이다. 자꾸 반복해서 말하게 되지만, 불탑을 세우는 일은 크게 중요하진 않다. 자력이 높은 활불이 승천한 후, 그를 따르던 불자들이 활불을 기리기 위해 불탑을 세우는 것은 아주 평범하기 그지없는 일이기 때문이다.

아주 아주 중요한 것은 그 불탑 안에 모실 우겐의 치아를 모았더니, 모두 58개였다는 것이다.

평범한 사람의 치아가 58개라니 이건 분명 너무 많다. 평범하지 않은 사람의 치아가 58개라고 해도 분명 너무 많다.

사실 그때까지 보통 사람의 치아가 몇 개인지 정확하게 알지 못했기 때문에 어떤 어르신께 여쭤봤다.

"사람 치아가 보통 몇 개죠?"

어르신은 잠시 생각하시더니 입을 뗐다.

"아마 30개일 거야."

그 어르신의 대답이 정확해 보이지 않아 다른 어르신께 다시 여쭤봤다.

"보통 사람 치아는 몇 개예요?"

어르신은 바로 "32개지"라고 대답했다.

어르신의 확신에 찬 말투를 듣고는 이 숫자가 정확할 것이라는 생각이 들었다.

그리나 결국 정말로 정확한지 확인해보기 위해 피시방으로 향했다.

피시방 관리자가 말했다.

"먼저 신분증을 등록하셔야 해요."

"왜요?"

"위에서 정한 규정이 그래요."

"그냥 뭐 좀 찾아보려고 온 건데, 몇 분이면 되는데 그냥 하면 안 될까요?"

"제 맘대로 할 수 없어요. 위에서 정한 규정이거든요."

"그냥 넘어가면 될 텐데, 귀찮게 그래요."

관리자는 조금 화가 난 것 같았다.

"전 아르바이트생이에요. 한 달 일해도 고작 몇백 위안밖에 못 버는 저한테 대체 왜 그러세요?"

나는 인터넷을 하는 사람들을 한번 보고는 신분증을 꺼내 건넸다. 관리자는 한 손으로 노트에 신분증 번호를 적으면서 다른 한 손으로는 노트를 가리켰다.

"보세요. 여기에서 인터넷 하는 사람들은 전부 등록했다고요. 위에서 내려온 규정이니까요."

난 더는 대꾸하지 않고 그저 신분증을 돌려주기만을 기다렸다. 등록이 끝났는지 관리자가 내게 물었다.

"뭐 검색하시려고요?"

난 퉁명스럽게 대답했다.

"사람 치아가 몇 개인지 알아보려고요."

그는 웃었다.

"그런 것도 몰라요?"

나는 바로 되물었다.

"그럼 한번 말해봐요. 사람 치아가 몇 개인지."

그는 잠시 생각하더니 겸연쩍게 말했다.

"아까 그 말을 들었을 때만 해도 그렇게 간단한 기본 상식 정도는 당연히 아는 줄 알았어요. 그런데 막상 구체적으로 몇 개인지 말하려니까 말문이 턱 막히네요. 스물 몇 개 아닌가요?"

나는 그를 바라보며 웃었다.

"모르겠으면 본인 치아라도 세어보세요."

이렇게 말을 하곤 자리를 잡고 앉아 인터넷을 하기 시작했다. 고개를 돌려 관리자를 보니 자리에 앉아서 손가락을 입 안에 집어넣어 자신의 치아 수를 세는 것 같아 보였다.

"바이두 지식"을 열어 검색창에 '사람의 치아는 모두 몇 개인가'를 입력하고 엔터를 치자, 순식간에 수백 개의 검색 결과가 쏟아졌다.

그중 하나를 클릭해 웹페이지를 열어보니 수많은 사람의 답변과 댓글이 있었다. '베이징 미녀 치과 의사'라는 사람은 단순명료하게 숫자 두 글자를 적었다.

28개

'동면 중인 나무'라는 사람은 이렇게 대답했다.

28+4, 사랑니가 없는 사람도 있음

'질문은 배움의 원천'이라는 사람은 이렇게 대답했다.

치아가 정상적으로 자랄 경우 32개이나 사랑니가 모두 맹출되지 않는 경우도 있으므로 28~32개로 사람마다 다르다. 일부 특수한 사람은 치아가 아예 없는 경우도 있다.

제일 자세하게 적은 답변자는 '나는 강자이다'라는 사람이었다.

사람은 평생 유치와 영구치 두 개의 치열을 갖는다. 유치는 일반적으로 출생 후 6개월이 되면 맹출하기 시작하는데, 구강 내 총 20개의 유치가 30개월을 전후로 맹출한다. 영구치는 대략 만 6세 무렵에 맹출하기 시작하기 때문에, 첫 번째로 맹출한 영구 어금니를 '6세 어금니'라고 한다. 유치는 전치부터 점차 탈락하고 영구치와 교환되어 보통 만 12세 전후에 전체 영구 치열이 완성된다. 이 시기에 형성되는 영구 치열은 사람이 평생 사용하는 치열이기 때문에 주의 깊게 관리해야 한다.

모든 사람은 32개의 영구치를 가지고 있는데, 실제로 사용 가능한 치아는 28개이다. 치아가 한두 개 탈락할 경우에는 전체 건강에 큰 영향을 주진 않지만, 치아가 점차 탈락하여 20개 이하가 되면 신체의 여러 기능에 영향을 미치게 된다. 그러므로 탈락한 치아는 반드시 즉시 치료하여 원상복귀시켜야 한다. 구강 내에서 실제 기능을 하는 치아 수가 20개 이상 유지될 경우 사람의 노화 속도가 감소하여 수명 연장에 도움이 된다. 사람의 치아 수가 20개 미만일 경우, 음식물 섭취 시 충분한 저작 운동을 하지 못해 소화 기능에 영향을 줄 수 있으며, 발화 시 발음에도 악영향을 미칠 수 있다. 또한, 외관에 영향을 주어 나이보다 늙어 보일 가능성이 있으므로 심리 상태에도 악영향을 미친다. 치아는 인체에 중요한 평형 기관 중 하나이다. 신체 활동을 많이 하거나 집중하여 두뇌 활동을 할 때 치아가 맞물린 상태를 유지하는데, 치아 수가 20개 미만인 경우 평형 기관에 영향을 미쳐 여러 활동 장애가 발생할 수 있으며, 실족하여 쉽게 넘어지는 현상이 나타날 수도 있다….

심지어 이 답변에는 연령대에 따라 어떤 치약을 사용해야 하는지 등 관련된 모든 문제에 대해 상세한 설명이 되어 있었다. 답변자가 적어놓은 묘사를 보고 매우 놀란 나는 속으로 앞으로는 치아를 잘 관리해야겠다고 다짐했다.

다른 이들도 치아 58개가 전부 우겐의 것이 아니며, 그 안에 분명 다른 이의 치아가 섞여 있다고 생각했다.

사원의 스님이 하다로 치아를 잘 싸서 우겐의 부모님에게 가져가 분별해달라고 부탁했다. 우겐의 부모님은 치아를 포함해 우겐과 관련된 물건은 이미 모두 다 찾아서 사원에 전달했으며, 거기엔 어릴 적 이갈이를 할 때 지붕 위나 다른 곳에 던진 유치도 들어 있다고 말했다. 그러면서 아들의 귀중한 치아에 타인의 치아가 섞여 들어갔다고 해도 이제는 골라내지 못한다고 덧붙였다. 공교롭게도 불탑이 거의 완성되기 직전이었기에 결국 사원의 주지 스님은 어쩔 수 없이 58개의 치아를 경서 등 봉안 물건과 함께 불탑 안에 넣었다.

불탑이 완성되자 당연히 많은 사람이 참배를 하러 갔고, 나도 종종 그곳에 참배하러 가곤 했다. 그게 우겐을 기리기 위해서였는지 아니면 어둠 속에 있는 그에게 나를 잘 돌봐달라고 부탁하기 위해서였는지는 잘 모르겠다.

그러던 어느 날 불탑을 돌다가 갑자기 어릴 적 일이 떠올랐다.

학교를 마치고 우리는 숙제를 하러 우겐의 집으로 갔다. 집에 도착해서 우겐은 나에게 먼저 수학 숙제를 하라고 하고 옆에서 참을성 있게 얌전히 기다리고 있었다. 내가 수학 숙제를 끝내면 이번에는 우겐이 열심히 그것을 베낄 시간이다. 갑자기 이틀 전부터 흔들리던 치아가 다시 아파오기 시작했다. 나는 너무 아픈 나머지 참지 못하고 소리를 질러댔다.

우겐이 밖으로 나가 자신의 아버지를 불러왔다. 아저씨가 내 치아를 살펴보고는 말씀하셨다.

"이제 빼도 되겠어."

이렇게 말씀하시고는 가느다란 실을 가지고 와서 흔들리던 치아에 동여매고는 내게 이런저런 잡다한 얘기를 건네기 시작했다.

입안이 살짝 아프다고 느꼈을 때, 흔들리던 치아는 이미 우겐 아버지 손에 있었다.

아저씨는 웃으며 치아를 나에게 건넸다.

"양털로 잘 싸서 천창 밖 지붕에 던지렴."

나는 양털로 싼 치아를 들고 천창 밑으로 가서 위를 올려다보고는 어떻게 던져야 천창 밖으로 잘 던질 수 있을까 살펴보았다.

우겐의 아버지가 웃으며 말씀하셨다.

"던지기 전에 뭐라고 말해야 하는지 알지?"

나는 대답했다.

"물론이죠."

내가 살던 곳엔 민간에 전해지는 미신이 있다. 천창 밖 지붕에는 아이들의 치아만 전문적으로 담당하는 신이 있어서 주문을 외운 후 치아를 던지면 예쁜 치아가 자란다는 내용이다. 우겐과 아저씨는 모두 나를 보고 있었다. 나는 양털로 감싼 치아를 하늘로 들어 올리고는 작은 소리로 주문을 외웠다.

'못생긴 개 이빨을 드릴 테니, 순백색의 상아를 내려주세요. 못생긴 개 이빨을 드릴 테니, 순백색의 상아를 내려주세요.'

이렇게 두 번을 반복한 후, 치아가 양털과 함께 밑으로 떨어지지 않도록 위로 힘껏 던졌다. 우겐과 우겐의 아버지는 정확히 잘 던졌다며 칭찬해줬다.

이 일이 생각나자 다른 일도 떠올랐다.

우겐이 활불로 인정을 받은 후에 사원에서 스님 몇 분이 우겐의 집을 찾아가 보내주신 물건 가운데 치아 몇 개가 부족하다며 우겐의 집 지붕에 올라가 한참을 찾았다. 결국 우겐의 유치를 몇 개 찾아내고는 무슨 보물이라도 찾은 듯 가지고 돌아갔었다.

이런 생각이 들었다. 우겐의 집 옥상에 던진 내 유치도 분명 사원의 스님들이 주워 갔으며, 지금은 장엄한 불탑 안에서 우겐의 귀중한 치아와 함께 수많은 신자의 고두를 받고 있을 거라고 말이다.

아홉 번째 남자

용우파엔이 자신의 첫 번째 남자 이야기를 하나도 숨김없이 아홉 번째 남자에게 말하자, 아홉 번째 남자는 미소를 지으며 말했다.

"그게 바로 남녀가 서로 끌리는 이유야. 아무리 막으려고 해도 막을 수 없는 거지. 나도 그래서 너를 만나게 된 거고."

이 남자를 만나기 전에 용우파엔雍措은 남자들을 대하는 데 자신이 없었다.

이 남자는 그녀의 아홉 번째 남자다.

용우파엔의 첫 번째 남자는 승려였다. 그해 용우파엔은 열여덟이었다. 어떻게 된 일인지 얼떨결에 승려와 가까운 사이가 되었다. 마을에서 예쁜 편이었기에 온 마을 청년들은 용우파엔의 관심을 끌기 위해 노력했다. 용우파엔이 승려와 교제한다는 사실이 알려지자 마을 사람들은 남녀노소 할 것 없이 다들 의아해했고 세상에는 설명할 수 없는 일들이 많다고 입을 모았다.

남자는 용우파엔보다 두 살이 많았다. 하지만 남녀 사이의 일에는 경험이 전혀 없었다. 용우파엔은 두 살 어렸지만, 마을에서 남녀 사이의 일에 대해 들어왔기 때문에 대충은 알고 있었고, 또 어리석지만 환상도 품고 있었다.

용우파엔의 주도로 두 사람은 온 하늘의 별빛이 쏟아지는 들판에서 조심스럽게 첫 경험을 했다.

첫 경험을 하고 나서 용우파엔은 실망감을 감출 수 없었다. 전 과정이 조급하게 진행된 데다가 사람들이 말하는 것처럼 신비하지도 않았기 때문이다.

첫 경험을 하고 나서 남자는 뜻밖에도 눈물 콧물 다 쏟아내며 아이처럼 엉엉 울기 시작했다.

용우파엔은 양심의 가책을 느꼈다. 자신이 충동적인 행동으로 계율을 잘 지키던 승려의 앞길을 막아버린 것 같았기 때문이다.

무슨 말이라도 해서 위로하고 싶었지만 적당한 말이 떠오르지 않자 결국 이렇게 말했다.

"나는 죄업이 무거운 여자라 분명 지옥에 떨어질 거야."

남자는 뜻밖에도 그녀의 손을 꽉 잡더니 말했다.

"나는 계율을 깨뜨렸기 때문에 우는 게 아니야. 이렇게 좋은 기분을 이제야 느꼈다는 게 안타까워서 그래. 네 덕분에 나는 인생의 아름다움을 알게 됐어. 넌 절대 지옥에 떨어지지 않을 거야. 분명 천당에 갈 거야. 넌 정말 좋은 사람이야. 널 좀 더 일찍 알았다면 정말 좋았을 텐데."

용우파엔이 자신의 첫 번째 남자 이야기를 하나도 숨김없이 아홉 번째 남자에게 말하자, 아홉 번째 남자는 미소를 지으며 말했다.

"그게 바로 남녀가 서로 끌리는 이유야. 아무리 막으려고 해도 막을 수 없는 거지. 나도 그래서 너를 만나게 된 거고."

이 말을 들은 용우파엔은 얼굴이 마비된 것처럼 어떤 표정도

지을 수 없었다.

용우파엔의 두 번째 남자는 여자한테 버림받은 남자였다.

남자의 여자는 다른 남자와 눈이 맞아 달아났지만, 그는 여자를 잊지 못해 속으로 그리워하면서 자신이 세상에서 제일 외로운 사람이라고 생각했다.

혼자 외로울 때면 남자는 그 여자와 비슷하게 생긴 용우파엔을 찾아와 이런저런 얘기를 털어놓았다. 남자는 양 갈래로 길게 땋은 용우파엔의 머리를 쓰다듬는 걸 좋아했다.

용우파엔 때문에 승려가 계율을 깨뜨리고 환속했기에 마을 사람들은 그녀에게 불길한 여자라고 손가락질하면서 지옥에 떨어질 거라고 저주를 퍼부었다. 용우파엔도 진짜 그럴 수 있다고 가끔 생각했다. 하지만 환속한 승려가 그녀에게 진심으로 잘 해줬고 그녀도 만족했기 때문에 그런 험담들은 전혀 신경 쓰지 않았다. 마을 사람들은 환속한 승려에게도 매몰차게 대했다. 승려는 아주 높은 위치에서 순식간에 밑바닥으로 떨어진 느낌을 받았을 것이다. 얼마 후 그런 비난을 견딜 수 없었던 남자는 결국 용우파엔을 버리고 자기를 아는 사람이 한 명도 없는 곳으로 남몰래 떠났다.

그래서 여자에게 버림받은 남자가 하소연을 하러 용우파엔을 찾아왔을 때, 용우파엔도 속으로 아주 극심하게 외로움을 느끼고 있었고 결국 그 남자와 함께하게 되었다.

남자는 종종 용우파엔을 예전 여자의 이름으로 잘못 불렀다.

그럴 때마다 용우파엔은 기분이 좋지 않았지만, 남자가 잘 대해 주었기 때문에 마음대로 부르도록 내버려두었다.

남자가 이름을 잘못 부르는 것에 적응하고 잘 지내보려고 할 때쯤 남자의 예전 여자가 돌아왔다.

여자는 아주 난폭했다. 양 갈래로 땋은 용우파엔의 머리를 꽉 쥐고선 남자 앞에서 이리저리 마구 잡아당겼다. 남자도 그저 보고만 있을 뿐 아무런 행동도 하지 않았다.

용우파엔은 눈물을 글썽이며 남자 앞에 서서 남자의 얼굴을 뚫어져라 쳐다봤다.

남자는 고개를 푹 숙인 채 말했다.

"난 그저 네가 그녀와 닮아서 만났던 거야. 이제 그녀가 돌아왔으니 나도 돌아갈 거야."

용우파엔은 여자의 머리가 자신과 똑같은 양 갈래 땋은 머리라는 걸 그제야 발견했다.

용우파엔이 자신의 두 번째 남자 이야기를 하나도 숨김없이 아홉 번째 남자에게 말하자, 아홉 번째 남자는 분노하며 말했다.

"그놈은 정말 사람도 아니네!"

아홉 번째 남자의 이 말을 듣고 용우파엔은 그를 한 번 쳐다봤다.

용우파엔의 세 번째 남자는 산호 목걸이를 파는 장사꾼이었다. 남자의 손에는 피처럼 붉은 선홍빛의 산호 목걸이가 잔뜩 걸려 있었다. 남자는 갖가지 목걸이를 하나씩 자신의 목에 걸고는 마을 골목을 이리저리 마구 뛰어다니며 쉬지 않고 "산호 목걸이 사세요. 산호 목걸이에요."라고 외쳤다.

마을 여자들에게 산호 목걸이를 갖는다는 건 일생의 꿈같은 일이었다.

"산호 목걸이 사세요. 산호 목걸이에요."라고 외치는 산호 장사꾼의 목소리가 자기 집 문 앞을 지나갈 때면 여자들은 참지 못하고 항상 문틈 사이로 몰래 훔쳐보거나 아예 장사꾼 꽁무니를 쫓아다니기도 했다.

산호 장사꾼이 물건 사라고 외치는 목소리가 마을에 울려 퍼지는 순간, 마을 남자들은 바로 이 순간을 제일 두려워했다. 마을 남자들에게 산호 장사꾼은 어금니를 꽉 깨물고 참아야 하는 원망의 대상이었다. 가난한 몇몇 남자들은 산호 장사꾼이 또 나타나기 전에 아예 다리몽둥이를 부러트려 다시는 마을에 발도 못 붙이게 해야 한다며 쑥덕거리기도 했다. 하지만 보통 산호 장사꾼이 올 시간이 되면, 마을 남자들은 주로 자기 여자를 산에 보내곤 했다. 가서 풀을 베라고 하든지, 양을 방목하게 한다든지 혹은 다른 일을 하라고 산으로 보내버린다. 한마디로 여자들이 산호 장사꾼을 아예 보지 못하도록, 혹은 물건 사라고 외치는 목소리를 아예 듣지 못하도록 온갖 방법을 동원하는 것이다. 그러니 이 마을에서 산호 장사꾼의 수입이 어땠는지는 안 봐도 충분히 짐작할 수 있다.

바로 이런 상황일 때 용우파엔은 산호 장사꾼을 우연히 만났다.

용우파엔은 산호 장사꾼의 물건 파는 소리에 자신도 모르게 이끌려 나간 여자 중 하나였다. 산호 장사꾼의 물건 파는 소리가 마을에 울려 퍼지자 용우파엔도 바로 뛰쳐나왔다. 산호 장사꾼의 목에 걸려 있는 목걸이를 보면서 '저 산호 목걸이가 내 목에 걸려 있으면 얼마나 좋을까?' 속으로 생각했다.

이미 두 남자와 경험이 있었지만, 그녀는 고작 스무 살이었다. 산호 목걸이를 갖고 싶다는 욕망을 숨기지 못하고 속마음을 그대로 밖으로 드러내고 말았다.

이 모습을 본 장사꾼이 물었다.

"산호 목걸이 마음에 들어?"

용우파엔은 속마음을 전혀 숨기지 않았다.

"마음에 들어요!"

장사꾼이 말했다.

"그럼 아가씨 남자한테 사달라고 해."

용우파엔이 얼굴을 붉히며 말했다.

"남자가 없어요."

장사꾼은 말했다.

"아가씨처럼 예쁜 사람이 왜 남자가 없어?"

붉어졌던 얼굴이 다시 하얘졌다.

"몰라요."

장사꾼은 잠시 생각하더니 자신의 목에 걸려 있는 산호 목걸이를 가리키며 말했다.

"어느 게 제일 마음에 들어?"

잠시 머뭇거렸지만 이내 그녀의 눈빛은 장사꾼 목에 걸린 수많은 산호 목걸이 위에서 끊임없이 흔들렸고 결국 그중 하나를 가리켰다.

"이거요."

산호 장사꾼은 웃으며 말했다.

"안목이 높네. 이게 제일 좋은 거야."

용우파엔이 말했다.

"전 이게 마음에 들어요."

산호 장사꾼이 말했다.

"이건 산호 서른 알로 만든 거야. 알알이 최상급이지."

용우파엔은 입을 다물었다.

산호 장사꾼은 눈을 가느스름하게 뜨고선 말했다.

"아가씨 용모가 꽤 출중한데, 이렇게 하지. 나와 같이 서른 밤을 보내면, 산호 30알로 만든 목걸이는 아가씨 게 되는 거야. 어때?"

용우파엔은 얼굴만 붉힐 뿐 말이 없었다.

서른 밤이 지나고 산호 30알로 만든 목걸이는 용우파엔의 목에 걸리게 되었다.

마을의 여자들은 용우파엔을 부러워하면서도 손가락질하며 비난했고, 심지어 뒤에서 침을 뱉으며 욕설을 퍼붓기도 했다.

용우파엔이 자신의 세 번째 남자 이야기를 하나도 숨김없이 아홉 번째 남자에게 말하자, 아홉 번째 남자는 경멸에 찬 목소리로 말했다.

"장사꾼치고 멀쩡한 놈이 하나도 없어. 전부 악덕 장사꾼이라니까!"

아홉 번째 남자의 이 말을 듣고는 용우파엔은 다시 한번 그를 쳐다봤다.

용우파엔의 네 번째 남자는 트럭 기사였다. 그는 마을의 물건을 도시로 실어 나르고, 또 도시의 물건을 마을로 다시 실어 오곤 했다. 용우파엔의 목에 산호 목걸이가 걸린 이후, 이런저런 기회를 만들어 그녀에게 온갖 달콤한 말로 아부하던 경박한 남자들도 더는 그녀를 찾지 않았다. 저 멀리서 보이기만 해도 경멸의 눈초리로 쳐다보며 피했다. 마을의 여자들도 마찬가지였다. 누구 하나 먼저 그녀에게 말 거는 사람이 없었다.

용우파엔은 그녀의 두 번째 남자가 자주 말했던 외로움이 어떤 기분인지 어느 정도 이해할 수 있었다. 이리저리 생각해보니 결국 이 모든 게 자신의 목에 걸린 산호 목걸이 때문에 생긴 일이라는 생각이 들었다. 그녀는 산호 목걸이를 풀어 다시 한번 자세히 살펴보았다. 그래도 여전히 아름답게 보이자 조금도 망설이지 않고 다시 자신의 목에 걸었다. 첫 번째 남자가 그랬던 것처럼 자신을 아는 사람이 한 명도 없는 곳으로 떠나고 싶다는 생각이 간절했다. 더구나 마을 밖 세상은 훨씬 넓고 아름답다는 얘기도 진작 들었던 터였다.

사람들이 즐겨 부르던 노래가 머릿속에 떠올랐다.

야야야
하늘에 무지개가 걸렸네
황금 다리처럼 보이는구나
이제 큰 산에서 벗어나
바깥세상을 보러 가야지

용우파엔의 머릿속에는 뭐가 무지개고 뭐가 황금 다리인지 그려지지 않았다. 아무리 생각해도 트럭 기사만 떠올랐다. 트럭 기사가 산으로 둘러싸인 마을에서 자신을 데리고 나갈 수 있는 유일한 사람이라고 생각했다.

용우파엔은 트럭 기사를 찾아가 자신이 원하는 바를 말했다.

트럭 기사는 그녀의 목에 걸린 산호 목걸이를 쳐다보며 아무 말이 없었다.

용우파엔이 말했다.

"산호 목걸이 뺏을 생각은 하지도 말아요."

그러자 트럭 기사는 다시 그녀의 얼굴을 쳐다보았다.

용우파엔이 말했다.

"그래도 보답은 꼭 할게요."

트럭 기사는 그녀에게 해가 뜰 때쯤 마을 입구에서 기다리라고 했다.

용우파엔은 알 수 없는 긴장감으로 가득 차서 한숨도 자지 못하고 뜬눈으로 밤을 지새우고 아침 일찍 마을 입구로 나갔다.

동이 트려고 하자 그제야 트럭 기사가 트럭을 몰고 왔다. 트럭 기사는 어쩐지 조금 정신이 없어 보였다.

트럭 기사는 작은 병 하나를 꺼내 뚜껑을 열고 한 모금 마셨다.

술 냄새가 용우파엔의 코를 찔렀지만 그래도 물었다.

"그게 뭐예요?"

"술."

트럭 기사가 대답하고 또 한 모금 들이켰다.

용우파엔은 그를 보면서 아무 말도 하지 않았다.

트럭 기사는 말했다.

"매일 출발하기 전에 두 모금씩 마시지."

말을 끝내더니 트럭이 움직이기 시작했다.

트럭이 도로에 들어서자 트럭 기사는 유난히 정신이 맑아 보였다. 오히려 용우파엔은 쿨쿨거리며 깊은 잠에 빠지고 말았다.

용우파엔이 눈을 떴을 때 트럭은 사방이 탁 트인 곳에 세워져 있었다. 눈부시게 환한 햇살이 사방에서 내리쬐는 바람에 눈을 제대로 뜰 수가 없었다. 트럭 기사는 그녀의 옷을 서둘러 벗기며 그녀를 안을 준비에 한창이었다. 그녀는 어떤 반항도 하지 않았다. 그저 가늘게 눈을 뜨고는 마지못해 누워서 그가 마음대로 하도록 내버려두었다.

트럭 기사는 처음부터 끝까지 정성을 들이며 순서대로 진행하더니 마지막엔 떨리는 목소리로 말했다.

"내가 만난 여자 중에 네가 제일 예뻐."

눈을 가느다랗게 뜬 용우파엔이 그를 한 번 쳐다봤다. 남자의 그런 모습이 재미있다는 생각이 들었다.

“여자를 몇 명이나 만나봤어요?”

트럭 기사는 여전히 떨리는 목소리로 대답했다.

“몰라. 기억 안 나. 아무것도 기억이 안 나.”

용우파엔은 소리 내어 웃었다.

트럭 기사의 목소리는 여전히 떨리고 있었다.

“하지만 너 같은 여자를 만났으니까 이번 생은 그걸로 충분해.”

사거리에 도착한 트럭이 멈춰 섰다. 트럭 기사가 말했다.

“여기가 바로 시내야.”

용우파엔은 깜짝 놀라 눈이 휘둥그레졌다. 이렇게 많은 사람이 오가는 모습을 지금껏 한 번도 본 적이 없었고, 이렇게 수많은 트럭이 높은 빌딩처럼 포개져 있는 광경은 꿈에서도 보지 못했다.

용우파엔이 차에서 내리려고 하자 트럭 기사는 헤어짐을 못내 아쉬워했다.

“나랑 같이 가자. 내가 매일 이곳에 데려다줄게. 여기 말고 다른 도시에도 데려다줄게.”

용우파엔은 웃었다.

“아저씨랑 같이 있으면 불편해요. 계속 삼촌이랑 같이 있는 느낌이거든요.”

트럭 기사는 더는 말이 없었고 얼굴에서 표정이 사라졌다.

운전석 쪽에서 뛰어내린 용우파엔이 사거리에 서 있었다.

트럭 기사는 그녀를 불러 세우더니 목에 걸린 산호 목걸이를 쳐다보며 말했다.

"조심해."

용우파엔이 자신의 네 번째 남자 이야기를 하나도 숨김없이 아홉 번째 남자에게 말하자, 아홉 번째 남자는 대수롭지 않다는 듯 대충 말했다.

"악덕 장사꾼에 비하면, 이 트럭 기사는 그런대로 온순한 사람이네."

아홉 번째 남자의 이 말을 들은 용우파엔은 마치 무언가를 생각하는 것 같았다.

용우파엔의 다섯 번째 남자는 잘생긴 남자였다. 그는 항상 도시의 사거리에 있었다. 용우파엔이 트럭에서 내리고 사거리에 서서 눈앞의 신기한 세상을 바라보던 그때도 잘생긴 남자는 그녀의 앞에 있었다. 트럭이 출발하기도 전이었다.

트럭 기사는 잘생긴 남자를 한번 쳐다보더니 용우파엔을 보며 말했다.

"진짜 조심해!"

잘생긴 남자가 트럭 기사를 한번 보더니 용우파엔에게 물었다.

"네 삼촌이셔?"

용우파엔이 대답했다.

"어떻게 알았어요?"

"어른처럼 챙기는 거 같아서."

용우파엔은 트럭 기사를 한번 쳐다보고 다시 잘생긴 남자에게 말했다.

"맞아요. 정말 똑똑하시네요. 우리 삼촌이에요."

트럭은 '부릉' 하는 통곡 소리를 내면서 출발했다.

용우파엔과 잘생긴 남자는 트럭 꽁무니에서 뿜어져 나오는 검은 연기를 보며 크게 웃었다.

잘생긴 남자는 사거리에 서서 용우파엔에게 여러 가지 재미있는 이야기를 들려주었다. 전부 수준 높은 이야기였다. 용우파엔이 평소 마을에서 듣던 얘기들은 전부 저속한 저질 얘기들뿐이었다. 듣고 나면 낯이 뜨거워 차마 소리 내 웃지도 못할 정도의 수준 낮은 얘기였다. 용우파엔은 지금껏 단 한 번도 이렇게 수준 높고 재미있는 이야기를 들어본 적이 없었던 터라 거침없이 즐겁게 웃기 시작했다.

그런 용우파엔의 모습을 지나가는 사람들은 신기하다는 듯 쳐다봤다.

이상한 시선을 느낀 용우파엔은 얼른 잘생긴 남자에게 물었다.

"지금 사람들이 내 목에 걸린 예쁜 산호 목걸이 때문에 날 보는 거예요?"

잘생긴 남자는 산호 목걸이는 거들떠보지도 않고 대답했다.

"도시에서 이런 목걸이는 대단한 게 아니야. 여자들 전부 하나씩은 가지고 있을걸."

용우파엔은 지나가는 여자들을 자세히 살펴보더니 다시 물었다.

"근데 목걸이를 한 사람이 왜 없어요?"

"도시 여자에겐 그런 건 흔해빠진 거라 그래. 귀중한 게 아니니까 하고 다니지도 않는 거지. 그냥 옷장에 잘 놔뒀다가 작은 산호라도 낳으면 고향에 있는 가난한 친척에게 나눠주던가 하는 거야."

깜짝 놀란 용우파엔이 또다시 물었다.

"지금 산호가 작은 산호를 낳는다고 했어요?"

그제야 잘생긴 남자가 그녀에게 다가가 목에 걸린 산호 목걸이를 한번 보고는 말했다.

"딱 보니까 네 목걸이가 바로 도시에 있는 큰 산호가 낳은 작은 산호네."

용우파엔은 크게 실망한 것 같았다.

잘생긴 남자는 용우파엔을 위로하며 말했다.

"그래도 작은 산호 중에 네 게 제일 큰 거 같아."

"큰 산호가 낳은 작은 산호로 만든 목걸이라서 사람들이 날 보고 그렇게 웃은 거예요?"

"아니. 그건 아니야. 네가 예뻐서 웃은 거야."

용우파엔은 그 말을 믿지 못하겠다는 듯 지나가는 여자들을 쳐다봤다.

"하지만 여자들 전부 저보단 훨씬 예쁜데요? 살결이 얼마나 하얀지 꼭 하늘에서 내린 눈 같아요."

잘생긴 남자가 웃으며 말했다.

"여기 있는 어떤 사람도 너보다 예쁘지는 않아. 너랑 비교하면 저 여자들은 도축장에 걸려 있는 허여멀건 돼지고기나 마찬가지야."

용우파엔은 얼굴이 달아올라 주변에 지나가는 여자들의 얼굴을 감히 쳐다볼 수가 없었다.

잘생긴 남자가 말했다.

"이것 봐. 너 이러니까 더 예쁘다."

이때 경찰 한 명이 다가와 잘생긴 남자에게 말했다.

"이봐, 매번 훤한 대낮에 사거리에서 뭐하는 거야? 여자들한테 집적거리지 좀 마. 여기서 이러면 교통 질서에 영향을 주잖아."

잘생긴 남자가 말했다.

"사촌 여동생이에요. 시골에서 왔는데 지금 데리고 다니면서 견문을 넓혀주고 있다고요."

경찰은 엄숙하게 말했다.

"한 번 더 교통질서를 어지럽히면, 당장에라도 체포하겠어."

잘생긴 남자가 말했다.

"저녁에 술 살 테니 좀 봐줘요. 흑묘 술집에서 만나요."

경찰은 피식하며 웃더니 용우파엔을 한 번 쳐다보았다.

"얼른 가봐. 저녁에 여동생도 꼭 데리고 나오고."

흑묘 술집은 사거리에서 멀지 않은 곳에 있었다. 어둠이 내려앉자 길모퉁이 한구석에서 모습을 드러냈다.

용우파엔은 흑묘 술집 입구에 있는 형형색색의 네온사인을 보며 신기해했다. 용우파엔이 잘생긴 남자에게 물었다.

"낮에는 왜 이 술집이 없었죠?"

잘생긴 남자는 수수께끼처럼 말했다.

"이 도시는 이렇게 환상으로 가득하단다."

용우파엔은 잘생긴 남자와 함께 술집에 들어가서 또 한 번 놀라 굳어버리고 말았다.

"이렇게 이상한 사람들이 왜 낮에는 보이지 않았죠?"

잘생긴 남자는 웃으며 말했다.

"이 사람들은 다른 세상 사람들이라서 저녁에만 나와."

예전에 밤에만 나오는 건 귀신밖에 없다고 들었다. 하지만 이들이 설화 속의 귀신과 비슷해 보이지는 않았다.

잘생긴 남자가 용우파엔과 함께 어두컴컴하고 외진 곳에 자리를 잡고 앉자 낮에 만났던 경찰이 다가왔다. 여전히 경찰 제복을 입고 있었지만, 낮에 보았던 엄숙함은 찾아볼 수가 없었다. 경찰이 맞은편에 앉으며 말했다.

"이봐, 사촌 여동생하고 한잔 하게 해줘. 오늘 밤은 내가 살게."

그러나 잘생긴 남자가 재빨리 말했다.

"여동생이 아직 어려요. 나중에 좀 더 크면 그때 같이 드세요."

"너무 박하게 구네."

잘생긴 남자는 똑같은 말만 되풀이했다.

"여동생이 아직 어려서요. 어려서 안 돼요."

경찰은 몸을 틀어 용우파엔에게 물었다.

"진짜 사촌 오빠야?"

용우파엔은 힘껏 고개를 끄덕였다.

경찰이 말했다.

"여동생을 데리고 이런 곳에 오다니, 말도 안 돼."

잘생긴 남자가 말했다.

"견문을 넓히려는 거예요. 이런 곳이 있다는 것도 알아야죠."

경찰이 술을 잔뜩 시키고, 두 사람은 술을 퍼붓기 시작했다.

용우파엔은 처음에 술이 맛이 없어서 입에도 대지 않으려 했다. 하지만 조금씩 마시다 보니 괜찮은 것 같다는 생각이 들었고, 마시면 마실수록 더 달게 느껴졌다.

용우파엔이 '술이 정말 달다'고 느꼈을 때, 술집에서 일어난 모든 일은 기억에서 송두리째 사라지고 없었다.

용우파엔이 눈을 떴을 땐 이미 이튿날 아침이었다. 그녀는 실오라기 하나 걸치지 않은 채 커다란 침대 위에 누워 있는 자신을 발견했다. 머리가 바위처럼 무거워 고개를 들 수가 없었다. 애써 겨우 고개를 들었더니 아무렇게나 바닥에 널브러진 자신의 옷이 눈에 들어왔다. 하지만 그녀의 목에 있던 산호 목걸이는 아무리 찾아도 보이지 않았다.

용우파엔이 사거리에 도착했을 때, 그 경찰은 한창 임무 수행 중이었다.

용우파엔이 경찰에게 물었다.

"잘생긴 남자는요?"

경찰은 웃으며 되물었다.

"아, 어제 그 남자?"

"네. 맞아요."

경찰은 계속 웃으며 말했다.

"네 사촌 오빠를 내가 어떻게 알아?"

"모르는 사람이에요."

"어제 계속 같이 있었잖아."

"어제 처음 만났어요."

경찰은 고개를 저으며 말했다.

"요즘 젊은 것들이란!"

용우파엔이 말했다.

"내 산호 목걸이가 사라졌어요."

"진짜 산호야?"

"진짜예요. 잘생긴 남자 말이 도시의 큰 산호가 낳은 거라고 했어요."

경찰은 큰 소리로 웃기 시작했다.

"그 녀석, 그럴듯하게 지어냈네."

조급해진 용우파엔이 물었다.

"그 남자 어디 살아요?"

경찰은 웃음을 멈추고는 말했다.

"아마 못 찾을 거야. 오늘 아침에 라싸로 가는 차를 잡아타고 가버렸어. 진작 떠났어."

용우파엔은 울음을 터트렸다.

"아저씨가 저 대신 좀 찾아주세요."

"난 교통경찰이라 그런 것까지 관여하지 않아."

용우파엔이 계속 울고 있자 몇몇 사람들이 그녀를 에워싸기 시작했고, 긴장한 경찰은 그녀에게 마을로 돌아가라고 했다.

경찰은 사거리에서 진지하게 용우파엔에게 길 하나를 알려주었고, 용우파엔은 경찰이 가르쳐준 길을 따라 집으로 돌아갔다.

용우파엔이 자신의 다섯 번째 남자 이야기를 하나도 숨김없이 아홉 번째 남자에게 말하자, 아홉 번째 남자는 몹시 화를 내며 말했다.

"그런 감언이설로 어린 여자를 속이다니. 정말 역겨워!"

아홉 번째 남자의 이 말을 듣고, 용우파엔은 마치 무언가를 회상하는 것 같았다.

용우파엔의 여섯 번째 남자는 양치기 소년이었다. 양치기 소년은 사실 어리지 않았다. 서른 살이 넘었지만 여전히 독신인 탓에 습관처럼 계속 '양치기 소년'이라고 불렸다.

양치기 소년은 고아다. 어렸을 때부터 마을 사람들의 양을 방목하기 시작하여 지금까지 해오고 있다. 또래 청년들은 모두 진작 결혼해 독립했지만, 아무도 그에게 아내를 얻으라는 말을 하지 않았기에 남자는 계속 남의 양을 방목하는 일을 했다. 또래 여자들도 평소 그에게 쌀쌀맞게 대했으므로 남자는 그들에게 몇 마디 장난을 걸거나 혹은 치근거리는 것조차 귀찮아했다. 그러다 보니 점점 과묵한 사람이 되어갔다.

용우파엔은 경찰이 알려준 길을 따라 마을까지 걸어왔다. 오는 내내 한 끼도 먹지 못했기 때문에 지칠 대로 지쳐 금방이라도 쓰러질 것 같았다. 그때 산비탈에서 양을 방목하고 있는 양치기 소년을 만났다.

용우파엔은 양치기 소년이 다가오는 모습을 보고 안도감이 들어 그대로 기절하고 말았다. 쓰러지지 않으려 애써 정신을 붙잡고 있던 차였다.

양치기 소년은 자신의 물통을 열어 용우파엔의 입 안으로 물을 조금씩 부었다. 그러면서도 감히 그녀의 얼굴을 쳐다보지 못했다.

의식을 차린 용우파엔이 양치기 소년을 보며 웃었다. 이렇게 아름다운 여자가 자신을 보며 웃은 게 처음인 탓에 양치기 소년은 갑자기 현기증이 나서 어쩔 줄 몰라 했다.

용우파엔도 양치기 소년의 일을 들은 적이 있다. 하지만 자신이 이렇게 양치기 소년 품에 안기게 될 거라고는 전혀 생각지 못했다. 어쨌든 아는 얼굴을 만나게 되자 심지어 감격스러운 느낌마저 들었다.

양치기 소년은 비상식량을 꺼내 용우파엔에게 건넸다. 그것을 받아들고 용우파엔은 게걸스럽게 먹기 시작했다. 하나둘씩 먹기 시작해 결국엔 양치기 소년이 챙겨온 모든 음식을 먹어버리고 말았다.

양치기 소년은 용우파엔 때문에 하루 종일 쫄쫄 굶어야만 했지만 그래도 전혀 배가 고프지 않았다. 오히려 남의 음식을 전부 먹어버린 용우파엔이 죄책감에 휩싸이고 말았다. 그래도 이날은 양치기 소년에겐 정말 행복한 하루였다.

해가 서쪽으로 기울기 시작하자 양치기 소년은 용우파엔을 등에 업은 채 양을 몰고 산에서 내려왔다. 마을 입구에 도착하자 양치기 소년은 머뭇거리며 물었다.

"어디 갈 거야? 내가 데려다줄게."

용우파엔은 잠시 생각하더니 입을 열었다.

"너희 집으로 가자."

양치기 소년은 용우파엔을 업은 채 가만히 서서 움직이지 않았다. 양 무리가 저 멀리 가버리고 있었지만 그래도 꿈쩍하지 않았다.

용우파엔이 말했다.

"데려가기 싫어?"

양치기 소년은 다시 움직였다. 천천히 뛰기 시작하더니 금세 양 무리를 따라잡았다.

그날 밤 양치기 소년의 초라한 집에서 용우파엔은 스스로 자신의 몸을 양치기 소년에게 맡겼다.

그러고 나서 양치기 소년은 마치 무슨 의식이라도 치르는 듯 용우파엔에게 머리를 세 번 조아린 후 진지한 표정으로 말했다.

"넌 내게 백색 타라*나 다름없어."

용우파엔은 웃었다.

"나처럼 평범한 사람을 신이랑 비교하면 어떡해? 죄짓는 거야."

양치기 소년은 또다시 용우파엔을 보며 세 번 머리를 조아린 후 아무 말도 하지 않았다.

용우파엔이 말했다.

"이제 불필요한 산호 목걸이가 없으니까 나도 다른 마을 여자

---

* 티베트에서 대중적으로 모시는 여자 부처님으로 재난으로부터 구해주는 능력이 있다.

들하고 똑같아."

양치기 소년이 말했다.

"넌 다른 여자들보다 아름다워. 산호 목걸이 했을 땐 훨씬 더 예뻤어."

"산호 목걸이를 하고 있을 때, 날 싫어하지 않았어?"

"내 눈엔 항상 여신처럼 보였어."

이때부터 용우파엔은 양치기 소년과 함께 살았다.

마을의 남자들은 양치기 소년에게 부러운 눈빛을 던졌고 마을의 여자들은 용우파엔에게 더욱 경멸의 눈빛을 보냈다.

양치기 소년은 집에 와 저녁을 먹고 난 후, 가장 먼저 용우파엔의 발을 씻겨주었다. 용우파엔은 정성껏 조심스럽게 발을 닦는 남자의 모습이 참 좋았다. 남자는 잠자리에 들기 전 용우파엔에게 머리를 세 번 조아렸다. 처음엔 이런 행동이 낯설어 피해보려고 애썼지만, 시간이 지날수록 점점 익숙해지더니 나중엔 전혀 아무렇지도 않았다.

하지만 그 이후부터 동이 트기 전까지는 가장 견디기 힘든 시간이었다. 대체 어째서 이렇게 정력이 왕성하고 성욕이 강한지 알 수가 없었다. 이 시간만 되면 야수로 돌변한 남자는 잔뜩 신이 난다. 적어도 여섯 번의 잠자리를 해야만 그제야 만족하고 멈췄다. 매일 밤이 이런 식이었다.

매일 이런 밤을 보내다 보니 남자는 낮에 양을 방목하러 나가서도 항상 제정신이 아니었다. 산에 양을 풀어놓고는 그저 밀린 잠을 자기에 바빴다. 꿈속에서나 양을 방목했다. 양 몇 마리가 이리에게 물려 죽었을 때도 세상모르게 자고 있었다. 이런 상황이 알려지자, 양을 맡겼던 사람들도 더 이상 남자를 백 퍼센트 신뢰하지 않게 되었다. 심지어 어떤 사람들은 양을 되찾아가기도 했다.

처음에 용우파엔은 이것도 인생의 즐거움 중 하나라고 생각했다. 예전에 만났던 남자들 가운데 이런 쾌감을 안겨준 사람은 없었기 때문이다. 하지만 보름쯤 지났을까, 그녀는 이런 생활이 두려워지기 시작했다. 날이 저물기 시작하면 밤에 일어날 일들이 걱정되어 알 수 없는 불안감에 떨었다.

이런 생활이 한 달 남짓 이어지자 더는 버틸 자신이 없었다. 왕성한 정력과 강한 성욕으로 가득 찬 남자를 떠날 방법을 궁리했다.

용우파엔이 자신의 여섯 번째 남자 이야기를 하나도 숨김없이 아홉 번째 남자에게 말하자, 아홉 번째 남자는 웃으며 말했다.

"욕정이 활활 타오르는 것이 바로 남자들의 본성이지."

아홉 번째 남자의 이 말을 듣고, 용우파엔은 망연자실한 것 같았다.

용우파엔의 일곱 번째 남자는 마을의 싸움꾼 같은 사람이었다. 말보다 행동이 앞섰기 때문에 사람들은 그를 '강한 남자'라고 불렀다. 마을 여자들은 강한 남자를 싫어했고 마을 남자들은 다들 두려워했다. 예전에 어느 자리에선가 강한 남자가 용우파엔에게 남녀의 사랑 얘기를 늘어놓으며 적나라하게 구애한 적이 있었지만, 지금껏 용우파엔의 마음에 들지 못했다.

더는 양치기 소년의 괴롭힘을 견딜 수 없게 되자, 바로 강한 남자의 얼굴이 떠올랐다. 양치기 소년의 손아귀에서 자신을 구할 수 있는 유일한 사람이라는 생각이 들었다.

양치기 소년이 방목하러 나간 사이, 용우파엔은 강한 남자를 찾아가 말했다.

"날 구해주면, 당신 여자가 될게요."

강한 남자는 의아한 듯 물었다.

"양치기 소년하고 부부처럼 금실 좋게 살지 않았어? 갑자기 구해달라니 무슨 말이야? 그렇게 심각한 거야? 그런 건 아니지?"

용우파엔은 지금까지 일어난 일을 모조리 강한 남자에게 말했다.

남자는 얘기를 듣더니 놀랐는지 얼이 빠진 채 혼자 중얼거렸다.

"그 자식 정력이 그렇게 왕성한지 몰랐네."

날이 저물기 시작하자 용우파엔은 강한 남자를 데리고 양치기 소년 집 앞으로 갔다.

양치기 소년은 이미 지칠 대로 지쳐 툭 건들기만 해도 쓰러질 것 같았다. 강한 남자는 그를 보고 웃어버렸다.

양치기 소년이 물었다.

"왜 웃어?"

강한 남자는 말없이 계속 그를 보며 웃었다.

양치기 소년은 무안한지 고개를 돌려 용우파엔을 쳐다봤다.

용우파엔 손에는 작은 가방이 하나 들려 있었다. 그녀는 용기

내어 말했다.

"우리 헤어져요."

이 말을 들은 양치기 소년은 포효하더니 용우파엔에게 달려들어 그녀의 손에 있던 가방을 낚아챘다. 강한 남자는 그를 발로 차 바닥에 내동댕이쳤다.

양치기 소년은 다시 용우파엔에게 돌진했지만, 또다시 강한 남자에게 걷어차이고 말았다.

양치기 소년을 제압한 강한 남자가 입을 열었다.

"용우파엔은 이제 내 여자야. 이미 잠도 잤어. 앞으로 한 번만 더 치근덕거리면 다리몽둥이를 부러트려 놓을 테니 그리 알아."

용우파엔은 깜짝 놀라 강한 남자의 얼굴을 쳐다봤다. 강한 남자는 그녀를 보며 의미심장하게 웃었다. 양치기 소년은 용우파엔을 한번 보더니 큰 소리로 엉엉 울기 시작했다. 그 모습을 보니 용우파엔의 마음이 영 편치 않았다.

강한 남자가 용우파엔을 데리고 떠나려고 하자, 양치기 소년이 갑자기 격하게 달려들더니 용우파엔의 다리를 부둥켜안고선 가지 말라며 애원했다.

용우파엔은 가여운 생각이 들어 냉정하게 돌아서지 못하고 머뭇거렸다. 이때 강한 남자가 양치기 소년을 발로 걷어차고는 용우파엔의 손을 잡아끌었다. 멀리까지 걸어갔지만 양치기 소년의 울음소리가 계속 들려왔다.

헤어진 후 양치기 소년은 매일 양을 몇 마리씩 잃어버리기 시작했고, 결국엔 마을 사람들도 더는 그에게 양을 맡기지 않았다고 한다. 용우파엔은 몇 번이나 양치기 소년에게 가서 위로해주고 싶은 마음이 들었지만 끝내 가지는 않았다.

강한 남자는 건장한 체격에 불같은 성미의 소유자였지만 밤이 되면 오히려 무능하기 짝이 없는 남자였다. 예상치 못한 부분이었다. 용우파엔이 그의 무능함을 알아갈수록 강한 남자의 화풀이도 점점 더 심해졌다.

며칠 지나지 않아 용우파엔의 얼굴엔 하나둘씩 퍼런 멍이 생기더니 온몸에 성한 곳이 하나도 없게 되었다. 예전의 미모라곤 눈을 씻고 찾아봐도 찾을 수 없었다.

용우파엔은 강한 남자를 떠나기로 결심했다. 잠자리에서의 무능함을 동네방네에 알리겠다고 협박하기로 했다. 강한 남자는 금세 기가 죽더니 오히려 울먹이며 빌기 시작했다. 이것도 전혀 예상치 못했던 부분이었다. 결국 강한 남자는 그녀가 이 비밀을 지켜주기만 한다면 설령 자신을 떠나더라도 언제 어디서나 그녀를 지켜주겠다고 말했다.

용우파엔은 이렇게 아무런 저지 없이 순조롭게 일곱 번째 남자에게서 벗어날 수 있었다.

용우파엔이 자신의 일곱 번째 남자 이야기를 하나도 숨김없이 아홉 번째 남자에게 말하자, 아홉 번째 남자는 이렇게 말했다.

"어떤 남자들은 겉으로는 강해 보이지만, 속은 한없이 약해빠졌지."

아홉 번째 남자의 이 말을 듣고, 용우파엔은 마치 그 말이 진짜인지 생각하는 것 같았다.

용우파엔의 여덟 번째 남자는 마을에서 안분지족하며 착실하게 사는 사람의 외동아들이었다.

남자의 연로한 부모님이 아들에게 물었다.

"너 용우파엔을 색시 삼고 싶으냐?"

"전 좋지만, 그녀가 싫다고 할 걸요."

"예전하고 많이 다르지. 이젠 데려간다는 곳이 없을까 걱정해야 해."

외동아들은 그저 웃을 뿐이었다.

외동아들의 부모가 다시 물었다.

"용우파엔에게 네 아들을 낳아달라고 하고 싶으냐?"

"좋죠. 용우파엔을 닮은 아들이 태어나면 정말 예쁠 것 같아요."

이렇게 용우파엔은 이 집안의 며느리가 되었다.

몇 달이 지난 후 용우파엔의 배가 점점 부풀어 오르기 시작했다. 가족들은 그녀의 배를 보며 행복해 했다.

다시 몇 달이 지나자 아이가 태어났다. 온 집안이 그렇게 바라고 기다린 아들이었다. 하지만 아이는 태어난 지 얼마 되지 않아서 죽고 말았다.

다시 한 달이 지났다. 용우파엔이 집을 나왔다. 아무도 그녀를 잡지 않았다.

용우파엔이 자신의 여덟 번째 남자 이야기를 하나도 숨김없이 아홉 번째 남자에게 말하자, 아홉 번째 남자는 이렇게 말했다.

"엄마가 될 수 있는 기회였는데 아쉽네. 근데 어머니가 되면 뭐?"

아홉 번째 남자의 이 말을 듣고, 용우파엔은 침착하게 말했다.

"다른 사람한테도 다 들은 얘기겠지만, 내가 만난 남자는 이게 다예요."

아홉 번째 남자도 침착하게 말했다.

"난 당신만 있으면 돼. 다른 사람에게 당신 얘기를 물어본 적 없어."

남자의 말에 용우파엔은 조금 감동했다.

"정말 내 과거는 신경 쓰지 않아요?"

아홉 번째 남자는 조금도 망설이지 않고 바로 대답했다.

"당신만 있으면 된다고 했잖아."

"다시는 이 얘기를 꺼내지 않겠다고 맹세할 수 있어요?"

"맹세할게."

아홉 번째 남자는 다른 마을에 사는 소학교 선생님이다. 안경을 쓴 남자가 진지하게 맹세하는 모습이 너무 재미있어서 웃음이 터져나올 것 같았다.

새해 첫날 용우파엔은 이 남자와 함께 살기 시작했다. 남자는 용우파엔을 데리고 향청에 가서 결혼 증서도 받아왔다.

남자는 두 사람의 침대 머리맡에 결혼 증서를 두고 잠자리에 들기 전 매일 밤 챙겨 보았다. 그리고 용우파엔에게 말했다.

"이제 새 삶을 사는 거야!"

용우파엔도 소곤거렸다.

“이제 새 삶을 사는 거야.”

처음 4개월 동안 두 사람의 생활은 그야말로 완벽했다. 이웃 사람들이 입을 모아 연말에 ‘모범 부부’로 선정해야 한다고 말할 정도였다. 용우파엔은 모범 부부가 무슨 의미인지 알지 못했다. 이웃에 사는 한 할머니가 오랫동안 설명을 해주었지만 정확히 무슨 뜻인지 이해하지 못했다.

어느 저녁 용우파엔이 남자에게 물었다.

“모범 부부라는 게 무슨 뜻이에요?”

남자가 말했다.

“세상에서 가장 좋은 부부를 말하는 거야.”

용우파엔은 “아, 이제 알겠다.” 라고 말하며 행복한 미소를 지었다.

학교 교사들은 매월 한 차례 모임이 있었다. 처음 4개월 동안 남자는 한 번도 모임에 참석하지 않았고, 집에 남아 용우파엔과 함께 시간을 보냈다. 다섯 번째 달 모임 날짜가 또 다가왔다. 선생님 몇 분이 용우파엔의 남자를 억지로 끌고 갔다.

남자는 술에 잔뜩 취한 채 한밤중에 집에 돌아와서는 곤히 자고 있던 용우파엔을 흔들어 깨우더니 무섭게 말했다.

“땡중이 출가하자마자 놈의 물건을 환관처럼 싹둑 잘라버려야 했어!”

남자는 말을 끝내고는 바로 곯아떨어졌지만, 용우파엔은 결국 뜬눈으로 밤을 지새웠다.

이튿날 남자가 물었다.

"간밤에 나 아무 말도 안 했지?"

용우파엔은 고개를 저었다.

"그럼 됐어. 술만 마시면 그렇다니까. 다음부턴 절대 안 마실게."

여섯 번째 달 교사 모임 날에 남자는 또 술에 잔뜩 취한 채 집으로 돌아왔다.

"내가 예전에 만났던 여자 중에 당신하고 똑같이 머리를 양 갈래로 땋은 여자가 있었어."

그러면서 한밤중에 낯선 여자의 이름을 외쳤다.

이튿날 술이 깬 남자가 한참을 생각하더니 말했다.

"간밤에 내가 뭔가 말했어?"

용우파엔은 고개를 저었다.

"술이 문제라니까. 앞으로는 절대 안 마실게."

일곱 번째 달 교사 모임이 끝나고 남자는 예전처럼 술을 마시고 돌아왔다.

"연말에 상여금을 받으면 우리도 진짜 산호 목걸이 사자. 그걸 옷장 안에 넣어두고 작은 산호가 생기면 당신 고향 가난한 친척들한테 나눠주자고."

이튿날 아침 남자는 용우파엔에게 물었다.

"간밤에 뭐 사준다고 약속했어?"

용우파엔은 고개를 저을 뿐 말이 없었다.

"당신한테 계속 자동으로 태엽을 감아주는 손목시계를 사주고 싶었거든. 돈 모아서 연말에 사줄게."

여덟 번째 달 교사 모임에서 남자는 또 술에 잔뜩 취한 채 집으로 돌아왔다.

"나중에 돈 많이 벌면 비행기 타고 대도시에 다녀오자. 비행기를 타고 가야 진짜 도시에 갔다고 할 수 있는 거야."

용우파엔은 남자를 침대 위에 눕혔다. 그리고 동이 틀 때까지 가만히 앉아 있었다.

이튿날 아침 남자가 물었다.

"내가 자동 손목시계 사주겠다고 또 말한 건 아니지? 걱정 마. 돈은 충분하니까 연말 되면 살 수 있을 거야."

"난 자동 손목시계 같은 거 필요 없어요. 당신이 술만 안 마시면 그걸로 충분해요."

"손목시계 꼭 사줄게. 정말이야."

아홉 번째 달 교사 모임이 끝난 후 남자는 고주망태가 되어 집에 돌아왔다. 오자마자 용우파엔을 끌어안더니 관계를 시도했다.

용우파엔이 피하는 것처럼 보였는지 남자가 말했다.

"술 취해서 내일 아침에 기억 못할까 봐 그러는 거지? 난 아무리 취해도 당신하고 관계한 건 하나도 빠짐없이 기억한다니까."

용우파엔은 어딘가 마비라도 된 듯, 남자의 물건이 이미 자신의 몸 안으로 들어왔는데도 깨닫지 못했다. 남자는 위에서 땀을 뻘뻘 흘리며 헉헉거리면서 거친 숨을 몰아쉬더니 갑자기 그녀의 몸 위에서 내려왔다. 그리곤 한쪽으로 쓰러지더니 돼지처럼 곯아

떨어졌다.

용우파엔은 남자의 코 고는 소리를 들으며 어둠 속에서 눈물을 흘렸다.

열 번째 달 교사 모임이 끝나고 잔뜩 취해 들어온 남자는 꼴이 말이 아니었다. 거의 기어서 들어오다시피 했다.

그는 용우파엔을 보더니 대뜸 이렇게 말했다.

"난 당신이 정말 좋아. 하지만 정정당당한 인민 교사인 나도 양치기 소년한텐 못 이기지. 양치기 소년이 나보다 먼저였잖아."

용우파엔은 주전자를 가지고 와 남자에게 차를 먹이고는 잠을 재웠다.

이튿날 아침 용우파엔은 정신을 차린 남자의 얼굴을 보며 말했다.

"다시는 예전 얘기 하지 않겠다고 맹세했잖아요."

남자는 자신의 뺨을 한 차례 힘껏 때리더니 말했다.

"난 정말 나쁜 놈이야."

"그러지 말아요. 진짜 내 마음을 준 남자는 당신밖에 없어요."

남자는 한 차례 더 자신의 뺨을 때리고는 다시 맹세했다.

두 사람의 생활을 계속됐지만, 둘 사이의 대화는 시간이 흐를수록 줄어들었다.

열한 번째 달 교사 모임이 끝난 후 젊고 건장한 선생님 몇 명이 남자를 부축해 들어왔고 교장 선생님도 따라 들어왔다. 교장은 원망하는 말투로 말했다.

"자네 대체 왜 이러나? 예전에는 술도 잘 마시지 않더니, 요즘

몸도 제대로 가누지 못할 정도로 마시는 이유가 대체 뭔가?"

남자는 대답은 모호했다.

"너무 좋아서요. 여러분은 내가 얼마나 기쁜지 모르실 겁니다."

용우파엔은 한쪽에 서서 그를 바라보고 있었다.

남자는 용우파엔을 한번 보더니 교장 선생님께 말했다.

"교장 선생님, 선생님은 우리 학교에서 체격이 제일 좋으시죠. 그래서 선생님들이 다 무서워하잖아요. 근데 집에서는 사모님께 꼼짝도 못 하신다면서요? 그게 사실이에요? 무슨 약점이라도 잡힌 건 아니시죠?"

영문을 알 길 없는 교장은 잔뜩 화난 채로 돌아갔다.

용우파엔도 더는 남자를 챙기지 않았다. 남자는 스스로 침대에 누워 잠을 잤다.

이튿날 마치 아무 일도 일어나지 않은 것처럼 아무도 간밤의 일을 꺼내지 않았다.

며칠 후 남자가 배시시 웃더니 용우파엔의 배를 보며 말했다.

"우리 결혼한 지도 꽤 됐는데 왜 배가 아직도 그대로지?"

이 말에 용우파엔은 울음을 터트렸다.

깜짝 놀란 남자가 그녀에게 다가가 위로했다.

"괜찮아. 서두를 필요 없어. 천천히 갖자. 올해가 안 되면 내년에 노력하면 되지."

용우파엔이 울며 말했다.

"당신한테 말하지 않은 게 하나 있어요."

"뭔데?"

"당신한테 숨긴 게 딱 하나 있어요."

"무슨 일인데? 얼른 말해 봐."

용우파엔은 계속 울며 말했다.

"저번에 애를 낳고 난 후, 의사 선생님이 다시는 아이를 낳지 못할 거라고 했어요."

남자는 한참 동안 말이 없었다.

오랜 시간이 지난 후 남자가 겨우 입을 열었다.

"괜찮아. 난 당신만 있으면 된다고 말했지?"

용우파엔은 남자의 품에 안겨 한참을 울었다.

열두 번째 달 교사 모임은 그해의 마지막 날 저녁으로 미뤄졌다.

남자는 그 모임에 참석했고 술에 잔뜩 취해 돌아왔다.

용우파엔은 정성껏 남자의 수발을 들었다.

'이 남자와 함께한 지도 일 년이 되었구나'라는 생각이 들자, 행복한 느낌이 들었다.

남자는 용우파엔의 손길을 느끼며 잠을 자고 있었고, 용우파엔은 그에게 무슨 말이라도 해주고 싶은 마음에 옆에서 그가 깨기만을 기다렸다.

12시가 지나자 갑자기 남자가 벌떡 일어나 앉더니 앞쪽 허공에 대고 말했다.

"난 왜 여덟 번째가 아니고 아홉 번째 남자지? 여덟 번째였다면 지금 아들이 있었을 텐데!"

마치 방금 전의 말은 꿈속에서 내뱉기라도 한 것처럼, 남자는 다시 드러누워 자기 시작했다.

이튿날 남자가 눈을 떴을 때, 옆 침대 머릿장에는 길게 땋은 머리카락 두 벌이 가지런히 놓여 있었다.

남자는 이것이 용우파엔의 머리라는 것을 단번에 알 수 있었다.

붉은 천

우겐은 라초가 두른 홍링진을 보며 물었다.
"그거 하루만 빌려줄래? 그걸로 눈 가리려고."
라초는 고개를 갸우뚱거리며 되물었다.
"그럴게. 하지만 그러면 아무것도 볼 수 없을 거야.
보이지 않는 하루는 아주 길 텐데 괜찮겠어?"

1

해가 중천에 떠오른 지 이미 한참인데 우겐烏金은 아직도 길에서 서성대고 있다. 우겐은 소학교에 다닌다. 평소라면 제일 먼저 학교에 도착해 혼자 놀다 뒤이어 오는 친구들과 함께 어울렸을 것이다. 학교의 깨진 종이 '땡땡' 소리를 내면 아이들 모두 그제야 자리를 털고 일어나 벌떼처럼 각자 교실로 들어가 수업을 받는다. 늘 그렇듯 우겐은 자리에 앉아 있어도 선생님의 설명이 생소하고 지루하게만 느껴져 다시 한 번 종이 '땡땡' 울려 수업이 끝났다고 알려주기만을 하염없이 기다렸을 것이다.

하지만 오늘 우겐은 아직도 길에서 서성대고 있다.

매일 산비탈에서 양을 방목하는 나무나羊本는 저 멀리서부터 우겐을 발견했다. 둘은 실제로 몇 살 차이 나지 않지만 나무나는 우겐에게 친구 대접을 해주다가도 가끔 애 취급을 하곤 한다. 지금은 애 취급하며 어른인 양 군다. 먼지와 풀이 찬바람에 흩날리는 곳에서 책가방을 멘 채 어슬렁거리고 있는 우겐을 발견하고 나무나는 어른처럼 목청껏 소리를 질렀다.

"이봐, 꼬마! 학교 안 가고 거기서 뭐 해? 그러다 선생님이 쫓아온다!"

나무나의 목소리가 들리자 신이 난 우겐은 고개를 들어 웃으며 그를 바라봤다.

양 떼를 몰고 산비탈을 내려오던 나무나는 계속 어른인 양 소리쳤다.

"이봐, 꼬마! 내 말 안 들려? 얼른 움직이라고!"

계속되는 굵은 목소리가 우습다는 듯 깔깔거리며 웃는 우겐을 보자 나무나는 잔뜩 화가 나 우겐에게 다가갔다.

거리가 가까워지자 우겐의 시야에 나무나 품에 안겨 있는 새끼 양이 들어왔다. 우겐은 부러운 눈빛으로 나무나를 쳐다보며 새끼 양의 머리를 쓰다듬었다. 우겐이 말했다.

"정말 부럽다. 나도 온종일 양이나 쳤으면 좋겠어. 그럼 학교도 안 가고 얼마나 좋을까!"

나무나가 우겐을 노려보며 말했다.

"허튼 생각 마. 나도 예전에 매일 수업 땡땡이치고 학교도 제대로 안 가다가 유급을 밥 먹듯이 하는 바람에 결국 졸업도 못 했어. 지금 얼마나 후회하는지 넌 모를 거야."

잔뜩 흥분한 우겐이 말했다.

"그럼, 우리 바꾸자! 네가 학교 가. 양은 내가 칠게!"

나무나는 우겐을 밀치며 정색했다.

"얼른 학교 안 가? 진짜 가만 안 둔다!"

어쩔 수 없다는 듯 나무나를 바라보던 우겐 입에서 볼멘소리가 터져 나왔다.

"웬 어른 행세야? 학교에 가든 말든 너랑 무슨 상관인데?"

순간 발끈한 나무나는 새끼 양을 내려놓고 우겐을 발로 걷어차면서 허리춤에 꽂아둔 우얼둬*를 꺼내어 우겐에게 겨누었다. 나무나가 진짜 우얼둬를 쏠지도 모른다는 생각에 덜컥 겁이 난 우겐은 뛰기 시작했다. 하지만 얼마 가지 않아 발걸음을 멈추고 뒤를 돌아봤다.

나무나가 굳은 얼굴로 돌멩이를 우얼둬에 끼우더니 고무를 머리 위까지 힘껏 잡아당겼다.

우겐은 우얼둬의 위력을 잘 알고 있다. 예전에 무리에서 말 안 듣고 제멋대로 날뛰는 양이 우얼둬를 맞고는 한참 동안 데굴데굴 바닥을 구르는 모습을 본 적이 있다. 직접 맞으면 엄청 아프겠지. 우겐은 고개를 푹 숙이고 힘껏 뛰었다.

도망가는 우겐의 모습에 한바탕 웃던 나무나는 방향을 틀더니 우얼둬를 몇 발 쐈다. 우얼둬에 끼워져 있던 돌멩이가 산비탈 아래로 뛰어가는 양들을 향해 날아갔다.

---

* 돌멩이나 진흙을 끼워 고무를 튕기거나 돌려 쏘는 도구

2

우겐은 결국 학교에 도착했다.

학교 바깥에 숨어서 들어가지는 못했다. 교실에서 학생들이 책 읽는 소리가 흘러나왔다. 지각하지 않았다면 저기 분명 자신의 목소리도 있었을 것이다. 문득 이 소리가 스님들이 경당에서 불경을 외우는 소리마냥 아름다운 운율처럼 느껴졌다. 평소에 이걸 깨닫지 못한 자신이 한심하고 답답했다. 순간 아침 일찍 학교에 오지 않아 아름다운 운율에 동참하지 못한 것이 후회됐다. 하지만 이런 감정도 곧 사라졌다. 자신이 어떤 상황에 처해 있는지 분명하게 깨달았기 때문이다. 얼굴에 긴장한 기색이 역력하다.

우겐은 정원에 선생님과 학생이 없는 것을 확인하고는 조용히 안쪽으로 들어갔다.

교실 앞에 도착하자 문틈에 얼굴을 갖다 대고 교실 안을 살펴봤다. 문틈 사이로 짝꿍인 라초拉措가 작문 발표를 끝내고 자리에 앉는 모습이 보였다. 이어서 박수 소리가 흘러나오고 곧 선생님 목소리가 들렸다.

"정말 잘했구나. 우리 반에서 글을 제일 잘 썼다. 여러분 모두 라초를 본받도록 해요."

쏟아지는 학생들의 부러운 눈빛에 라초는 부끄러워 어쩔 줄 몰라 했다. 학생들의 박수 소리가 이어지더니 한참 동안 그치지 않았다.

박수 소리가 점차 줄어들고 완전히 멈췄을 때 선생님이 물었다.

"라초야, 넌 어떻게 '시각장애인'의 세계를 그렇게 잘 이해하고 있니?"

라초는 조심스럽게 대답했다.

"저는 어렸을 때부터 할머니 손에 자랐는데, 저희 할머니가 눈이 안 보이세요."

말을 끝낸 라초는 교실 문을 쳐다보다가 문틈으로 교실 안을 훔쳐보는 우겐을 발견하고는 깜짝 놀라 하마터면 소리를 지를 뻔했다. 이런 라초의 모습을 보고 우겐도 덩달아 소리를 지를 뻔했다. 그래도 라초는 잘 참아냈다. 이 틈을 타 우겐은 학교 정문으로 도망쳤다. 교실에서 학교 정문까지 가깝지는 않았지만, 뒤도 돌아보지 않고 뛰었다. 학교 앞에 도착해서야 우겐은 발걸음을 멈추고 고개를 들어 교실 쪽을 바라봤다.

교실 입구에선 어떤 인기척도 없었다. 교실을 잠깐 쳐다보고는 다시 멀지 않은 초원을 향해 뛰었다. 초원에는 누렇게 시든 풀들이 무성하게 자라 차가운 바람에 힘없이 이리저리 흩날리고 있었다.

초원에 우겐이 도착했을 때 저 멀리에서 '땡땡' 하고 수업이 끝났음을 알리는 종소리가 울려 퍼졌다. 종소리가 무기력하게 느껴졌다. 마치 한참 잠을 자던 사람이 꿈속에서 무의식적으로 친 것 같은 소리였다. 우겐은 할 수만 있다면 자신이 뛰어가 더 맑고 분명하게 종소리가 울려 퍼지도록 힘껏 종을 치고 싶었다. 가끔 선생님이 수업 시작 종이나 수업이 끝나는 종을 우겐에게 치게 할 때가 있었는데, 그때마다 우겐은 신이 나 누구보다 열심히 종을 치곤했다. 힘없이 울리던 종소리가 잠시 이어지더니 곧 멎었다. 힘없던 종소리와 달리 아이들의 활기찬 발걸음 소리가 교실에 울려 퍼지고 눈 깜짝할 사이에 운동장을 가득 메웠다. 순식간에 운동장엔 유쾌한 이야기 소리와 웃음소리가 가득 찼다. 이 경쾌한 소리에 흥분한 우겐은 하마터면 다시 학교로 뛰어갈 뻔했다. 하지만 곧 자신의 처지를 깨닫고는 서둘러 덤불 속으로 몸을 숨겼다. 무성하게 높이 자라다 시든 풀은 우겐이 재빨리 숨기에 충분했다. 뿌리가 썩었는지 이상한 냄새가 코를 찔렀지만 참을 수밖에 없었다. 우겐은 덤불 안에서 벌어진 틈으로 학교 쪽을 바라봤다.

우겐의 짝꿍인 라초가 학교 정문까지 뛰어나와 주변을 살폈다. 그녀의 가슴팍에 있는 홍링진*이 찬바람에 나부꼈다. 덤불 속에서 우겐은 가볍게 흔들리는 홍링진을 부러운 눈빛으로 쳐다봤다. 우겐의 눈에는 정말 예쁜 붉은 천이다. 이번 학기에 열심히 하면 아마 다음 학기에는 라초와 똑같은 홍링진을 목에 두를 수 있을 것이리라. 그렇게만 된다면 매일 라초와 함께 등교하고 집에도 같이 올 수 있겠지만, 그렇지 못하면 언제나처럼 어른들의 놀림거리가 되고 말 것이다.

주위를 잠시 둘러보던 라초는 우겐이 숨어 있는 덤불을 향해 걸어왔다. 라초 혼자 걸어오는 것을 보면서도 우겐은 미동도 없다.

---

* 오성홍기를 대표하는 붉은 삼각건으로 일부 학교에서는 성적이 우수한 학생만 맬 수 있다.

우겐이 숨어 있는 덤불 앞까지 온 라초가 작은 소리로 말했다.

"너 여기 있는 거 아니까, 나와 봐"

우겐은 여전히 덤불 안에 웅크려 앉은 채 소리쳤다.

"쉿! 조용히 해! 선생님께 걸리면 어쩌려고!"

라초는 아무 말 없이 우겐의 목소리가 들리는 곳을 찾아 덤불 속으로 기어 들어갔다. 둘의 이마가 부딪히려는 찰나 라초가 멈추더니 우겐의 얼굴을 보며 속삭였다.

"수업도 땡땡이치고 여기서 뭐 하는 거야?"

우겐이 한숨 쉬며 말했다.

"선생님이 내주신 숙제 다 못했어."

라초가 물었다.

"왜 못 했는데?"

우겐은 또 크게 한숨을 내쉬었다.

"어떤 느낌인지 모르겠어. 그래서 못 쓰겠어."

"그럼 난 어떻게 썼게? 선생님이 잘 썼다고 칭찬도 하셨어."

"그거야, 넌 그런 할머니가 있으니까 어떤 느낌인지 잘 알잖아."

우겐의 말에 라초는 잠시 말을 멈추더니 다시 입을 열었다.

"다른 애들도 다 써 왔어. 안 쓴 것보다 나아! 그럼 너도 직접 느껴보면 되잖아!"

우겐은 어쩔 도리가 없다는 듯이 말했다.

"에이, 나도 장님인 할아버지나 할머니, 아니면 아빠나 엄마, 아니면 형이나 누나, 이것도 아니면 남동생이나 여동생이 있었으면 좋았을걸. 그럼 나도 그게 어떤 느낌인 줄 알 테니까, 그럼 이런 작문 숙제도 금방 해치울 수 있을 텐데…. 난 왜 장님 가족도 없는 고아인 거지?"

이런 우겐을 애틋하게 바라보던 라초가 말했다.

"우겐, 너무 속상해하지 마. 난 계속 너를 내 친동생이라고 생각했어."

우겐은 여전히 어쩔 수 없다는 듯 말했다.

"그게 사실이면 진짜 좋겠다."

우겐의 태도에 화가 난 라초는 우겐을 한 번 흘겨보더니 자리를 박차고 일어났다.

"너, 설마 내가 할머니의 감정을 느낄 수 있어서 행복하다고 생각하는 거야? 이번에 작문숙제 하면서 그제야 할머니가 얼마나 힘들게 살아오셨는지 알 수 있었어."

우겐은 라초를 잡아끌어 앉히고는 얼버무리며 말했다.

"미안해. 잘못했어. 근데, 진짜 한 글자도 못 쓰겠어. 너희 할머니 빼고는 난 장님을 본 적도 없는걸…. 눈이 안 보인다는 게 어떤 느낌인지 정말 모르겠어."

라초가 말했다.

"숙제 안 하면 이번 학기에도 홍링진은 받지 못할 거야. 설마 나랑 같이 홍링진을 두르고 싶지 않은 거야?"

잠시 말을 아끼던 우겐이 그제야 입을 열었다.

"물론 너랑 같이 두르고 싶지. 정말이야! 하지만…."

힘없이 죽어가던 종소리가 다시 살아나더니 수업 시작을 알리는 소리가 울려 퍼졌다.

라초가 우겐의 손을 잡아끌었다.

"자, 얼른 수업 가자."

우겐은 힘껏 라초의 손을 뿌리쳤다.

"숙제도 안 했는데 어떻게 가. 난 못 가."

초조한 라초가 물었다.

"그럼 어떻게 할 건데?"

잠시 멍하니 있던 우겐이 갑자기 말했다.

"네 말이 맞아! 직접 느껴봐야겠어. 오늘 하루 동안 장님이 되어 돌아다녀보면 알겠지. 직접 체험해볼래!"

라초는 의아한 듯 우겐을 바라봤다.

우겐은 라초가 두른 홍링진을 보며 물었다.

"그거 하루만 빌려줄래? 그걸로 눈 가리려고."

라초는 고개를 갸우뚱거리며 되물었다.

"그럴게. 하지만 그러면 아무것도 볼 수 없을 거야. 보이지 않는 하루는 아주 길 텐데 괜찮겠어?"

우겐은 순간 심오한 철학가라도 된 듯 말했다.

"장님은 평생 아무것도 볼 수 없지. 그럼 그들의 하루하루는 끝도 없이 길지 않을까?"

라초는 순간 말문이 막혔다. 그러다 잠시 후 다시 입을 열었다.

"난 네가 하루를 버틸 수 있을 것 같지 않아."

우겐은 확고했다.

"맹세할게!"

라초는 의심의 눈초리로 말했다.

"나한테 맹세해 봤자지. 부처님께 맹세하면 믿어줄게."

미소를 지으며 우겐이 말했다.

"믿어봐! 선생님께 칭찬받을 만한 글을 써서 이번 학기에 꼭 홍링진을 받을 거야!"

우겐의 눈을 보며 라초가 말했다.

"그래도 못 믿겠는걸."

이 말에 자신이 덤불 속에 있다는 것도 잊은 채 우겐은 소리 내 웃기 시작했다.

"알았어, 알았어. 그럼 부처님께 맹세할게!"

라초가 정색하며 말했다.

"부처님이 어디에 있는데?"

우겐도 정색하며 말했다.

"부처님은 바로 내 마음속에 계시지."

그리곤 라초가 뭐라 말할 틈도 주지 않고 바로 눈을 감고 두 손을 모아 합장했다.

"나는 내 마음속에 계시는 부처님께 맹세합니다. 나는 오늘 하루 동안 장님이 될 것입니다."

천천히 눈을 뜨고 라초를 바라봤다. 우겐이 말했다.

"이제, 홍링진 빌려줄래?"

라초는 잠시 무언가를 골똘히 생각하더니 목에 감고 있던 홍링진을 풀어 우겐에게 건넸다. 우겐은 홍링진을 받아 자신의 두 눈을 감싼 후, 멍하니 앉아 말했다.

"라초야, 너 정말 나한테 잘해주는구나. 진짜 이걸 빌려줄 줄 몰랐어."

아무 말 없이 우겐이 홍링진으로 눈을 가리는 모습을 보던 라초가 갑자기 소리를 질렀다. 그리곤 덤불 안에서 벌떡 일어나더니 교실 방향으로 뛰었다.

우겐이 뛰어가는 라초에게 소리쳤다.

"라초! 선생님께 나 오늘 못 나온다고 대충 둘러대줘!"

라초가 자신의 목소리를 들었는지 잘 모르겠지만 다시 소리치진 않았다. 라초의 발소리가 점차 학교 쪽으로 사라지자, 우겐도 일어나 비틀거리며 걸어온 길을 다시 걸었다.

3

나무나의 양 무리가 산비탈에서 흩어지더니 몇 마리가 반대편으로 향했다. 나무나는 일어나 우얼둬에 돌멩이를 끼우고 반대편으로 움직인 양들을 향해 쐈다. 돌멩이가 정확히 방향을 잃은 양들 앞에 떨어지자 놀란 양들은 발걸음을 멈추고 고개를 들어 주위를 살폈다. 나무나가 고함을 지르자 무리를 이탈한 양들이 먼발치에서 보고는 '알아들었다는 듯' 방향을 틀어 되돌아와 무리에 합류했다.

나무나는 양 무리가 자신의 시야에 있는 것을 좋아한다. 자신이 착실하게 양을 몰고 있다는 느낌을 받기 때문이다. '양 무리가 너무 멀리 떨어지지 않도록 하는 것'은 엄마가 항상 당부했던 말이기도 하다. 하루하루 양을 몰면서 엄마의 말이 정말 일리가 있다는 생각이 들었다. 나무나가 자리에 앉아 엄마의 당부를 곱씹고 있을 때, 양 무리 안에서 연약한 새끼 양의 절규가 흘러나왔다. 이 소리를 들은 나무나는 재빨리 소리가 들린 곳으로 뛰어갔다. 양이 모여 있는 중간 지점에 다다라서야 흥분된 듯 소리쳤다.

"아하, 검은 새끼네!"

어미 양이 새끼 양의 몸에 남은 양수를 깨끗이 핥더니 새끼 양이 '메에' 하며 우는 것을 바라봤다. 나무나는 허리를 굽혀 새끼 양을 안고는 머리를 쓰다듬었다. 어미 양이 나무나의 주변을 돌며 '메에'하며 울자 나무나는 아예 주저앉아 새끼 양을 품에 안고는 먼 곳을 바라봤다.

저 멀리 흙길에서 비틀거리며 걸어오는 우겐의 모습을 발견한 나무나는 큰소리로 외쳤다.

"꼬마야! 학교 안 가고 왜 또 온 거야?"

우겐은 그의 목소리를 듣지 못한 듯 계속해서 비틀거리며 앞으로 걸었다.

나무나는 소리쳤다.

"학교 안 가면 나한테 혼난다!"

나무나는 옆에서 안절부절못하고 있는 어미 양 곁에 새끼 양을 놓아주고는 우겐을 놀려줄 속셈으로 우얼둬를 집어 들어 몇 발을 쏘았다. 하지만 우겐은 아무런 반응도 없었다. 나무나는 다시 흙덩어리를 주워들어 우얼둬에 끼우고는 가볍게 몇 바퀴를 돌렸다. 흙덩어리가 정확히 우겐 앞에 떨어지더니 사방으로 부서졌다. 하지만 우겐은 아무것도 눈치채지 못한 듯 계속 앞으로 걸어갔다.

까닭을 알지 못해 답답한 나무나는 우겐이 걸어오기만을 기다렸다. 우겐이 비틀거리면서 가까이 오자, 그제야 우겐의 두 눈을 감싼 붉은 천이 눈에 들어왔다. 나무나는 다시 우얼뒤를 몇 발 던져 겁을 주고는 일부러 굵은 목소리로 호통치며 혼냈다.

"혼나야 학교에 갈 것이냐!"

우겐은 나무나를 향해 말했다.

"네가 아무리 뭐라고 해도 학교에 안 갈 거야. 오늘 하루 동안 장님하기로 했거든."

나무나는 재미있다는 듯 우얼뒤를 내려놓았다.

"꼬마 녀석, 정말 눈을 가렸네."

우겐이 말했다.

"라초한테 홍링진을 빌려서 둘렀어."

"우겐, 이리로 와봐."

나무나의 말에 우겐은 나무나에게 다가갔다. 도중에 한 번 넘어졌지만 더듬거리며 걸어갔다.

나무나가 웅얼거리며 혼잣말을 했다.

"꼬마 녀석, 정말 안 보이나 보네."

우겐이 나무나 앞에 도착하자 나무나가 우겐 앞에서 주먹을 휘둘렀지만 아무런 반응이 없었다. 나무나가 물었다.

"우겐, 왜 눈을 가렸어?"

우겐이 작은 소리로 말했다.

"장님에 대한 글을 써야 해서."

나무나는 웃으며 물었다.

"왜?"

우겐은 말했다.

"어제 선생님이 작문 숙제를 내주셨는데, 아무리 생각해도 장님이 어떤 느낌인지 전혀 모르겠더라고. 그래서 한 글자도 못 썼어. 너 혹시 장님이 어떤 기분인지 알아?"

나무나는 고개를 갸우뚱거리며 말했다.

"그냥…. 아무것도 안 보이는 거. 그래서 주변이 캄캄한 거. 그런 거 아니야?"

"당연히 아무것도 안 보이지. 하지만 그들 마음이 어떤지, 어떤 느낌으로 살아가는지, 알고 있어?"

"장님도 아닌데 내가 그걸 어떻게 알아?"

"그래서 하루 동안 눈 가리고 느껴보려고…."

"하루를 못 버틴다고, 내가 장담하지."

"할 수 있어! 못 믿겠으면 내기할래?"

신이 난 나무나가 큰 소리로 말했다.

"뭐 걸고?"

우겐의 말에 나무나는 웃었다.

"사실 내기라고 할 것도 없어. 내가 이기면 앞으로 꼬마라고 부르지 마."

"꼬마야, 꼬마라는 말에 신경 쓰고 있는 줄 몰랐네."

화가 난 우겐이 소리쳤다.

"이 자식! 또 꼬마라고 했냐? 고작 나보다 두 살 많으면서!"

나무나는 진지하게 말했다.

"아직도 학교에 다니니까 꼬마지."

우겐도 지지 않았다.

"그럼, 학교 안 다니는 사람은 다 어른이냐?"

나무나는 당연하다는 듯 말했다.

"그렇지. 학교를 안 다녀야 어른이지. 그러니까 나도 어른인 거고."

우겐이 계속해서 물었다.

"그럼, 대학교에 다니는 사람들은?"

나무나가 잠시 머뭇거리더니 대답했다.

"아까 말했지? 학교에 다니는 사람들은 다 꼬마라고."

우겐은 어쩔 수 없다는 듯 말했다.

"말도 안 되는 소리 마. 어쨌거나 내가 분명 이길 테니까 앞으로 꼬마라고 하지 마."

나무나가 우겐의 손을 꽉 움켜쥐며 대답했다.

"그럴게."

4

해가 더 높이 떠올랐다. 나무나는 눈을 가린 우겐과 뭘 해도 재미있을 것 같지 않다는 생각에 우겐을 놀리기 시작했다.

"너 누구 좋아해?"

우겐의 얼굴이 잠깐 붉어지더니 입을 다문다.

나무나가 웃으며 말했다.

"같이 등교하는 라초라는 애 좋아하는 거 같던데, 맞지?"

우겐 얼굴이 불타는 것 마냥 온통 시뻘게지더니 말을 더듬는다.

"이상한 소리 마!"

우겐의 얼굴을 본 나무나가 낄낄 웃으며 말했다.

"수업 끝나고 같이 집에 가는 거 자주 봤어."

우겐의 얼굴이 가라앉을 줄 몰랐다.

"그냥 짝꿍이야."

나무나가 계속 낄낄거리며 말했다.

"네가 좋아할 만해. 걔 진짜 예쁘잖아!"

우겐은 더욱 긴장한 듯 말을 이었다.

"라초는 공부도 잘해. 우리 반에서 일등이야!"

나무나가 말했다.

"얼굴도 예쁘고, 거기에 공부도 잘하고. 그 정도면 네가 좋아할 만하지."

우겐의 얼굴이 더는 빨개지지 않았다.

"이것도 라초가 빌려준 거야."

나무나는 일부러 과장된 말투로 말했다.

"그래? 걔가 이걸 빌려줬다는 건, 바로 걔도 너를 좋아한다는 뜻이야. 보통 여자아이들은 남자아이를 좋아하게 되면 머릿수건이든 뭐든 다 주거든."

우겐은 풀이 죽었다.

“그냥 눈 가리라고 빌려준 거야. 장님이 어떤지 한번 느껴보라고…. 게다가 이것도 내가 먼저 빌려달라고 했는걸.”

“에이, 너랑 얘기하는 거 진짜 재미없다!”

이 말을 듣더니 우겐이 웃으며 말했다.

“그럼 너는 누구 좋아하는데? 말해봐. 우리 마을 사람이야? 아니면 다른 마을?”

나무나는 우겐을 한 번 흘겨보더니 말했다.

“난 누구 좋아하면 좋아한다고 바로 말해. 너처럼 시치미 떼지 않아.”

“그럼 말해봐, 누군데?”

“긴디류央措 좋아해”

“사실 네가 긴디류 좋아하는 거 알고 있었어. 게다가 어렸을 때 부모님끼리 정혼했다는 얘기도 들었는걸.”

“온 마을 사람이 다 알고 있는 거지. 그런데 긴디류가 날 좋아하는지는 모르겠어.”

“직접 물어보면 되잖아.”

“물어봤는데, 대답을 안 해.”

“분명 무슨 방법이 있을 텐데.”

나무나는 한숨을 쉬며 말했다.

“꼬마랑 같이 있으니 이렇게 지루할 수가!”

화가 난 우겐이 소리쳤다.

“또 꼬마라고 할래? 아까 꼬마라고 안 하기로 했잖아!”

나무나는 웃으며 말했다.

"네가 진짜 눈 가린 채 하루를 버틸지 아직 모르잖아."

"당연히 가능하지! 하루 동안 잘 견디고 좋을 글 써서 이번 학기엔 반드시 홍링진을 받을 거야!

우겐의 말이 재미없는지 나무나는 더 이상 아무런 대꾸도 하지 않았다.

잠시 후, 나무나가 다시 입을 열었다.

"장님 체험해보니까 느낌이 어때?"

"글쎄, 모르겠어. 그냥 사방이 어두컴컴해. 저녁 같기도 하고. 근데 저녁하고는 또 다른 느낌이야."

"그게 어떤 느낌인데?"

"정확히 모르겠어."

짜증난 나무나가 말했다.

"그럼 장님 체험 잘 해봐. 난 좀 자야겠다."

우겐이 말했다.

"자지 마. 난 너 대신 양들을 봐줄 수 없잖아."

나무나는 웃으며 말했다.

"안 봐도 돼, 볼 필요도 없고. 양이 주변에 있는지만 소리로 확인하면 되니까."

나무나가 옆으로 돌아 눕더니 다시 몸을 일으켜 앉고는 양 무리를 살펴봤다.

"멀리 가지는 않을 것 같은데…. 이따 점심이나 같이 먹자. 엄마가 뭘 좀 싸주셨는데 둘이 먹기 충분할 거야."

말을 마치고 다시 눕더니 곧 코 고는 소리가 작게 들려왔다.

우겐이 혼잣말하듯 웅얼거렸다.

"난 안 잘 거야. 열심히 느껴봐야지."

나무나가 잠든 후, 우겐은 주변의 소리에 귀 기울이며 보이지 않는 세계를 체험하기 시작했다.

5

"나무나! 나무나!" 하고 귀를 찌르는 듯한 여자 목소리에 나무나는 눈을 떴다.

못 본 척 두 눈을 비비며 "어, 긴디류!" 하며 대답하는 그의 목소리에 반가움이 묻어난다. 날카로운 긴디류의 목소리가 또 날아들었다.

"양 안 보고 뭐 하는 거야? 내 양하고 섞이게 생겼잖아!"

웃음기 가득한 얼굴을 한 나무나는 벌떡 일어나 주위를 살피더니 멀지 않은 곳에 있는 긴디류를 발견하곤 큰 소리로 화답했다.

"양들도 다 같이 있으면 좋지 뭐!"

"어휴, 저 바보!"

긴디류는 투덜거리면서도 나무나의 양 떼를 나무나가 있는 쪽으로 몬 후, 자신의 양 떼를 반대쪽으로 몰았다. 여전히 꼼짝도 하지 않은 채 연신 싱글벙글 웃으며 흐뭇하게 바라보던 나무나는 그제야 옆에 있는 우겐이 생각났다. 옆으로 돌아누운 우겐은 가늘게 콧소리를 내며 단잠에 빠져 있었다. 나무나는 발로 툭툭 치며 우겐을 깨웠다.

"이게 장님 체험하는 거야?"

잠에서 깬 우겐이 잔뜩 풀이 죽은 표정으로 일어나 앉더니 우물쭈물 입을 열었다.

"그러니까, 이렇게 눈을 가리고 있으니까 잠이 솔솔 오더라고…."

나무나는 고개를 돌려 긴디류에게 외쳤다.

"긴디류! 같이 점심 먹자! 이리 와!"

긴디류는 그제야 나무나 옆에 있는 우겐을 발견했다.

"옆에 있는 애는 누구야?"

"우겐이라고 해, 소학교에 다녀."

"왜 학교 안 가고 여기 있어?"

"와보면 알아. 재미있는 게 있어."

긴디류는 잠시 망설이다 나무나 쪽으로 걸어왔다. 눈을 가리고 있는 우겐을 본 긴디류는 의아하다는 듯 물었다.

"얘는 왜 이러고 있는 거야?"

나무나에게 우겐이 왜 이런 모습을 하게 되었는지 들은 긴디류는 "신기하네."라고 말했다.

우겐이 긴디류를 향해 입을 열었다.

"긴디류 누나, 나무나가 누나를 좋아한대요. 저한테 직접 말했어요!"

긴디류는 웃으며 나무나를 쳐다봤다. 순간 나무나 얼굴이 순간 벌겋게 달아올랐다. 나무나가 우겐을 매섭게 노려본다.

"이 자식, 무슨 소릴 하는 거야!"

나무나가 화를 내든 말든 우겐의 폭로전이 이어졌다.

"근데 누나가 자기를 좋아하는지 모르겠대요."

긴디류는 나무나를 한 번 흘겨보고는 우겐에게 말했다.

"나도 모르겠는데?"

우겐이 말했다.

"누나, 정말 예뻐요."

긴디류가 웃었다.

"보지도 못하는 애가 그런 얘길 하네."

"그게 아니고, 평소에도 예쁘다고 생각했어요! 정말이에요!"

우겐의 말에 긴디류는 깔깔거리며 웃었지만, 나무나의 벌겋게 달아오른 얼굴은 가라앉을 줄 몰랐다. 자신을 보며 연신 깔깔거리는 긴디류를 보며 나무나는 입을 열었다.

"긴디류, 같이 점심 먹자. 엄마가 이것저것 많이 싸주셨어."

"나무나, 우겐처럼 나한테 누나라고 불러야지. 내가 너보다 두 살 더 많은 거 몰라?"

긴디류는 여전히 웃고 있다.

"긴디류 누나, 나중에 나무나랑 결혼할 거예요?"

"우겐, 밥이나 먹자."

나무나는 재빨리 엄마가 정성스레 준비해준 점심을 재빨리 꺼냈다. 긴디류도 싸 온 음식을 꺼내 놓았다. 이때, 우겐도 "나도 먹을 게 있어" 하며 가방에서 먹을 것을 꺼냈다.

순식간에 초원 위에 풍성한 점심이 차려졌다.

"누구 생일상 같다!"

감탄하는 긴디류의 목소리에 나무나가 미소를 보이더니 먼저 먹기 시작했다. 긴디류는 나무나와 우겐에게 밀크티를 한 잔씩 따라준 후, 뒤늦게 먹기 시작했다.

우겐은 친구들이 음식을 먹고 차를 마시는 소리를 유심히 들었다. 이 모습을 본 긴디류가 우겐을 재촉한다.

"우겐, 그 천 풀어. 일단 먹고 나중에 다시 가리면 되잖아."

"안 돼요. 맹세까지 한 걸요."

우겐의 모습에 긴디류는 웃음이 터져 나왔다. 긴디류는 우겐의 한 손에 찻그릇을 쥐여주고 다른 손에 참파*를 쥐여줬다. 그리고는 다들 말없이 먹는 데만 열중했다. 가끔 나무나와 긴디류가 고개를 들어 양이 잘 있나 확인할 뿐이었다.

이때, 그들 뒤에서 낯선 목소리가 날아들었다.

"우와, 만찬이 따로 없네. 합석해도 될까?"

나무나와 긴디류가 뒤를 돌아봤다. 마을에서 잘생기기로 소문난 익바페ཡིག་ཕྲས가 말을 타고 다가왔다. 긴디류가 얼른 자리를 박차고 일어나 상기된 목소리로 익바페를 반겼다.

"당연하지. 얼른 와!"

나무나는 익바페를 쏘아보더니 입을 꼭 다물어 버렸다. 말에서 내린 익바페는 말을 근처에 묶어두고 그들 옆에 앉았다. 우겐의

* 티베트인의 주식 중 하나로 볶은 보리로 만든 가루로 차(茶)에 참파를 섞어 경단을 만들어 먹는다.

모습을 본 익바페는 자초지종을 물었고 긴디류는 나무나가 해준 얘기를 그대로 전했다.

익바페는 별로 놀라지 않는 눈치였다.

“요즘 같은 세상엔 어떤 일이 일어나도 놀랍지 않지.”

익바페는 말을 마치기 무섭게 바닥에 차려진 음식들을 제 것인 양 먹기 시작했다. 익바페의 먹는 모습에 고정되었던 긴디류의 시선이 고개를 푹 숙인 채 아무 말도 없는 나무나에게 향했다.

긴디류가 웃으며 말했다.

“익바페, 우겐이 그러는데 나무나가 날 좋아한대. 근데 네가 와서 기분이 별론가 봐.”

익바페가 웃더니 다시 먹으며 말했다.

“좋겠네. 직접 고백한 거야?”

긴디류도 나무나의 진심이 궁금한 모양이다.

“아니. 자기 입으로 말을 안 하는데 그게 사실인지 아닌지 내가 어떻게 알겠어?”

익바페가 웃으며 나무나에게 말했다.

“나무나, 진짜 긴디류를 좋아한다면 지금 말해봐.”

우겐이 끼어든다.

“나무나는 나중에 누나랑 결혼할 거예요.”

“그래? 그거 큰일 났네.”

“꼬마 녀석들은 이게 재미있나 봐.”

“꼬마라고 하지 마요!”

“거기에 털도 안 난 꼬마가 너랑 결혼한다네? 긴디류, 너 정말 행복하겠다. 재미있네, 재미있어!"

익바페의 농담에 긴디류는 큰 소리로 웃기 시작했다.

이때 나무나의 목소리가 웃음소리를 파고들었다.

"무슨 털이 안 났다는 거야?"

순간 정적이 흘렀지만 금세 긴디류는 자지러지게 웃더니 나무나를 가리키며 말했다.

"어머, 얘 좀 봐! 꼬마 녀석이!"

박장대소하던 익바페가 나무나를 보며 물었다.

"그럼, 너 남자 털 났어?"

자신 없는 목소리로 나무나가 대답했다.

"너 머리카락 있지? 나도 머리카락 있어. 무슨 털이 더 필요한데?"

익바페가 나무나에게 다가와 다시 물었다.

"수염은?"

"곧 날 거야!"

나무나는 아직 수염이 없다는 걸 누구보다 잘 알지만 그래도 당당하게 되받아쳤다.

"그럼, 다른 털은?"

음흉스레 웃던 익바페의 말을 나무나는 도저히 이해할 수 없었다.

"다른 털 뭐?"

터져 나오는 웃음을 겨우 참고 있던 익바페는 아예 바닥에 드러누워 데굴데굴 구르며 한참을 웃더니 의미심장하게 말했다.

"크면 알게 돼."

나무나는 무슨 말인지 전혀 이해할 수 없었지만 더는 묻지 않았다.

긴디류가 웃으며 우겐에게 말했다.

"우겐, 지금 나무나가 어떤 표정인지 알겠어?"

"전혀요. 어떤데요?"

"정말 안타깝다. 아주 재미있는데!"

한참을 웃던 익바페가 다시 입을 열었다.

"나무나, 이게 제일 중요한 건데 말이야. 너 무슨 능력으로 긴디류랑 결혼할 건데?"

입을 꾹 다물고 있는 나무나를 대신해 우겐이 대변인을 자처했다.

"아주 오래전에 긴디류 누나의 아빠가 나무나 아빠에게 약속했대요. 나중에 어른이 되면 긴디류 누나를 나무나에게 시집보내겠다고요."

익바페는 웃던 걸 멈추고 나무나를 보며 말했다.

"그건 그냥 하는 말이지. 남자가 능력이 있어야 여자가 시집을 오지. 네가 잘하는 게 뭔데? 말해봐."

긴디류를 힐끗 쳐다보더니 나무나가 입을 뗐다.

"난 양을 잘 쳐!"

자신감 넘치는 나무나의 말에 긴디류와 익바페는 다시 큰 소리로 웃기 시작했다. 우겐도 따라 실없이 웃었다. 한참을 웃던 익바페가 입을 열었다.

"초원에 사는 양치기가 양을 잘 치는 게 무슨 능력이야? 자고로 남자라면 준마 정도는 있어야지. 나무나, 너 있냐?"

"어른이 되면 준마 한 마리 정도야 당연히 있겠지!"

나무나의 세상 물정 모르는 당돌한 발언에 익바페와 긴디류는 또 킥킥거리며 웃었다. 우겐도 따라 웃었다.

잠시 후, 절대 질 수 없다고 생각했는지, 나무나가 자리를 박차고 일어나 익바페에게 소리쳤다.

"나랑 레슬링해서 이길 자신 있어?"

익바페는 웃으며 평평한 바닥으로 자리를 옮기자고 제안했다.

"네가 곧잘 한다는 얘기는 들었다. 또래에 적수가 없다던데, 사실이야?"

나무나는 자신보다 키가 훨씬 큰 익바페를 보자, 선뜻 나서지 못하고 머뭇거렸다. 이 모습이 익바페의 눈에 들어왔다.

"왜 그래? 레슬링은 네가 먼저 하자고 했잖아. 막상 하려니 무서워?"

나무나는 이길 수 있다고 스스로 다독거렸다.

"무슨 소리야? 난 네가 겁먹은 줄 알았어. 오늘 내가 본때를 보여주지."

나무나의 말에 익바페가 웃더니 곧 둘은 몸을 낮춰 자세를 취했다.

나무나가 먼저 예고도 없이 달려들었지만 익바페가 한 발 더 빨랐다. 재빨리 몸을 피한 익바페는 나무나의 허리춤을 움켜잡고 힘으로 밀어붙여 땅으로 넘어뜨렸다,

우겐은 소리 하나라도 놓치지 않으려는 듯 온 신경을 집중했다. 순간 '퍽' 하며 누군가가 바닥으로 떨어지는 소리가 들렸다. 우겐의 마음이 다급해졌다.

"누가 넘어갔어요?"

긴디류가 빙그레 웃으며 말했다.

"꼬마 나무나!"

우겐은 초조한 기색이 역력한 목소리로 아쉬움을 토로했다.

"아이고, 장님 하겠다고 맹세만 안 했어도 직접 봤을 텐데!"

"그럼, 그거 풀고 봐."

웃음기 가득한 긴디류의 말에, 우겐은 또다시 꿀 먹은 벙어리마냥 입을 굳게 닫았다.

나무나는 졌다고 항복하기는커녕 오뚝이처럼 다시 일어나 익바페에게 돌진했지만 순식간에 또다시 바닥에 나뒹구는 신세가 되고 말았다. 우겐이 물어보기도 전에 긴디류가 빙그레 웃으며 "꼬마 나무나가 또 자빠졌어"라며 상황을 중계했다. 궁금해서 미칠 것 같은 우겐은 가만히 앉아 있지 못하고 자리에서 일어나 이리저리 서성대다 자빠지기도 했다.

익바페는 벌떡 일어나 자신에게 달려드는 나무나를 또 가볍게 들어 올려 바닥에 내팽개쳤다.

긴디류가 입을 열기도 전에 다급해진 우겐이 물었다.

"나무나가 또 넘어갔어요?"

"맞아."

긴디류는 웃으며 답했다. 우겐은 웅얼거리며 계속 왔다 갔다

했다.

익바페는 내팽개쳐진 채 바닥에 드러누워 있는 나무나를 바라보며 말했다.

"꼬마, 더 할 거냐?"

나무나는 몸을 일으키더니 옷에 묻은 흙을 툭툭 털어냈다.

"남자는 딱 세 번 넘어진다는 옛말 때문에 내가 봐주는 거야. 앞으로 절대 꼬마라고 하지 마!"

익바페는 또 껄껄 웃어댔지만 나무나는 속이 말이 아니었다.

"난 꼭 긴디류에게 장가갈 거야. 엄마께 이미 약속도 했어."

익바페의 웃음소리가 더욱 크게 들렸다.

익바페가 긴디류를 보며 말했다.

"긴디류, 너도 들었지? 이 꼬마가 자기 엄마한테 너랑 결혼한다고 약속했대. 너랑 결혼해서 엄마 대신 너랑 같이 살 건가 봐."

긴디류는 그저 웃었다.

나무나는 긴디류를 보며 다짐하듯 말했다.

"긴디류, 농담하는 거 아니야. 진짜 너와 결혼하겠다고 엄마랑 약속했어."

긴디류와 익바페의 웃음소리가 끊이질 않았다. 쉬지 않고 웃어대는 두 사람을 보고 있자니 나무나는 울음이 터질 것 같았다. 머지않아 나무나의 울음소리가 주변을 가득 채웠다. 웃음을 멈춘 익바페가 나무나에게 말했다.

"몇 년 지나고 다시 도전해. 날 이겨야 긴디류와 결혼할 수 있다는 거 알지?"

긴디류는 미소를 띤 채 나무나를 쳐다보더니 소매로 눈물과 콧물로 범벅된 얼굴을 닦아줬다. 자리에서 일어난 익바페가 말 고삐를 풀고는 고개를 들어 멀리 있는 긴디류의 양 떼를 바라봤다.

"긴디류, 양이 너무 멀리 갔다. 이제 가자."

익바페가 말 위에 올라타며 긴디류를 쳐다봤다.

잔뜩 주눅이 든 나무나를 위로해주던 긴디류도 익바페의 뒤에 올라탔다. 나란히 말을 탄 두 사람을 보고 있자니 나무나는 분노가 치밀어 올라 가만히 앉아 있을 수 없었다. 자리를 박차고 일어나 소리쳤다.

"무슨 일이 있어도 엄마랑 한 약속 지킬 거야!"

익바페는 '피식' 웃었다. 잡고 있던 고삐를 늦추자 말이 가볍게 뛰기 시작했다. 긴디류가 익바페의 허리를 감싸 안자 익바페는 만족한 듯 웃었다. 익바페의 입에서 경쾌한 멜로디가 흘러나왔다. 초원을 가득 채운 멜로디는 익바페와 긴디류를 따라 조금씩 멀어져갔다.

나무나는 익바페와 긴디류의 뒷모습을 한참 동안 바라보았다. 말이 언덕 너머로 사라지자 다리가 풀린 나무나는 바닥에 주저앉고 말았다.

6

정오가 한참 지났지만 바닥에 주저앉은 나무나는 여전히 꼼짝도 하지 않았다. 우겐이 나무나를 밀며 다그쳤다.

"계속 이러고 있을 거야?"

나무나는 우겐의 말에 대꾸도 없이 익바페에게 내동댕이쳐진 자리를 무섭게 노려봤다.

우겐이 말했다.

"이러고 있으면 죽었다 깨어나도 긴디류 누나하고 결혼 못 해."

나무나가 그제야 입을 열었다.

"그게 무슨 말이야? 지금 너까지 날 비웃는 거야?"

"난 학교에서 싸워서 졌을 때 한 번도 안 울었어. 넌 방금 긴디류 누나 앞에서 울지 말았어야 했어."

우겐의 말에 나무나가 자리를 박차고 일어났다.

"내가 익바페를 못 이길 것 같아? 아침에 엄마가 밖에서 싸우지 말라고 당부하셨던 게 생각나서 봐준 거야. 제대로 했으면 걔는 바닥에서 일어나지도 못 했을걸!"

우겐은 웃기 시작했다.

"허풍 떨지 마. 레슬링 하는 걸 직접 보진 못했지만, 그래도 네가 익바페 상대가 못 된다는 거는 알겠더라."

나무나는 화가 치밀어 올랐다.

"헛소리 마! 맞고 싶어?"

우겐은 여전히 웃으며 말했다.

"너보다 작은 애한테 이기는 것도 자랑이야? 그런 건 능력이 아니지. 몇 년 후에, 너보다 훨씬 큰 익바페 형을 땅에 내동댕이치고 긴디류 누나랑 결혼해서 살든가."

나무나는 잔뜩 화가 나 우겐을 때리려고 손을 올렸지만 붉은 천으로 눈을 가리고 있는 우겐의 얼굴을 보고는 다시 내려놓았다.

"나무나, 내가 도와줄게. 나중에 익바페 형을 번쩍 들어 내동댕이쳐버리자고! 아예 긴디류 누나 앞에서 울려버리자."

우겐의 말에 신이 난 나무나는 우겐의 어깨에 손을 올리며 말했다.

"넌 정말 좋은 친구야. 다시는 널 꼬마라고 하지 않을게."

이 말에 흥분한 우겐도 나무나의 어깨에 손을 올렸다.

"나랑 익바페 중에 누가 더 멋있어?"

나무나가 물었다.

"당연히 익바페 형이지. 마을 여자들이 그렇게 말하던걸."

우겐이 대답했다.

나무나는 조금 실망한 듯 말을 잇지 못했다.

나무나의 마음을 꿰뚫어 보기라도 한 듯 우겐이 입을 열었다.

"너 정도면 잘생긴 거야. 이제 능력만 키우면 돼."

우겐의 칭찬에 한껏 고무된 나무나는 기쁨을 감추지 못했다.

"맞아. 앞으로 열심히 능력을 키워야겠어!"

나무나의 말에 우겐도 신이 났다.

"나무나, 넌 분명 해낼 거야!"

나무나가 머리에 시퍼렇게 멍든 곳을 만진다.

"우겐, 여기 좀 봐줄래? 머리가 깨졌나 봐. 너무 아파."

"나 못 보는데…."

"천 풀고 몰래 한번 보면 안 될까?"

우겐은 난감했다.

“부처님께 맹세도 했단 말이야. 하루 동안 장님 체험을 할 거라고 말했잖아. 지금 풀어버리면 숙제도 못 할 거고. 그럼 홍링진도 받지 못 할 거야.”

“그럼 됐어.”

“많이 아파?”

우겐의 물음에도 나무나는 연신 멍든 곳을 만지며 아무 말도 하지 않았다.

잠시 후, 나무나가 다시 입을 열었다.

“이미 장님이 어떤 느낌인지 아는 거 아니야?”

우겐은 조금 머뭇거리더니 대답했다.

“사실 나도 잘 모르겠어. 그냥 캄캄한 느낌이야.”

“그게 장님 느낌 아니야? 그걸 적으면 되잖아.”

“하지만 쓸 게 별로 없는걸.”

“그럼 계속 눈 가리고 있어.”

“사실 아무것도 볼 수 없어서 조금 무서워.”

“뭐가 무서워? 내가 옆에 있잖아.”

“그러게, 다행이다.”

나무나는 갑자기 무언가 생각났는지 재차 물었다.

“근데 학교에서 여기까지 어떻게 왔어?”

“그냥 더듬거리면서 걸어왔지. 오는 길에 여러 번 넘어졌어. 그래도 길을 대충 알겠더라고.”

“그래? 그럼 나도 한 번 해볼래, 허리끈으로 눈 가려야겠어.”

"그렇게 해."

나무나는 허리에 둘렀던 천을 풀어 두 눈을 가렸다.

우겐이 물었다.

"눈 가렸어?"

"응."

"어떤 느낌이야?"

"글쎄, 아주 캄캄한 밤 같아."

"눈 가리고 양 몰 수 있겠어?"

"그건 못할 것 같아."

"그럼, 같이 가자. 둘이 같이 걸으면 혼자보단 나을 거야."

"좋은 생각이야."

둘은 서로를 부축하며 양 떼가 있는 곳으로 걸어갔다.

7

나무나와 우겐은 서로 의지하며 양이 있는 곳으로 걸어갔다. 도중에 여러 번 넘어졌지만 그래도 다시 일어나 계속해서 앞으로 걸었다. 몇 번을 넘어졌다 일어난 뒤, 나무나는 뭔가 잘못된 느낌이 들어 눈을 가린 허리끈을 풀었다. 나무나는 갑자기 큰 소리로 웃기 시작했다. 우겐은 영문을 알 수 없어 답답했다.

"왜 그래? 무슨 일이야?"

나무나는 웃음을 멈추지 못했다.

"우리 반대편으로 걸어왔어."

나무나는 우겐의 손을 잡아끌어 바닥에 앉혔다.

"조금 쉬었다 가자. 이따 내가 데려다줄게."

이때, 나무나의 시야에 말을 타고 다가오는 촌장의 모습이 들어왔다. 나무나를 발견한 촌장이 말을 건넸다.

"나무나, 양 치고 있니?"

나무나가 대답도 하기 전에 잔뜩 긴장한 우겐이 옆에서 속삭였다.

"누구야?"

나무나도 작은 소리로 대답했다.

"촌장님."

우겐의 긴장한 기색이 더욱 짙어졌다.

"빨리 촌장님한테 가봐. 나 여기 있다고 말하면 절대 안 돼! 들키면 엄청 혼날 거야."

우겐의 말에 나무나는 얼른 촌장에게 뛰어갔다.

"촌장님, 안녕하세요."

촌장이 나무나가 있던 곳을 바라보더니 물었다.

"방금 너랑 같이 있던 꼬마는 누구니?"

"다른 마을 꼬마예요. 양을 방목하러 왔대요."

"우겐하고 많이 닮았구나."

"우겐은 아니에요. 정말이에요!"

촌장은 의아한 듯 나무나의 얼굴을 빤히 쳐다보더니 말을 이었다.

"직접 가서 확인해 봐야겠다."

촌장은 말고삐를 돌려 우겐이 있는 곳으로 향했다. 잔뜩 긴장한 나무나가 촌장의 뒤를 따랐다. 촌장이 다가오는 소리를 들은 우겐이 바닥에 엎드리더니 꼼짝도 하지 않았다.

"얘는 왜 이러고 있니?"

"촌장님이 무서워서 그런가 봐요."

"무섭긴 뭐가 무서워, 얼른 일으키렴."

"우겐, 다 들켰어. 얼른 일어나"

그제야 우겐이 느릿느릿 몸을 일으켜 앉았다. 우겐의 모습을 본 촌장은 깜짝 놀랐다.

"도대체 무슨 일이냐? 왜 이러고 있는 거냐?"

나무나가 웃으며 대답했다.

"하루 동안 장님 체험을 한다고 이러고 있어요."

"뭐라고? 장님 체험을 한다고?"

말에서 뛰어내린 촌장이 날카로운 목소리로 물었다. 나무나가 대답했다.

"우겐 선생님이 장님에 관한 작문숙제를 내주셔서 어떤 느낌인지 체험해보고 있대요."

"이 아이, 머리가 어떻게 된 거 아니냐?"

촌장은 어이없다는 듯 웃었다. 나무나도 따라 웃으며 아무 말도 하지 않았다.

"멀쩡한 사람이 장님 체험해서 뭐하려고!"

나무나는 계속 웃기만 했다.

이때, 촌장은 혼잣말하듯 웅얼거렸다.

"나도 장님이면 좋겠구나. 어째 이 세상엔 보고 싶지 않은 게 점점 많아지네…."

갑자기 무언가 생각난 듯 촌장이 다시 물었다.

"학교는? 안 간 게냐?"

"장님 체험을 해야 해서 안 갔어요."

나무나가 우겐 대신 대답했다. 이 말에 촌장은 불같이 화를 냈다.

"쓸데없는 소리! 얼른 학교에 가거라!"

다시 말에 올라탄 촌장이 말고삐를 잡으며 떠나려 하자, 그 앞으로 나무나가 뛰어갔다.

"촌장님, 차 마시고 쉬었다 가세요."

나무나의 말에 촌장은 다시 말에서 내려 아이들과 함께 평평한 초원 위에 자리를 잡고 앉았다. 나무나는 차와 그릇을 가지러 뛰어갔다.

이때 우겐이 입을 열었다.

"촌장님, 한 번만 용서해주세요. 앞으로 정말 열심히 공부할게요."

우겐의 모습에 한바탕 웃던 촌장이 입을 열었다.

"네가 고아라서 마을에서 학교에 보내준 건데, 학교를 빠지다니!"

촌장의 호통에 우겐은 잔뜩 주눅이 들었다.

"꼭 열심히 공부해서 마을 사람들 은혜에 보답할게요."

"일단 그 천을 풀고 얌전히 학교에 가면 더 혼내지는 않으마."

촌장은 웃으며 말했다.

"그건 안 돼요. 하루 동안 장님이 되겠다고 부처님께 맹세도 한걸요."

우겐은 단호했다.

"함부로 주둥이를 놀려서야! 정작 장님들은 빛을 보고 싶어 하는데, 두 눈 멀쩡한 사람이 장님 노릇이라니 원!"

"장님이 되려는 게 아니에요. 그냥 숙제를 잘하고 싶은 거뿐이에요. 글을 잘 쓰면 홍링진을 받을 수 있거든요."

"자세한 것까지 알고 싶지 않다. 어쨌거나 지금 당장 학교에 가지 않으면 앞으로 마을에서 널 돌봐주는 일은 없을 테니 양을 치든가 혼자 알아서 생활하거라."

촌장님의 협박에 겁이 난 우겐은 어찌할 바를 몰랐다. 이때 나무나가 주전자와 찻그릇을 들고 돌아왔다. 나무나는 그릇을 깨끗이 닦더니 촌장에게 건네고 차를 따랐다. 촌장은 나무로 만든 찻그릇을 가만히 바라보았다.

"아빠 그릇이니?"

"잘 모르겠어요. 엄마 말씀에 아빠가 남기신 그릇이라고 해서 매일 들고 다니는데요. 사실 전 아빠 얼굴 생각이 잘 안 나요."

나무나의 말에 촌장은 한숨을 내쉬었다.

"정말 착하구나, 너희 아빠가 그렇게 일찍 세상을 뜨지만 않았어도 너희 모자가 그렇게 고생하지는 않을 텐데…."

슬픈 표정을 한 나무나는 아무 말도 없었다.

"너의 아빠는 정말 좋은 분이었단다."

나무나는 여전히 말이 없었다. 촌장은 나무 찻그릇을 보며 말을 이었다.

"이 찻그릇은 네 아빠와 우리가 라싸로 성지순례를 갔을 때 산 거야. 당시에 너희 엄마 뱃속에 네가 있었지. 그때 우리 일행이 열댓 명쯤 됐었는데, 모든 사람이 찻그릇을 하나씩 사 왔지. 지금까지 갖고 있는 경우는 거의 없는데, 너희 아빠 그릇은 대를 이어 너의 손까지 내려왔구나. 쉬운 일은 아닌데 정말 대단하다."

나무나가 다시 입을 열었다.

"정말로 아빠 얼굴이 하나도 기억나지 않아요. 엄마는 제가 아빠를 꼭 빼닮았다고 하셨는데 그런가요?"

촌장은 나무나의 얼굴을 찬찬히 살펴보았다.

"그래, 확실히 네 아빠를 닮았구나. 특히 눈하고 코가 정말 쌍둥이처럼 닮았어."

"이제 저도 아빠 얼굴을 좀 알 것 같아요!"

촌장을 웃으며 말을 이었다.

"아빠처럼 멋있는 수염은 아직 없구나."

"거싸얼왕* 같은 수염이요?"

"그렇지, 그런 수염이지."

"엄마께서도 제가 크면 분명 그런 수염이 자랄 거라고 하셨어요!"

촌장은 웃었다. 차를 한 모금 마시고는 다시 말했다.

---

* 티베트에 전해 내려오는 전설적인 국왕으로 요괴와 마귀를 없애고 백성에게 복을 가져다준다.

“네 아빠는 밀크티를 정말 좋아했단다. 양가죽 펴는 작업 하면서 밀크티를 마셨는데, 어떤 날엔 두세 주전자를 마시기도 했지.”

“저도 밀크티 좋아해요!”

“그것도 아빠를 닮았나 보구나.”

나무나는 또 말이 없었다.

잠시 후, 촌장이 다시 입을 열었다.

“너희 아빠도 아주 훌륭한 방목공이셨다. 항상 아침 일찍 양을 몰고 초원으로 나와 저물녘이 되어서야 다시 집으로 돌아가곤 했지.“

나무나가 또 입을 열었다.

“저도 아침 일찍 양을 몰고 나왔다가 저녁 늦게 집에 가요!”

“그러니? 아빠와 닮은 점이 아주 많구나.”

나무나는 아무 말도 하지 않았지만, 얼굴에 미소가 번졌다.

나무나가 따라준 두 번째 밀크티를 받아 들고서야 촌장은 나무나 이마에 시퍼렇게 멍든 상처를 발견했다.

“이 상처는 왜 생긴 거니?”

마침내 우겐도 대화에 낄 수 있었다.

“아까 익바페 형이 나무나를 때렸어요.”

“때려? 왜?”

“긴디류 누나를 놓고 둘이 싸웠어요.”

“그게 무슨 말이냐?”

“나무나가 엄마한테 꼭 긴디류 누나한테 장가가겠다고 약속을 했대요. 근데 익바페 형이 나무나는 아직 남자 털이 없어서 긴디류 누나하고 결혼할 자격이 없다고 했어요."

촌장은 큰 소리로 웃기 시작했다. 그리곤 우겐과 나무나에게 물었다.

"너희는 남자 털이 뭔지 알고 있니?"

"아니요! 익바페한테 물어봤는데 안 가르쳐줬어요."

우겐과 나무나는 동시에 대답했다.

촌장은 웃으며 말을 이었다.

"더 크면 알게 될 거다."

이번엔 나무나보다 우겐이 빨랐다.

"익바페 형도 그렇게 말했어요."

우겐의 말에 촌장은 더욱 큰 소리로 웃기 시작했다. 이유를 알 수 없는 나무나는 그저 촌장의 웃는 모습을 보고 있을 뿐이었다.

"몇 년 지나고 나무나가 익바페 형을 이기면, 그때 긴디류 누나와 결혼할 자격이 생긴다고 익바페 형이 말했어요."

우겐의 말을 들은 촌장은 나무나에게 말했다.

"그럼 앞으로 열심히 능력을 키워야겠네."

"엄마가 그러는데요. 아빠가 살아계실 때 긴디류 아빠와 약속하셨대요. 우리가 어른이 되면 긴디류를 저에게 시집 보내겠다고요. 지금은 우리 아빠가 돌아가셔서 긴디류 아빠가 생각을 바꾸신 걸까요?"

"그렇게 약속했더라도 남자가 능력이 있어야지. 애지중지하며 키운 딸을 시집보냈는데 남자가 능력이 없으면 안 되지. 그럼 어떻게 가정을 꾸려나가겠니?"

촌장의 말에 나무나는 너무 창피해 고개를 푹 숙이고 차마 들지 못했다.

우겐이 또 잽싸게 끼어들었다.

“아스카阿卡 촌장님, 우리 마을 대장이시니 나중에 좀 도와주세요. 예전에 약속한 건 반드시 지켜야 한다고 사람들한테 말해주세요.”

촌장이 우겐을 노려봤다.

“아직도 학교에 안 갔니? 내가 직접 선생님 앞에 데려다줘야 정신 차릴래!”

촌장의 꾸지람에 우겐은 빌기 시작했다.

“죄송해요. 내일부터 정말 열심히 할게요. 매일매일 최선을 다할게요. 놀려는 게 아니고 선생님이 내준 숙제하려고 이러는 건데, 오늘 하루만 좀 봐주세요. 네?”

촌장은 말없이 찻그릇을 나무나에게 돌려주더니 자리에서 일어나 말을 타고 떠났다.

한참 후, 촌장이 멀리 갔을 때가 되어서야 우겐이 조심히 말을 꺼냈다.

“설마 촌장님이 나 여기 있다고 선생님께 말하진 않겠지?”

“걱정 마. 그렇게 한가한 분이 아니셔.”

나무나의 웃음 띤 대답에 우겐이 그제야 미소를 보인다.

“너도 이제 걱정 안 해도 되겠다. 나중에 촌장님이 반드시 네 편 들어주실 거야.”

두 사람 모두 기분이 좋아졌다.

8

초원의 시간은 빠르다면 빠르고 늦다면 늦다. 하늘에 어둠이 내리긴 했지만 정확한 시간을 알 순 없었다.

한껏 여유를 부리며 풀을 깨작거리는 양 떼를 가만히 보고 있던 나무나는 대충 시간을 알 수 있었다.

"해가 진 것 같은데…."

양 몇 마리가 집을 향해 느릿느릿 가는 모습에 나무나는 더욱 확신에 찼다.

"해 졌어. 이제 집에 가야겠다."

나무나의 말에 우겐은 조금 실망했다.

"온종일 눈 가리고 있어도 뭔가 특별한 느낌을 못 받았어. 금세 하늘이 까맣게 어두워질 텐데, 그러면 내가 눈 가린 거랑 똑같아지잖아…."

"그럼 체험 그만하고 집에나 가자."

나무나의 말에 우겐은 잠시 생각에 빠졌다.

"그래도 좀 더 해볼래. 해가 지기 전에 분명 뭔가 느낄 수 있을 거야."

"무슨 느낌이 더 필요해? 집에 가서 대충 쓰면 되는 거 아니야?"

"이미 온종일 이러고 있었는데 하는 김에 좀 더 해보지 뭐. 집에 가자. 방해 안 할게."

나무나는 양이 있는 곳으로 내려가 양 떼를 집 방향으로 몰기 시작했다.

우겐은 저물녘 초원 위에서 들려오는 여러 소리에 한참을 집중했다. 예전에는 미처 듣지 못했던 소리가 들리자 어쩐지 조금 흥분됐다.

우겐에게 돌아온 나무나가 집에 가자며 우겐의 소매를 잡아끌었다.

양 떼 뒤에서 천천히 집으로 향해 걷고 있을 때, 우겐은 한 번도 들어보지 못한 낯선 소리를 들었다.

우겐은 아예 멈춰 서서 귀 기울여 듣기 시작했다.

우겐의 행동을 본 나무나가 물었다.

"지금 뭐 하는 거야?"

"방금 특이한 소리를 들은 것 같아."

"무슨 소리?"

우겐은 대꾸도 하지 않고 소리에 더 집중했다. 나무나도 우겐을 따라 소리가 나는 곳을 찾기 시작했지만 양 무리에서 흘러나오는 익숙한 소리를 제외하곤 다른 소리를 찾지 못했다.

우겐은 여전히 '소리'에 온 신경을 집중하고 있었다.

얼마 지나지 않아 우겐의 표정이 변하더니 나무나를 향해 소리쳤다.

"나무나! 이리와 봐! 내가 어떤 소리를 확실히 들은 것 같아!"

우겐 곁으로 다가온 나무나도 우겐이 들었다던 소리를 찾기 시작했다.

"거짓말! 무슨 소리가 난다는 거야?"

"정말이라니까. 무슨 노랫소리 같았어."

사뭇 진지한 우겐의 표정에 나무나가 다시 물었다.

"어느 방향에서 들리는데?"

다시 가만히 소리에 집중하던 우겐이 확신에 찬 표정으로 동쪽을 가리켰다.

나무나가 우겐을 일으키더니 입을 열었다.

"그럼 한번 가보자."

나무나와 우겐은 서둘러 움직였다. 발걸음에 속도를 내기 시작하더니 곧 뛰기 시작했다.

얼마 지나지 않아 나무나도 어떤 소리를 들은 듯 자리에 멈춰 섰다.

"나도 무슨 소리를 들은 것 같아!"

나무나의 말에 두 사람은 숨이 차오를 때까지 계속해서 앞으로 뛰었다.

갑자기 나무나가 또 멈춰 서서 말했다.

"분명 노랫소리였어."

두 사람은 다시 앞으로 뛰었다. 얼마 가지 않아 발이 엉켜 바닥에 자빠졌다. 이때, 그 소리가 점점 분명하게 들려왔다. 나무나와 우겐은 아예 바닥에 엎드려 소리가 흘러나오는 정확한 방향을 집중해서 찾기 시작했다.

하지만 돌연 소리가 끊겼다. 영문을 알 수 없는 나무나와 우겐은 어리둥절했다. 다행히도 잠시 후 다시 음악 소리가 흘러나왔다. 누군가가 부르는 노랫소리가 분명했다.

나무나가 우겐에게 물었다.

"대체 무슨 소리지?"

"글쎄, 나도 모르겠어."

나무나와 우겐은 자리에서 일어나 소리를 쫓아 뛰었다. 소리가 점점 더 분명하게 들렸지만, 소리가 흘러나오는 정확한 곳을 찾기 위해서 둘은 또 한참을 걸어가야 했다. 걸어 들어갈수록 소리는 더 크고 또렷해졌다.

마침내, 둘은 수풀 더미에서 '인공위성'을 발견했다. 나무나는 인공위성을 조심스럽게 들어 올리더니 신기하다는 듯 한참을 들여다보았다. 인공위성 안에서 남자가 노래를 부르고 있는 것 같았다.

호기심에 찬 목소리로 나무나가 말했다.

"이게 뭐지? 남자가 안에서 노래를 부르나 봐."

볼 수 없는 우겐도 덩달아 조급해졌다.

"그거 어떻게 생겼어?"

나무나는 인공위성을 이리저리 돌려보며 꼼꼼하게 살폈다.

"설명하긴 좀 힘들어. 참파를 담는 상자 같기도 하고…. 근데 참파 상자라고 해도 어떻게 여기서 소리가 나오지?"

잠시 생각에 잠긴 우겐이 갑자기 뭔가 떠오른 듯 말했다.

"혹시 하늘의 별이 아닐까?"

"하늘에 떠 있는 별이 어떻게 수풀로 떨어져?"

나무나는 바로 토를 달았다.

"밤마다 하늘에서 별 떨어지는 거 못 봤어?"

우겐의 말에 나무나도 잠시 뭔가를 생각하더니 다시 입을 열었다.

"그럼 별이 어떻게 노래를 불러?"

우겐도 갑자기 뭔가가 생각난 듯했다.

"아, 우리 선생님이 그러는데 인공으로 만든 어떤 별은 노래할 수 있대."

나무나가 의아한 표정으로 대답했다.

"뭐? 인공? 하늘에 사람이 만든 별이 있다는 거야? 그럼 그 별은 어떻게 하늘까지 간 건데?"

"그건 나도 모르지."

우겐의 대답에 나무나는 웃었다.

"그러니까 이건 절대 별이 아니야. 내 생각에는 이 안에 소인이 있는데 그 사람이 노래를 부르고 있는 것 같아."

우겐은 반신반의했다.

"설마, 그럴 리 없어!"

"확실해! 이거 열어서 소인이 있나 없나 봐야겠다."

"혼자 열지 마. 이건 내가 찾은 거잖아."

우겐이 말렸지만 나무나도 지지 않고 웃으며 말했다.

"네가 찾은 거라고? 너 지금 눈 가리고 있는 거 잊었어? 아무것도 못 보면서 어떻게 찾아?"

나무나의 말에 조급해진 우겐이 변명을 늘어놓는다.

"그러니까…. 그래도 소리는 내가 먼저 들었잖아!"

나무나는 음흉스레 웃으며 말했다.

"소리를 들은 건 찾은 게 아니지. 눈으로 직접 발견해야 찾은 거지."

우겐은 도저히 말로 나무나를 이길 수 없을 것 같았다.

"제발 부탁할게. 내일 같이 열어보면 안 될까?"

나무나는 이미 마음을 굳힌 듯했다.

"안 돼. 안에 있는 사람이 도망이라도 가면 어쩌려고? 당장 열어서 소인이 있는지 찾아볼 거야."

인공위성 안에서 계속 흘러나오던 노랫소리가 점차 흐릿해졌다.

나무나가 우겐에게 말했다.

"넌 그렇게 공부를 많이 하면서도 이게 무슨 소리인지 몰라?"

우겐은 온 신경을 집중해 소리를 들었지만, 얼마 지나지 않아 곧 고개를 세차게 저었다.

"소리가 점점 작아져서 정확히 모르겠어. 근데, 중국어로 부르는 건 맞아."

나무나는 아무런 대꾸도 하지 않은 채 인공위성을 응시했다. 진짜로 노랫소리가 점점 약해지고 있었다.

"소인이 배가 고픈가? 노랫소리가 왜 점점 작아지지?"

나무나는 이미 인공위성을 뜯으려 마음먹은 듯 설명을 늘어놓았다.

"그러게, 정말 배가 고픈가 봐."

"또 뭐 발견했어?"

우겐이 물었다. 자세히 들여다보던 나무나가 말했다.

"여기 위에 뭐라고 적혀 있어. 잘 안 보이는데 한자는 맞아."

"그럼, 잘 뒀다가 내일 보여줘. 내가 볼게."

"싫어."

나무나는 외마디를 던져놓고 품에서 고기 자르는 작은 칼을 꺼내더니 인공위성을 분해하기 시작했다.

인공위성을 열심히 뜯고 있는 나무나 옆에서 아무 것도 할 수 없는 우겐은 마음이 급해졌다. 무슨 방법이라도 써야 했다.

"예전에 선생님이 이런 인공위성에는 여러 국가의 기밀이 들어 있다고 말씀해주셨어. 그러니까 우리 그거 그냥 돌려주자."

우겐의 협박에도 나무나는 꿈쩍하지 않고 고개를 숙인 채 분해에만 몰두했다. 잠시 후, 인공위성 안에서 흘러나오던 소리가 끊겼다.

우겐은 마음이 조급해졌다.

"무슨 일이야? 설마 소인을 다치게 했어?"

긴장한 듯 나무나가 대답했다.

"아니, 소인은 아직 못 찾았어."

우겐은 조심히 말을 이었다.

"나무나, 다른 사람한테 말 안 한다고 약속하면, 이 천 풀고 한 번 볼게."

나무나는 아주 진지했다.

"안 돼. 맹세까지 했으면 지켜야지. 왜 지키지도 못할 약속을 한 건데?"

나무나의 냉정한 태도에 우겐은 토라졌다.

이때, 인공위성 안에서 또다시 소리가 흘러나왔다. 쉰 것 같은 남자 목소리가 흐릿하게 들려왔다. 우겐은 순간 몇 마디를 알아들었다.

그날 넌 붉은 천으로 내 두 눈을 가리고 하늘을 가렸지.
내게 무엇이 보이느냐고 물었어.
난 행복이 보인다고 대답했어.

그다음 소절은 전혀 알 수 없었다. 나무나는 여전히 '댕그랑' 소리를 내며 이리저리 잡아 뜯고 있었다. 결국 인공위성 부품이 사방으로 날아갔다.

우겐이 갑자기 눈을 감싼 홍링진을 잡아 풀어 한쪽으로 내던졌다.

인공위성 안에서 미세하게 들리던 쉰 것 같은 남자의 노랫소리가 빠른 박자로 바뀌더니 결국 아예 끊겨버렸다.

나무나의 손에 처참히 부서져 바닥에 흩어져 있는 부품들을 보자 우겐은 분통이 터졌다.

"소인은? 잡았어?"

나무나는 부품들을 쳐다보며 한숨을 내쉬었다.

"아니, 없었어. 도망갔나?"

우겐의 얼굴에 미소가 번지더니 이내 말했다.

"근데 무슨 노래인지 알겠어."

"뭔데? 얼른 말해봐,"

나무나가 대답을 재촉했다.

한참 지나서야 우겐은 천천히 입을 열었다.

"나무나, 바보 자식. 말 안 해줄 거다!"

나무나도 따라 웃었다.

"꼬마 녀석!"

오후

사다리를 둘러메고 밭두렁을 걷던 소년 안예는 고개를 들어 하늘을 올려다보았다.
"오늘 밤은 유난히 달이 밝네. 얼마나 밝은지 눈도 제대로 못 뜨겠어."

잠에서 깬 소년 안예昂本는 벌떡 일어나 창문을 열고 밖을 쳐다봤다.

“오늘 밤은 달빛이 참 좋네.”

소년 안예는 오늘 밤 돌마와 데이트하기로 약속한 게 떠올라 서둘러 몸을 일으켰다. 지금쯤 돌마는 좋은 소식을 가지고 오매불망 자신이 오기만을 기다리고 있을 거라는 생각이 들었다. 집 밖으로 나와 문을 잠그려다 갑자기 뭔가 생각난 듯 다시 집으로 들어갔다. 잠시 후 기다란 사다리를 챙겨 다시 나왔다.

이건 경험에서 우러나온 지혜다. 돌마와 한밤중에 데이트할 때 그녀가 단잠에 빠져 일어나지 않는 날이면 밤새 속절없이 기다리는 것 외엔 할 수 있는 게 없다. 두 사람의 데이트는 보통 한밤중에 진행된다. 먼저 소년 안예가 자정 무렵 돌마의 집 뒤쪽에서 그녀의 방이 있는 옥상을 향해 돌멩이를 던진다. 그 소리를 듣고 돌마가 조용히 방에서 나와 문을 열어준다. 하지만 이런 방법이

통하지 않을 때가 있다. 그녀가 깊이 잠들어버리기라도 하면 그 날은 밤새도록 돌멩이만 던지다가 돌아오는 것이다. 또 이런 날도 있었다. 돌마 대신 검고 큰 개가 마중을 나오더니 그를 향해 쉬지 않고 짖어댔다. 이 바람에 도둑이라도 들어온 줄 알고 깜짝 놀라 잠에서 깬 돌마 아버지가 손전등을 들고 집 여기저기를 비추다 안예를 발견하고는 소스라치게 놀랐다.

그래서 이런 묘안을 생각해낸 것이다. 아예 사다리를 가지고 가면, 설령 돌마가 세상 모르게 잠들었다 하더라도 사다리를 타고 바로 옥상으로 올라가면 되기 때문이다.

사다리를 둘러메고 밭두렁을 걷던 소년 안예는 고개를 들어 하늘을 올려다보았다.

"오늘 밤은 유난히 달이 밝네. 얼마나 밝은지 눈도 제대로 못 뜨겠어."

논밭에서 불어오는 상쾌한 바람이 얼굴을 스치자 안예는 마음이 한결 편해졌다.

"그래도 밤바람은 좋네."

소년 안예가 밭두렁을 빠져나와 넓은 흙길로 들어섰다.

뱀 한 마리가 혀를 날름거리며 유유히 흙길을 가로질러 지나가고 있었다.

소년 안예는 얼른 제자리에 멈춰 섰다. 평소 뱀을 무서워하는 안예는 뱀만 봤다 하면 벌벌 떤다.

뱀도 지나가다 멈춰 그를 잠깐 쳐다보더니 다시 기어갔다.

소년 안예는 뱀이 사라진 자리를 한참 동안 바라봤다. 그곳에서 다시 갑자기 뱀이 튀어나오면 어쩌나 하는 걱정이 머릿속을 가득 메웠지만 뱀은 다시 나타나지 않았다.

소년 안예는 다시 사다리를 짊어지고 재빨리 흙길을 뛰었다. 그 뒤로 먼지가 피어올랐다.

소년 안예는 발걸음이 한없이 가벼웠다. 어깨에 아무것도 없는 것 같았다. 저 멀리 맞은편에서 이웃 마을에 사는 자브贾巴가 걸어오는 게 보이자 소년 안예는 천천히 걷기 시작했다. 자브는 이 마을 사람들과 사이가 좋은 편이었다. 두 사람은 가끔 한밤중에 밭두렁에서 우연히 만나기도 했다. 예전에 사다리를 한 번 빌려준 뒤로 자브는 소년 안예에게 친절하게 대했고, 그래서 자브에게 호감을 느끼고 있었다. 돌마와 연인이라는 걸 알게 된 마을 청년들은 어떻게든 소년 안예의 트집을 잡으려고 발악을 했었다. 그 때문에 그는 한동안 마음고생을 심하게 했다. 그때 소년 안예에게 '좋게 생각해. 돌마처럼 예쁜 아가씨가 너를 좋아하는데 심란할 게 뭐 있어? 너한테 그렇게 사소한 걱정거리라도 없으면 나 같은 사람은 무슨 재미로 살겠냐'며 위로한 사람이 바로 자브이다. 당시 소년 안예는 자브의 말이 일리가 있다는 생각이 들었고 마을 청년들이 질투를 하는 거라고 넘길 수 있었다.

바로 앞까지 걸어온 자브가 안예에게 인사를 하고는 어디 가느냐고 물었다.

소년 안예는 동문서답이다.

"방금 뱀이 달빛이 비치는 흙길 위로 지나갔어."

자브는 하늘을 한번 올려다보고는 다시 물었다.

"어디 가는 거야?"

소년 안예는 잠시 생각하더니 입을 열었다.

"멈춰서 나를 보더라니까! 사라지자마자 미친 듯이 뛰었어. 난 뱀이 무서워."

자브가 소년 안예의 뒤쪽을 살펴봤다.

소년 안예는 차분한 목소리로 말했다.

"뱀은 진작 갔어."

자브는 소년 안예의 눈을 쳐다보며 물었다.

"이 시간에 어디 가느냐고 아까부터 묻잖아."

조금 이상했다. 평소 이 시간에 우연히 만날 때마다 자브는 항상 불가사의한 표정을 지어 보였다. 하지만 오늘 밤엔 이상하게도 평소 다른 사람과 인사할 때 표정과 별반 다르지 않았다.

이상하다는 생각이 들었지만 그래도 불가사의한 말투로 대답했다.

"당연히 돌마를 만나러 가는 길이지."

자브는 의아한 눈초리로 소년 안예를 쳐다봤다.

"뭐라고? 방금 뭐라고 했어?"

자브가 제대로 못 들었다고 생각한 소년 안예는 다시 한 번 반복했다.

"당연히 돌마를 만나러 가는 길이지."

이번에는 제대로 알아들었는지 자브가 큰 소리로 웃기 시작했다. 어깨에 멘 사다리를 쳐다보며 다시 물었다.

"사다리는 어디에 쓰려고?"

소년 안예는 주변을 살피더니 의미심장하게 말했다.

"사다리를 타고 올라가야 돌마의 방으로 들어갈 수가 있거든. 넌 여자 친구 만날 때 사다리 안 써봤어?"

자브가 또다시 큰 소리로 웃어댔다.

소년 안예는 그 모습이 조금 이상하다는 생각에 말했다.

"왜 웃어?"

자브는 계속 말없이 웃기만 했다.

소년 안예도 웃으며 말했다.

"사다리 필요하면 빌려줄게. 난 늦게 가도 돼."

소년 안예의 말투가 아주 의미심장했다.

자브는 또다시 큰 소리를 내며 웃더니 갑자기 이렇게 말했다.

"멍청이."

순간 소년 안예는 기분이 나빠졌다. 사다리를 내려놓고 정색하며 말했다.

"좋은 뜻으로 한 말인데 나한테 멍청이라니."

자브도 심각한 얼굴로 말했다.

"멍청한 자식!"

소년 안예는 잔뜩 화가 나 자브를 힘껏 밀었다.

"그 말 책임질 수 있으면 다시 말해봐."

자브도 약간 화가 난 듯 큰 소리로 외쳤다.

"너 멍청해. 어쩔래? 멍청한 자식아!"

자브의 말이 끝나기가 무섭게 소년 안예는 자브의 머리를 세차게 한 대 때렸다.

소년 안예에게 맞은 자브는 옆에 있던 물웅덩이로 나가떨어져 일어나지 못했다.

소년 안예는 자빠져 있는 자브를 보며 말했다.

"그 말에 책임질 수 있으면 또 말해봐."

자브는 물웅덩이에 누워 움직이지도, '멍청이'라고도 하지 않았다.

자브가 욕하지 않는 것을 확인한 소년 안예는 땅에 널브러진 사다리를 다시 둘러멨다.

여전히 물웅덩이에 누운 채 꼼짝 않는 자브를 쳐다보며 말했다.

"나한테 멍청이라고만 안 하면 사다리 빌려줄게."

말을 끝내고 다시 사다리를 짊어지고 걷기 시작했다.

열다섯 걸음쯤 걸었을까, 뒤쪽에서 기척이 느껴지자 뒤를 돌아봤다. 자브가 비틀거리며 물웅덩이에서 일어나고 있었다. 그 모습을 보자 소년 안예의 얼굴에 미소가 번졌다.

이때 자브의 목소리가 들려왔다.

"멍청이!"

소년 안예 얼굴에서 순간 웃음기가 사라졌다. '돌아가서 또 패줄까' 하다가 금세 생각을 바꿨다. '돌마가 날 기다리고 있을 텐데, 여기서 이럴 때가 아니야'라는 생각에 웃음마저 터져 나왔다.

자브를 향해 큰소리로 외쳤다.

"지금 돌마가 기다리고 있어서 봐주는 거야. 내일 날 밝으면 혼날 줄 알아!"

이렇게 말을 하고는 다시 사다리를 메고 걷기 시작했다. 등 뒤에서 쉬지 않고 욕하는 자브의 목소리가 계속해서 들려왔다.

소년 안예가 과부 저우바연周措 집 보리 작업장을 지날 때였다. 과부 저우바연은 아이를 업은 채 당나귀 두 마리가 끄는 둥글대*로 쌀보리를 빻고 있었다. 그 모습을 보니 정말 부지런한 사람이라는 생각이 들었다. 오늘처럼 달빛이 좋은 야심한 밤에, 낮에 끝내지 못한 일을 쉬지 않고 하다니 말이다.

등에 업혀 있던 아이가 울며 보채기 시작할 무렵 과부가 보리 작업장 밖에 있던 소년 안예를 발견하고는 큰 소리로 말했다.

"우리 아이 젖 먹을 시간인데 너도 와서 차 마시고 가."

사실 물 한 모금 마실 정신도 없이 서둘러 나오느라 목이 조금 타던 참이었다. 소년 안예는 사다리를 작업장 옆에 세워두고 안으로 들어갔다.

과부 저우바연이 키우는 검은 고양이가 벽 밑 하수구에서 크고 시커먼 쥐를 입에 물고 나타났다. 소년 안예와 눈이 마주친 고양이는 입에 물고 있는 쥐를 뺏길까 두려운 듯 몸을 돌린 채 야옹 하고 울었다. 검은 쥐는 아직 죽지 않았다. 고양이 입에서 필사적으로 발버둥 치면서 작은 눈을 깜박거리며 찌르륵 소리를 내는 것이 소년 안예에게 살려달라고 애원하는 것 같았다.

소년 안예는 애초에 쥐 따위에게 동정심이라곤 눈곱만큼도 없

---

* 탈곡을 하는 데 쓰는 원추형의 돌로 된 농기구

다. 그의 집에 있는 쥐가 예전부터 대대로 내려져 오던 탕카*를 사정없이 갉아 걸레 쪼가리로 만들었을 뿐만 아니라, 어렸을 때 아버지가 직접 가르쳐주시던 경문도 갈기갈기 찢어놓았다. 그 후로 쥐약을 놓고 고양이를 키웠지만 집에 있는 미치광이 쥐를 해결하지 못했다.

검은 고양이 입에 물려 있는 큰 쥐가 궁지에 몰렸다는 듯 소년 안예를 바라보았다. 마치 그가 뭔가 해줄 거라고 넘겨잡은 거 같다.

소년 안예는 큰 소리로 검은 고양이를 칭찬했다.

"정말 대단하네! 캄캄한 밤에 검은 고양이가 이렇게 크고 시커먼 쥐를 잡다니, 분명 비범한 재능을 갖고 있나 보구나."

그 말이 채 끝나기도 전에 검은 고양이는 크고 시커먼 쥐를 문 채 하수구 반대쪽으로 도망가버렸다.

소년 안예는 아쉽다는 표정으로 하수구를 쳐다보다가 말없이 돌아서 과부 저우바연에게 갔다.

과부 저우바연은 아이에게 젖을 먹이며 소년 안예에게 차를 따라주었다.

과부 저우바연은 과부지만 나이는 어리다. 올해 겨우 스무 살이다. 열일곱에 시집와 열여덟에 남편을 여의고, 열아홉에 홀로 아이를 낳았다. 얼굴도 예쁜 편이라 그녀를 마음에 두고 있는 마을 청년이 한둘이 아니었다. 하지만 정작 그녀가 좋아하는 사람

---

* 직물 위에 화려하게 그린 티베트 불화

은 다름 아닌 소년 안예였다.

그녀는 아이에게 젖을 먹이면서 소년 안예가 차 마시는 것을 지켜보았다.

소년 안예가 빈 잔을 내려놓는 것을 보고는 다시 차를 가득 채워주며 말했다.

"하얀 돌마는 정말 행복한 여자야."

하얀 돌마는 돌마의 별명이다. 피부가 하얘서 마을 청년들과 아가씨들이 그녀를 하얀 돌마라고 불렀다.

소년 안예는 '당신도 행복한 사람이에요'라고 말하려다 왠지 실례라는 생각이 들어서 한번 쳐다보고는 말을 아꼈다.

과부 저우바연은 소년 안예를 애틋하게 보더니 입을 열었다.

"나한테 장가와라."

처음 듣는 말이 아니다. 예전에도 종종 똑같은 말을 했었다. 그럴 때마다 소년 안예는 애써 못 들은 척 넘어가곤 했다.

과부 저우바연은 계속 애틋하게 그를 바라보았다.

"나한테 장가오면, 집에서 손가락 하나 까딱 안 해도 돼. 먹고 싶은 거 있으면 내가 뭐든지 다 해줄게. 고기가 먹고 싶으면 우리 집에 있는 양 전부 먹어. 그냥 매일 나랑 같이 있어주기만 하면 돼."

가만히 말을 듣고 있던 소년 안예의 얼굴에 웃음이 번졌다.

과부 저우바연은 그의 얼굴을 살피면서 말을 이었다.

"게다가 힘 하나 안 들이고 손발 멀쩡한 아들도 얻을 수 있잖아. 네가 생각해도 이것보다 더 좋은 일은 이 세상에 없을걸! 내가 널 우리 마을에서 가장 행복한 남자로 만들어줄게!"

소년 안예는 뜻밖의 대답을 했다.

"난 그렇게 좋은 복을 타고나지 못해서 당신이 말한 대로 누리지는 못할 거예요. 그거 말고 부탁할 게 있는데 괜찮을지 모르겠네요."

저우바연의 눈빛이 저돌적으로 변하더니 그를 보며 말했다.

"내 건 전부 네 거나 다름없어. 너만 원한다면 지금 당장 내 전부를 줄게."

조금 긴장한 소년 안예가 말을 더듬거리기 시작했다.

"이 집 검은 고양이를 며칠만 빌려줄래요?"

저우바연은 아예 아이를 내려놓더니 몸을 들이밀며 말했다.

"날 평생 빌려줄게."

이때 아이가 자지러지게 울기 시작했다.

소년 안예는 그녀를 힘껏 밀고는 다급하게 말했다.

"아이가 울잖아요. 얼른 젖 물려요."

저우바연이 아이에게 젖을 물리자, 소년 안예는 그 틈을 타 얼른 일어나 사다리를 들고 뛰기 시작했다.

등 뒤에서 저우바연이 외치는 소리가 들려왔다.

"고양이는 그냥 너 가져. 하루가 멀다 하고 쥐를 잡아 오는 통에 안 그래도 꼴 보기 싫어졌어."

돌마의 집에 가려면 반드시 동파东巴 아저씨 집을 지나야 한다.

동파 아저씨 집에 다다랐을 때 경운기 한 대가 소년 안예 옆으로 덜덜거리며 지나가 하마터면 사다리와 부딪힐 뻔했다. 그는 경운기가 지나갈 수 있도록 옆으로 얼른 몸을 피했다. 소년 안예는 덜덜거리는 경운기 소리가 듣기 싫었다. 경운기 뒤에 탄 청년과 아가씨 몇 명이 그에게 인사를 했지만, 자신이 돌마의 집에 간다는 걸 알게 될까 봐 겁이 나 얼른 고개를 푹 숙이고는 못 본 척했다.

경운기 소리가 점점 멀어졌고 소년 안예는 동파 아저씨 집 앞에 도착했다.

동파 아저씨는 담벼락 밑에 오래된 카펫을 깔고 앉아 염주를 돌려가며 육자진언*을 읊고 있었다. 그러다 사다리를 짊어지고 집 앞을 지나가던 소년 안예를 발견하고 큰소리로 외쳤다.

"이럴 때도 다른 사람 집에 도와주러 가다니, 넌 정말 훌륭한 사윗감이구나."

소년 안예는 조금 이상했다. 속으로 '이렇게 야심한 밤에 늙은 아저씨가 뭐 하고 있는 거지?'라고 생각했다. 하지만 곧 깨달았다. 오늘은 분명 좋은 날이고, 돌마가 좋은 소식을 늦은 밤에 알려주기로 한 것도 분명 같은 이유라고. 이런 생각에 그는 웃으며 말했다.

"불경 읊고 계시나 봐요?"

동파 아저씨는 사뭇 진지했다.

"사람이 늙으면 나중을 위해 미리 노잣돈을 준비해야 해. 안 그

* 관세음보살의 진언으로 '옴 마니 파드메 훔'을 말한다.

러면 저승사자께서 갑자기 오셨을 때 같이 가지 못한다니까. 그러니 불경 읊을 수 있을 때 읊어둬야지."

소년 안예도 아저씨와 함께 불경을 읊고 싶다는 생각이 굴뚝 같았다. 이런 매혹적인 달빛 아래에서 불경을 읊으면 더 많은 노잣돈을 만들 수 있을 것 같았기 때문이다.

동파 아저씨는 소년 안예의 사다리를 보며 물었다.

"그거 거기 놓고 좀 놀다 가렴."

소년 안예는 사다리를 내려놓고 동파 아저씨 옆에 앉았다.

동파 아저씨는 그를 보며 말했다.

"나도 이렇게 능력 있는 사위가 있으면 좋겠는데…."

소년 안예는 아무 대답도 하지 않았다.

"우리 집 사위할 생각 없느냐? 나한테도 딸이 하나 있는데 내가 살날이 얼마 남지 않았단다. 그럼 이 집은 네 것이 되는 거야. 하고 싶은 거 하고, 말하고 싶은 거 말하면서 다른 사람 눈치도 안 보고 살 수 있어. 남자한테 이런 생활도 아주 좋지. 아니, 이것보다 더 좋은 게 뭐가 있겠어? 안 그러냐?"

동파 아저씨의 말에 소년 안예는 숨이 막혔다. 동파 아저씨는 예전에도 소년 안예를 붙잡고 이렇게 말했었다.

동파 아저씨의 딸도 돌마卓玛다. 소년 안예의 마음을 사로잡은 여자 아이와 똑같은 이름이다. 동파 아저씨의 딸은 얼굴이 아주 까매서 마을 청년들과 아가씨들이 하얀 돌마와 반대로 검은 돌마라고 불렀다. 검은 돌마는 올해 스물다섯 살이지만 아저씨는 딸을 다른 집에 시집보낼 생각이 전혀 없다. 그녀와 가깝게 지내던 사내들도 데릴사위로 들어가는 건 다들 손사래를 쳤기 때문에 딸은 여태 독수공방 신세를 면치 못했다.

소년 안예가 계속 아무 말이 없자 동파 아저씨가 다시 입을 열었다.

"하얀 돌마와 잘 되어봤자 좋은 점이 뭐가 있겠느냐? 오빠에, 동생에, 나중에 손에 뭐 하나 떨어지겠니? 매번 그 집에 가서 뼈 빠지게 일 해줘 봤자 결국은 남 좋은 일만 해주는 거지. 너처럼 피붙이 하나 없는 고아가 그럴 필요가 뭐가 있겠니? 우리 집에 오렴. 우리 집에 오면 모든 게 다 네 것이란다."

소년 안예는 결국 자리에서 일어났다.

"전 이 집 사위할 생각 없어요. 전 돌마랑 결혼할 거예요."

동파 아저씨의 미소에 찬바람이 쌩쌩 돌았다.

"체, 그 집에서 하얀 돌마를 너한테 준다고 하더냐? 너 같은 가난뱅이에게 뭘 믿고 딸을 시집보내느냐 말이다!"

소년 안예가 웃으며 말했다.

"도시에 나간 돌마 오빠는 우리 결혼을 논의하러 집에 돌아온 거예요. 지금쯤이면 가족회의가 다 끝날 거라고 해서 서둘러 가는 길이었어요. 돌마 집에서 허락하면 우리 떳떳하게 결혼할 수 있어요."

이때 동파 아저씨가 키우는 큰 누렁이가 헉헉거리며 다가왔다.

평소 소년 안예가 사다리를 메고 돌마 집에 갈 때마다 누렁이는 항상 동파 아저씨 집 근처에 숨어 있다가 갑자기 달려들곤 했다. 그래서 그는 누렁이가 무섭고 싫었다.

눈으로는 누렁이가 조금씩 다가오는 것을 확인하면서 일어나 뛸 준비를 했다.

동파 아저씨가 웃으며 말했다.

"널 물지 않을 거다. 자기편이라고 생각하고 있어."

소년 안예는 누렁이가 평소처럼 으르렁거리지 않는 것을 보곤 다시 앉았다.

누렁이가 다가오더니 소년 안예의 가죽 신발을 열심히 핥기 시작했다.

동파 아저씨가 음흉스레 웃으며 입을 열었다.

"어제 누렁이한테 네 이야기를 했단다."

소녀 안예는 누렁이를 힐끗 쳐다보고는 사다리를 들고 뛰었다.

동파 아저씨는 허허 웃으며 소년 안예의 뒷모습을 보며 말했다.

"사위 삼으면 딱인데!"

돌마 집에 거의 도착했을 때 그녀 집에서 키우는 검은 개가 저 멀리서 뛰어와 반겼다. 소년 안예는 예전에 크고 검은 이 개를 특히 싫어했다. 한밤중에 돌마의 집에 올 때마다 개가 항상 뒤에서 쉬지 않고 짖어댔기 때문이다. 한번은 개 짖는 소리에 돌마의 아버지가 잠에서 깬 적도 있다. 큰 돌멩이를 두 개 집어 들고 개가 짖는 곳으로 던지려고 보다가 돌마의 아버지를 발견하고는 너무 놀라 돌마도 잊은 채 부리나케 줄행랑을 쳤었다. 그 후 종종 낮에 와서 맛있는 걸 챙겨줬더니 이제는 소년 안예만 보면 반갑다고 꼬리를 흔든다.

검은 개가 소년 안예 앞으로 뛰어와 꼬리를 흔들었다. 주머니란 주머니는 다 뒤져봤지만 개에게 줄 만한 게 없었다. 아무것도 없다는 걸 알았는지 검은 개는 조금 실망한 것 같았지만 그래도 길 안내라도 하듯 앞장서서 걸었다.

저 멀리 돌마의 집 대문이 활짝 열려 있는 것이 보였다. 조금 이상하다는 생각이 들었다. 닭이며, 돼지며, 양들이 문 앞을 이리저리 돌아다니기 때문에 평소 이 시간에는 항상 굳게 닫혀 있었는데 오늘 밤엔 왜 열려 있는지 도무지 영문을 알 수 없었다.

검은 개는 진작 집 안으로 들어갔다. 소년 안예도 잠시 머뭇거리다가 사다리를 메고 안으로 따라 들어갔다. 마당에 있는 두 번째 문으로 들어가자 이야기하는 목소리가 흘러나왔다. 고개를 들어 주방 창문으로 집 안을 살펴보니 돌마의 아버지, 어머니, 남동생, 그리고 도시에서 돌아온 오빠가 무언가를 상의하고 있었다.

이런 모습을 보자 소년 안예는 갑자기 부끄러운 생각이 들어 얼굴이 빨갛게 달아올랐다. 연인과 데이트를 하는 모습을 가족에게 들키는 것만큼 난감한 일은 없을 것이다. 하물며 오늘은 돌마의 가족이 모두 여기 모여 있다.

소년 안예는 가족들이 눈치채기 전에 서둘러 자리를 뜨려고 했다.

검은 개가 창문 쪽으로 짖어대는 바람에 돌마의 아버지가 소년 안예를 발견했다. 돌마의 아버지가 일어나서 말했다.

“이런 시간에 도와주러 오다니 정말 고맙구나.”

소년 안예는 머쓱한 얼굴로 가만히 서 있을 수밖에 없었다.

돌마의 아버지는 소년 안예가 등에 메고 있던 사다리를 발견하고는 물었다.

“사다리는 우리 집에도 있는데 왜 가지고 왔니?”

소년 안예는 조금 망설이다 대답했다.

“추수 시기니까 아마도 쓸 데가 있을 거예요.”

돌마의 아버지가 말했다.

“그런 것까지 신경 쓰다니 착하구나. 역시 우리 딸이 사람 보는 눈은 있어.”

이때 돌마의 오빠가 주방에서 나오더니 윗주머니에서 홍타샨 담배를 꺼내 소년 안예에게 건넸다.

“받아. 한번 피워봐. 도시에서 가져온 최고급 담배야.”

소년 안예는 괜찮다며 거절했지만 결국 받고 말았다.

돌마의 오빠가 담배에 불을 붙이며 말했다.

“우리 집 일을 많이 도와줬다면서? 정말 고맙네.”

안예는 적당한 말이 떠오르지 않아 안절부절못하고 있었다.

소년 안예의 모습을 발견한 돌마의 얼굴이 순식간에 빨갛게 달아올랐다. 돌마가 재빨리 밖으로 뛰어나왔고 돌마의 오빠는 두 사람을 위해 자리를 피해주었다.

돌마가 소년 안예의 앞에 서서는 시뻘게진 얼굴로 물었다.

“이 시간에 여긴 왜 왔어? 이 사다리는 대체 뭐고?”

소년 안예는 조금 억울한 생각이 들었다.

"우리 만나기로 했잖아."

잔뜩 화난 돌마가 그를 노려봤다.

"멍청이, 지금은 오후라고. 태양이 아직도 머리 위에 있잖아. 지금 우리 결혼 이야기를 하는 중이었단 말이야."

소년 안예는 조금 어리둥절했다. 시뻘겋게 달아오른 돌마의 얼굴을 보면서 어찌할 바를 몰랐다.

잠시 후 소년 안예는 겨우 입을 열었다.

"그럼 난 돌아가서 좀 더 잘게."

타를로

타를로가 말했다. “저는 소학교만 다니고 더는 안 다녔어요. 부모님이 일찍 돌아가시고 친척들도 저를 도와줄 형편이 아니었거든요. 친척들이 ‘기억력이 좋으니 마을 몇 집 양을 도맡아서 방목하는 게 어떻겠냐?’라고 했어요. 양 한 마리, 한 마리 색깔과 생김새를 잘 기억하면 입에 풀칠은 할 수 있을 거라고요. 다른 수가 없어서 산에 가서 양을 방목하기 시작했어요. 처음 일을 시작했을 때는 양이 136마리였는데, 두 번째 해에는 16마리가 늘어났고, 세 번째 해에는 47마리가 늘어났어요. 네 번째 해에는 11마리밖에 안 늘었지만요. 그해에 폭설이 심해서 새끼 양이 많이 죽었거든요. 에이, 어쨌든 매년 꾸준히 늘고 있지 단 한 번도 줄어들지 않았어요. 지금은 총 375마리가 있는데, 그중에 209마리는 흰 양이고 71마리는 검은 양이고 95마리는 얼룩 양이에요. 134마리는 뿔이 있고 241마리는 뿔이 없어요.”

타를로는 평소 머리를 땋고 다닌다. 그의 뒤통수에서 항상 이리저리 요동치는 짧게 땋은 머리는 사람들의 시선을 잡아끈다. 시간이 꽤 흐르자 사람들은 그에게 '꽁지머리'라는 별명을 붙여 부르기 시작하더니 심지어 진짜 이름이 뭔지도 완전히 잊어버렸다.

연초에 향촌 파출소 사람들이 마을을 찾았다. 신분증을 만들려면 등록을 해야 한다며 마을 사람들을 소집했다. 소장이 한참 동안 '타를로'를 불렀지만 아무도 대답하지 않았다. 소장이 물었다.

"마을에 '타를로'라는 사람이 없습니까?"

촌장은 잠시 생각하더니 말했다.

"아마도 없는 거 같네요."

소장은 엄숙하게 말했다.

"'아마도'라니요? 있는지 없는지 확실하게 대답하세요."

한참을 생각해봤지만 그래도 떠오르는 사람이 없었다. 촌장이 말했다.

"마을에 백 명이나 사는데, 이름을 어떻게 일일이 다 기억하겠습니까?"

소장이 촌장을 보며 물었다.

"대체 어떻게 촌장이 된 겁니까?"

촌장은 조금 화가 났다.

"촌장이 마을 사람 이름이나 외우는 사람입니까? 촌장의 임무는 마을 사람들이 가난에서 벗어나 부자가 될 수 있도록 잘 인도하는 겁니다. 게다가 마을 여자들은 벌금이 무섭지도 않은지 매일 돌아가며 애를 하나씩 낳는단 말이에요. 어제오늘만 해도 무려 대여섯 명이나 태어났어요. 그런데 나더러 어떻게 그 많은 사람 이름을 전부 기억하라고 하십니까? 아직 이름도 못 받은 사람도 있는 마당에 원."

소장은 웃으며 말했다.

"촌장이 됐으면 당연히 마을 사람들 이름쯤은 전부 외워야죠."

촌장이 눈을 흘기며 물었다.

"그럼 소장님은 파출소에 등록된 사람들 이름을 전부 기억하십니까?"

"그거랑 이거는 다르죠. 당신은 한 마을의 장이잖아요."

"소장님은 파출소의 장이잖아요."

소장은 웃었다.

"촌장님도 이 이름을 모른다고 했으니 그냥 삭제하겠습니다.

나중에 시내 여관에 못 들어간다고 해도 날 원망하지 마세요.”

촌장도 웃었다. 손을 흔들어 회계를 부르더니 물었다.

“우리 마을에 ‘타를로’라는 사람이 있던가?”

중년인 회계는 한참을 생각해도 떠오르지 않았다.

회계는 촌장과 소장이 자신의 대답을 기다리는 것을 보고는 얼른 농촌 합작조 1조 조장을 불러 물었다.

“우리 마을에 ‘타를로’라는 사람이 있나?”

한참 생각하던 조장이 갑자기 웃으며 말했다.

“있지, 왜 없어요? 꽁지머리잖아요!”

촌장과 회계는 웃으며 말했다.

“그러네. 꽁지머리였어. 타를로가 꽁지머리고, 꽁지머리가 타를로였지. 같은 사람인데 하마터면 깜빡할 뻔했네.”

소장은 의심이 눈초리로 그들을 쳐다봤다.

촌장이 재빨리 해명했다.

“‘꽁지머리’는 타를로의 별명입니다. 다들 별명이 너무 익숙하다 보니 진짜 이름이 뭔지 깜빡하고 말았어요.”

소장이 물었다.

“그 사람은 지금 어디에 있습니까?”

“아, 그러니까요. 그 사람은 돌봐줄 사람 하나 없는 고아입니다. 오래전부터 마을 몇 가구의 양을 혼자 도맡아서 산에서 방목합니다. 누가 별명을 지어줬는지 모르지만 열 몇 살부터 다들 꽁지머리라 불렀어요.”

“신분증을 만들려면 반드시 본인이 와서 사진을 찍어야 해요.

어떻게든 그 사람을 불러오세요."

"오늘 찍어야 하나요?"

"오늘은 힘들겠네요. 반드시 향촌에서 지정한 곳에서 찍어야 하거든요."

"그럼 며칠 내로 향촌으로 가라고 하겠습니다."

대략 열흘이 지나서야 타를로는 향촌 파출소에 나타났다.

머리를 땋아 붉은색 실로 묶은 타를로를 보고 소장이 물었다.

"자네가 꽁지머리인가?"

조금 놀란 타를로가 소장의 얼굴을 보며 되물었다.

"어떻게 아셨어요?"

소장은 웃었다.

"우리 같은 경찰은 다른 사람보다 조금 더 많은 걸 알고 있네."

타를로는 감탄하며 말했다.

"어쩐지, 그래서 몇몇 나쁜 사람이 당신들한테 잡히는 거군요."

소장은 '허허' 웃으며 말했다.

"다른 몇몇은 우리가 못 잡는다는 말인가?"

"못 잡았죠. 제가 재작년에 암양 세 마리 하고 새끼 양 아홉 마리를 도둑맞았는데 경찰이 범인을 못 잡았어요."

"신고는 했나?"

"물론이죠. 촌장님께 신고해달라고 부탁했어요."

"촌장이 바빠서 깜빡했을 수도 있지."

"그럴 수도 있죠. 하지만 신고했다고 맹세하신걸요."

"양 몇 마리 도둑맞은 일은 허다하네."

"하지만 작년에 양 열두 마리를 도둑맞았을 땐, 한 달이나 지났는데도 범인을 잡았어요. 어쨌든 경찰들은 대단해요."

소장은 '허허' 웃으며 말했다.

"도둑맞은 마릿수가 많으면 우리도 관리하네."

타를로는 존경의 눈빛으로 말을 덧붙였다.

"한 달 전에 도둑맞은 것을 잡아내다니 정말 대단해요."

소장은 여전히 '허허' 거리며 웃고 있었다. 감탄을 연발하는 타를로의 모습을 보고 소장은 겸손한 척 말했다.

"당연한 일 아닌가? 인민을 위해 봉사하는 거지."

타를로도 웃으며 말했다.

"그 말, 저도 알아요. 마오 주석께서 한 말이잖아요. 어릴 적 학교 다닐 때 배웠어요."

소장은 자신도 모르게 타를로를 훑어보며 물었다.

"학교도 다녔나?"

타를로는 아주 진지한 얼굴로 대답했다.

"네, 당연히 다녔죠. 소학교를 다녔는데 성적도 꽤 괜찮았어요. 〈인민을 위해 봉사하다〉도 다 외웠는걸요."

"그래? 그럼 지금도 기억하는가?"

"물론이죠. 암기했던 건 절대 잊어버리지 않아요. 전부 다 기억해요."

"그럼 한번 말해보게."

잠시 생각하던 타를로는 거침없이 읊기 시작했다.

"인민을 위해 봉사한다. 1944년 9월 8일, 마오쩌둥. 우리 공산당과 공산당이 이끄는 팔로군, 신사군은 혁명 대오입니다. 우리 혁명 대오는 오로지 인민의 해방을 위해, 철저히 인민의 이익을 위해 일해야 합니다. 장쓰더 동지는 우리 혁명 대오 중 한 명이었습니다.

사람은 언젠가 죽기 마련입니다. 그러나 죽음의 의미는 모든 이에게 같지 않습니다. 중국 고대 문학가인 사마천은 '인간은 언젠가 죽는다. 죽음은 태산보다 무거울 수도 있고 깃털보다 가벼울 수도 있다'고 말했습니다. 인민의 이익을 위해 봉사하다 맞는 죽음은 태산보다 훨씬 무겁고, 파시스트를 위해 일하거나 인민을 착취하거나 핍박하다 맞는 죽음은 깃털보다 훨씬 가볍습니다. 장쓰더 동지는 인민의 이익을 위해 봉사하다 숨졌으므로 그의 죽음은 태산보다 무거울 수밖에 없습니다.

우리는 인민을 위해 봉사합니다. 그렇기에 만약 우리에게 결점이 있다면 누군가 이를 지적하는 것을 두려워해선 안 됩니다. 어느 누구라도 나에게 지적하는 것은 가능한 일입니다. 지적이 정확하다면 우리는 그것을 고치면 됩니다. 누군가 제의한 방법이 인민에게 이롭다면 우리는 즉시 그 방법을 사용할 것입니다. '정병간정*'이라는 의견은 바로 당 외 인사인 리딩밍 선생이 제안한 것입니다. 제안은 매우 유익했고 인민에게 이로운 것이기 때문에 우리는 이를 받아들였습니다. 우리가 인민의 이익을 위해 좋은 것을 고수하고, 인민의 이익을 위해 과오를 바로잡을 때, 우리의

* 사병을 줄이고 정부를 간소화하다.

군대는 반드시 흥할 것입니다.

우리는 고향은 모두 다르지만 공통적인 하나의 혁명 목표를 위해 함께 걸어왔습니다. 우리는 전국의 많은 인민들과 한 길을 걸어야 합니다. 우리는 오늘날 구천백만 명의 인구 근거지를 이끌고 있지만, 이것으로는 부족합니다. 더 많은 인구 근거지를 확보해야 전 민족의 해방을 이끌어낼 수 있습니다. 우리 동지가 어려움에 처해 있을 때, 업적을 보고, 광명을 보고, 우리의 용기를 드높여야 합니다. 현재 중국 인민들은 크나큰 어려움을 겪고 있습니다. 우리는 그들을 해방시켜야 할 책임을 가지고 있습니다. 그러므로 우리는 끊임없이 분투해야 합니다. 분투에는 희생이 따르며 항상 전사자가 발생할 수 있습니다. 하지만 인민의 이익을 헤아리고, 많은 인민의 고통을 생각하며, 인민을 위해 맞이하는 우리의 죽음은 아주 가치 있는 죽음일 것입니다. 하지만 불필요한 희생을 만들지 않도록 반드시 최선을 다해야 합니다. 간부들은 전사 한 명, 한 명에게 관심을 가져야 하고, 모든 혁명 대오 안의 동지들은 서로 관심을 가지며 아끼고 도와야 합니다.

앞으로 우리 대오 안에서 요리사든 전사든 누구라도 상관없이 그가 조금이라도 유익한 일을 하고 세상을 떠났다면, 우리는 장례를 치르고 추도회를 열 것입니다. 이것은 앞으로 제도가 될 것입니다. 또한, 이런 방법을 모든 인민에게 확대할 것입니다. 마을에서 어느 한 사람이 세상을 떠나도 추도회를 여는 것입니다. 이런 방법으로 우리의 애도의 뜻을 알린다면 전체 인민들의 단결을 이끌 수 있을 것입니다."

타를로는 막힘없이 글을 암송했다. 이 모습을 본 소장은 입이 떡 벌어진 채로 가만히 그를 바라보고 있었다.

타를로가 말했다.

"맞죠? 안 틀렸죠?"

소장의 얼굴 표정이 그제야 원래대로 돌아왔다.

"자네가 천재일 줄은 정말 몰랐군!"

타를로는 되레 별거 아니라는 듯 말했다.

"기억력 하나는 다른 사람보다 조금 나아요."

"이건 언제 외운 건가?"

"열네 살 때요. 소학교를 다닐 때 외웠죠. 당시 학교 교재가 주로 마오쩌둥 어록이었는데, 그것도 대부분 기억하고 있어요."

"정말 놀라운 기억력이군. 지금 몇 살이지?"

"스물아홉이요."

소장은 '와와' 하며 감탄을 금치 못했다.

"내가 자네만큼 기억력이 좋았다면 진작 대학을 갔을 텐데."

타를로가 말했다.

"저는 소학교만 다니고 더는 안 다녔어요. 부모님이 일찍 돌아가시고 친척들도 저를 도와줄 형편이 아니었거든요. 친척들이 '기억력이 좋으니 마을 몇 집 양을 도맡아서 방목하는 게 어떻겠냐'고 했어요. 양 한 마리, 한 마리 색깔과 생김새를 잘 기억하면 입에 풀칠은 할 수 있을 거라고요. 다른 수가 없어서 산에 가서 양을 방목하기 시작했어요. 처음 일을 시작했을 때는 양이 136마리였는데, 두 번째 해에는 16마리가 늘어났고, 세 번째 해에는

47마리가 늘어났어요. 네 번째 해에는 11마리밖에 안 늘었지만요. 그해에 폭설이 심해서 새끼 양이 많이 죽었거든요. 에이, 어쨌든 매년 늘면 늘었지 단 한 번도 줄어들지 않았어요.

지금은 총 375마리가 있는데, 그중에 209마리는 흰 양이고 71마리는 검은 양이고 95마리는 얼룩 양이에요. 134마리는 뿔이 있고 241마리는 뿔이 없어요."

소장은 또 입이 딱 벌어진 채 그를 보았다. 잠시 후에야 소장이 말했다.

"아까워, 아깝단 말이야. 자네 정말 아깝네."

타를로는 또 입을 열었다.

"제가 다른 사람들의 양을 방목하는 것도 인민을 위해 봉사하는 거랑 비슷한 일인 거 같아요. 물론 매년 대가로 양 열 몇 마리랑 돈도 조금 받지만요."

소장인 재빨리 고개를 끄덕이며 말했다.

"맞아. 그렇지. 물론 그래야지."

"저는 마오 주석이 한 말 중에 '인간은 언젠가 죽는다. 죽음은 태산보다 무거울 수도 있고 깃털보다 가벼울 수도 있다'라는 말이 제일 좋아요."

소장의 표정이 또 원래대로 돌아왔다.

"기억력이 대단하긴 한데 공부는 제대로 안 했나 보군. 이 말은 마오 주석께서 한 말이 아니라, 위대한 문학가이신 사마천이 한 말이야."

"그래요? 마오 주석하고 사마천은 어떤 관계예요?"

소장은 웃었다.

"아무 관계도 아니야. 사마천은 고대 사람이고, 마오 주석은 현대 사람이지. 둘은 아무 관계도 없어."

타를로는 조금 이해할 수 없다는 듯 물었다.

"그럼 이건요? '인민의 이익을 위해 봉사하다 맞는 죽음은 태산보다 훨씬 무겁고, 파시스트를 위해 일하거나 인민을 착취하거나 핍박하다 맞는 죽음은 깃털보다도 훨씬 가볍습니다.' 이 말은 마오 주석이 한 게 맞죠?"

"마오 주석이 한 말이 맞아. 확실하네."

"근데 두 개가 왜 이렇게 비슷해요?"

"의미하는 바가 똑같거든."

"그럼 저도 마을 사람들을 위해서 양을 방목하는 거니까, 만약 제가 죽으면 장쓰더 선생의 죽음처럼 태산보다 훨씬 무거울까요?"

"그렇지. 자네가 죽으면 장쓰더 선생의 죽음처럼 태산보다 훨씬 무거울 거야. 하지만 죽음을 말하기엔 자네 아직 젊지 않나? 그래도 자네가 장쓰더 선생처럼 좋은 사람인 건 알아보겠네."

"제가 장쓰더 선생처럼 좋은 사람인 걸 어떻게 알아요?"

"누가 좋은 사람이고 누가 나쁜 사람인지 우리는 딱 보면 구별해낼 수 있어. 우리 같은 경찰들은 그런 능력이 있거든."

"진짜예요? 누가 좋은 사람이고 누가 나쁜 사람인지 어떻게 구별해요?"

소장은 신비하게 웃으며 말했다.

"그게 우리 밥줄인데 다 말해줄 순 없지."

타를로는 다소 실망한 것 같았지만, 그래도 얼굴에는 존경심이 가득했다.

소장은 또다시 감탄하며 말했다.

"자네 기억력이 정말 대단하군!"

타를로는 그때서야 뭔가 생각해낸 모양이었다.

"촌장님이 사진 찍으라고 보내셔서 왔어요."

소장은 곁눈으로 그를 흘겨보았다.

"왜 이제야 왔나? 사진사는 진작에 가버렸다네."

"촌장님이 저 대신 양을 방목할 사람을 어제야 보내주셨어요. 오늘 서둘러 뛰어왔어요."

"이젠 현으로 가서 찍을 수밖에 없어."

"안 찍으면 안 되나요?"

"신분증 만들어야 하는데 그럼 안 되지."

"신분증이 뭐예요?"

"신분증이 있으면 자네가 시내에 갔을 때 다른 사람이 자네가 누구인지, 어디에 사는지 알 수 있어."

"내가 누구인지 내가 알고 있는데 굳이 신분증이 필요해요?"

이때 소장은 뭔가 생각난 것 같았다.

"자네 이름이 뭐라고 했지?"

"꽁지머리요."

"그거 말고 진짜 이름."

타를로는 잠시 생각하더니 그제야 말했다.

"타를로요."

"타를로라, 아, 그래, 자네 오늘 현에 있는 더지 사진관으로 가게. 거기 여사장 이름이 더지德吉야. 가서 파출소에서 보냈다고, 사진 찍으러 왔다고 하면 알아서 해줄 거네."

타를로가 웃더니 말했다.

"진짜 이름인데도 제 이름 같지 않네요. 제가 들어도 낯설어요."

촌장은 손목에 찬 전자시계를 보더니 말했다.

"계속 그렇게 떠들지만 말고 얼른 가보게. 서두르면 현으로 가는 버스를 탈 수 있을 게야."

타를로는 버스를 타고 현에 도착했다.

버스에서 내리고 나서 타를로는 속으로 조금 당황했다. 길에서 이리저리 바쁘게 왔다 갔다 하는 사람들을 보고 있자니, 어디로 가야 할지 갈피를 잡을 수 없었다.

타를로는 홍링진을 맨 소학교 학생을 보고는 다가가 얼른 물었다.

"꼬마야, 더지 사진관이 어디 있는지 아니?"

소학생은 그의 얼굴을 쳐다보고 다시 짧게 땋은 머리를 보더니 세차게 고개를 저었다.

"꼬마야, 겁먹지 않아도 돼. 난 꽁지머리라고 하는데, 더지 사진관에 사진을 찍으러 가는 중이란다."

소학생이 웃었다.

"땋은 머리를 보여주면 가르쳐줄게요."

타를로는 기꺼이 바닥에 꿇어앉아 머리를 보여주었다.

소학생은 아주 재미있는지 머리를 보면서 말했다.

"우리 선생님이 청나라 시대 남자나 머리를 땋는다고 했는데, 아저씨는 왜 이렇게 했어요?"

타를로는 소학생을 노려보며 말했다.

"날 청나라에서 온 사람으로 만들지 말아주렴."

"우리 선생님께 꼭 물어봐야겠어요."

타를로가 일어서면서 말했다.

"이제 더지 사진관이 어디 있는지 알려주렴."

소학생이 이번엔 느릿느릿 말했다.

"어디 있는지, 잘 생각이 안 나네요."

마음이 조급해진 타를로는 얼른 10위안짜리 지폐를 꺼냈다.

"가르쳐주면 이 돈 줄게."

잠시 후 소학생은 타를로를 더지 사진관 입구까지 데려다주었다. 그리곤 타를로가 준 10위안을 받아 들고는 쏜살같이 앞에 있는 작은 가게로 들어갔다.

사진관 문을 열고 들어가자 어떤 여자가 남자 손님의 사진을 찍어주고 있었고 옆에는 손님 몇 명이 앉아 있었다. 사진을 찍으려는 손님 얼굴에 거짓 미소가 나타나자 '찰칵' 하는 소리가 울렸다. 사진을 찍은 손님이 자리에서 일어나 한쪽으로 빠지자, 다른 남자가 그 의자로 다가가 허리를 꼿꼿하게 펴고 앉았다.

타를로가 들어갔지만 여자는 인사도 없이 계속 바쁘게 움직였다.

타를로는 문 옆에 서서 물었다.

"여기가 더지 사진관인가요?"

여자가 고개를 돌리더니 말했다.

"맞아요. 무슨 일로 오셨어요?"

"더지 씨를 찾아왔어요."

여자는 하던 일을 멈추더니 의심의 눈초리로 타를로를 쳐다봤다.

"제가 더지인데요."

타를로의 얼굴에 살짝 미소가 비쳤다.

"파출소에서 보내서 사진 찍으러 왔어요."

"상반신 사진 찍으실 건가요?"

"잘 모르겠어요. 무슨 증 만드는 데 쓴다던데요."

더지는 웃었다.

"아! 진작 말씀하시지 그러셨어요. 신분증 만드는 데 쓰는 거니까 상반신 사진 맞아요. 영문 모를 말을 계속 하셔서 다른 일인 줄 알았어요. 일단 앉아서 좀 기다리세요. 여기 있는 사람들 전부 상반신 사진 찍으러 온 사람이에요."

사진관에 있던 사람들도 타를로를 보며 웃었다. 타를로는 그들 옆에 가서 앉았다.

기다리던 손님들이 모두 사진을 찍고 돌아간 후에 더지는 타를로에게 손짓했다.

"사진 찍게 오세요."

타를로는 흰색 천이 있는 곳으로 다가가 앞에 놓인 의자에 앉았다.

더지가 사진기를 들고 다가오더니 타를로의 짧게 땋은 머리를 보며 뭔가 대단한 발견이라도 한 듯 말했다.

"왜 머리를 길렀어요?"

"그냥 어렸을 때부터 길렀어요."

"이 상태로 사진 찍으면 안 될 것 같은데요."

"왜 안 돼요?"

"파출소에서 당신이 남자인지 여자인지 구별하지 못할 거예요."

타를로는 아주 진지하게 말했다.

"파출소에서 오는 길인데 그런 말은 없었어요."

더지는 웃으며 말했다.

"그래요. 저는 그냥 사진만 찍으면 되죠."

타를로는 아까 다른 사람들이 했던 것처럼 허리를 꼿꼿이 세우고는 웃을 준비를 하고 있었다.

더지가 사진기를 들고는 셔터를 몇 번 눌러보더니 타를로에게 다가가 헝클어진 머리를 매만져주었다.

"사진 찍기 전에 먼저 머리 좀 감는 건 어때요? 지금 너무 부스스한데, 이 상태로 찍으면 사진이 예쁘게 안 나와요."

"부스스하면 부스스한 대로 찍으면 되죠. 별로 상관없어요."

더지가 진지하게 말했다.

"신분증 만들면 평생 써야 할 텐데, 이왕이면 사진이 잘 나오면 좋지 않을까요?"

타르로는 말없이 더지의 얼굴을 쳐다봤다.

더지는 창문 밖 길 건너편에 있는 미용실을 가리키며 말했다.

"얼른 저기 가서 머리 감고 오세요. 제 친한 친구 가게예요."

타르로는 어쩔 수 없이 몸을 일으켜 사진관을 나섰다.

타르로가 미용실로 들어가자 짧은 머리를 한 여자가 그를 맞이했다.

타르로는 조금 신기하게 그녀의 얼굴을 보며 말했다.

"당신이 맞은편 사진관 더지 씨의 친한 친구인가요? 머리 감으러 왔어요."

짧은 머리 여자는 타르로를 자세히 보더니 얼른 자리로 안내했다. 그리곤 타르로 뒤에 서서는 거울 속 그를 보며 물었다.

"물 샴푸는 5위안이고 드라이 샴푸는 10위안이에요. 어느 걸로 하실래요?"

타르로도 거울로 여자의 얼굴을 보며 되물었다.

"드라이 샴푸가 뭐예요?"

짧은 머리 여자는 웃으며 말했다.

"물을 안 묻히고 감는 거예요."

"물을 안 묻히면 어떻게 감아요?"

"어유, 어쨌든 엄청 시원해요. 한번 해보면 아실 거예요."

"그럼 드라이 샴푸로 해주세요."

짧은 머리 여자는 타르로의 정수리에 샴푸를 짠 후, 손으로 가볍게 머리카락에 비벼 문질렀다.

타를로는 앞에 있는 거울로 여자의 모습을 보고 있었다.

짧은 머리 여자도 거울로 타를로를 보며 물었다.

"시원하시죠?"

"확실히 시원하네요."

짧은 머리 여자는 딱히 할 말이 없는지 아무 말이나 하기 시작했다.

"머리 안 감으신 지 한참 되셨나 봐요?"

"양 치는 사람이라 머리 감을 만큼 물이 많지 않아요."

짧은 머리 여자는 일부러 깜짝 놀란 척하며 말했다.

"어머, 그래요? 그럼 양은 몇 마리나 있어요?"

타를로는 망설이지 않고 바로 말했다.

"양은 전부 375마리가 있는데 그중 133마리는 숫양이고요, 168마리는 암양, 74마리는 어느 정도 자란 양이에요. 암양 168마리 중에 새끼를 낳을 수 있는 양은 124마리고, 더는 새끼를 낳지 못하는 암양은 44마리예요."

짧은 머리 여자는 행동을 멈추더니 조금 놀란 표정으로 거울 속 타를로를 보았다.

"기억력이 엄청 좋으시네요."

타를로는 별거 아니라는 듯 말했다.

"양을 하나하나 기억해야 방목할 수 있거든요."

짧은 머리 여자는 다시 머리를 주무르며 거울 속 타를로를 보며 물었다.

"그 많은 양은 전부 얼마예요?"

"오늘 여기 오기 전에 숫양 두 마리를 팔고 왔는데 600위안 받았어요. 지금 양 한 마리가 대략 200위안이고 새끼를 낳을 수 있는 암양은 가격이 조금 더 비싸니까 한 250위안 정도 하겠네요. 새끼 양은 한 마리에 백 위안 정도니까 대충 이렇게 계산해 보면 팔구만 위안 정도 될 거 같네요."

짧은 머리 여자는 깜짝 놀라 입이 벌어졌다.

"그렇게 비싸요?"

"그렇다고 양 375마리가 전부 제 것은 아니에요. 제 건 100마리쯤 되죠."

"그것도 많네요."

말을 끝내고 머리를 씻자며 타를로를 수도꼭지 아래에 앉게 했다.

짧은 머리 여자가 머리에 물을 뿌리고 머리를 감겨주자 타를로가 물었다.

"이거 드라이 샴푸 아니에요? 왜 물을 써요?"

짧은 머리 여자는 웃었다.

"드라이 샴푸 맞아요. 그래도 마지막엔 물로 샴푸를 씻어내야 해요."

타를로는 아무 말도 하지 않았다.

샴푸를 씻어내고 타를로가 다시 거울 앞 의자에 앉자 짧은 머리 여자는 헤어드라이어를 켜고 타를로의 머리를 말리기 시작했다.

타를로는 또 거울로 짧은 머리 여자의 얼굴을 뚫어지게 쳐다보았다.

짧은 머리 여자는 머리를 말리면서 웃으며 물었다.

"왜 계속 제 얼굴을 보세요? 제가 그렇게 예뻐요?"

타를로도 시선을 피하지 않았다.

"아까 막 들어왔을 때는 남자인 줄 알았어요. 귀걸이를 못 봤으면 계속 남자라고 생각했을 거예요."

짧은 머리 여자는 웃기 시작했다.

"지금 시내에선 짧은 머리가 유행이거든요. 이거 엄청 세련된 스타일인데."

"그렇다고 장족 여자가 어떻게 그렇게 짧게 자를 수 있죠?"

짧은 머리 여자는 여전히 웃으며 말했다.

"당신처럼 긴 머리 남자랑 데이트하려고 짧게 자른 거예요."

순간 타를로는 말문이 막혔다. 짧은 머리 여자 얼굴에 고정되어 있던 그의 시선이 다른 곳으로 옮겨갔다.

짧은 머리 여자는 타를로의 머리를 다 말린 후, 타를로 어깨 위에 손을 올려놓고는 거울로 타를로의 얼굴을 자세히 살펴보았다. 그리곤 마음에도 없는 소리를 했다.

"머리 정리하고 보니까 엄청 잘생기셨네요."

타를로는 조금 민망한 생각에 얼른 주머니에서 50위안짜리 지폐를 꺼내 짧은 머리 여자에게 건넸다.

"여기 돈이요."

짧은 머리 여자가 돈을 받아들고 말했다.

"잔돈 없으세요? 거슬러드릴 돈이 없는데."

"없으면 됐어요. 안 주셔도 돼요."

짧은 머리 여자가 뭐라고 할 새도 없이 타를로는 미용실을 뛰쳐나왔다.

사진관 입구에 도착한 타를로가 안을 살펴봤다. 손님이 몇 명 있는 것이 보이자 들어가지 않고 밖에 서서 담배 하나를 꺼내 물었다.

담배를 피우는 타를로의 시선이 맞은편 미용실로 향했다. 짧은 머리 여자도 유리창 너머로 이쪽을 보고 있었다. 그는 담배를 피우면서 미용실 창문 안의 짧은 머리 여자를 쳐다봤다. 짧은 머리 여자도 이쪽을 보면서 웃고 있었다.

이때 길에서 대학생처럼 보이는 청년 몇 명이 걸어오더니 그중 한 명이 타를로에게 다가가 말을 걸었다.

"저희는 내륙지역에서 여행 온 대학생인데요. 선생님이 좀 특별해 보여서요. 혹시 예술가세요?"

타를로는 담배를 피우면서 고약한 눈빛으로 그들을 쳐다봤다. 얼굴 가득 '학생들이 무슨 말을 하는지 도통 알지 못하겠다'는 표정이었지만, 그게 학생들의 눈에는 아주 엄숙한 표정으로 비친 모양이었다.

다른 학생이 말했다.

"얘들아, 저 깊은 눈빛 좀 봐. 아주 대단한 예술가가 틀림없어."

타를로는 그들의 말에 대꾸하지 않고 담배를 다 핀 후, 담배꽁초를 바닥에 던져 세게 비벼 밟고는 그제야 입을 열었다.

"사실 나는 양치기야."

또 다른 학생이 말했다.

"방금 하는 말 들었어? 말하는 것도 너무 심오하지 않아? 예술가가 분명해."

이때 사진관에서 사람들이 나오는 것이 보이자 타를로는 안으로 들어갔다.

더지가 그를 보더니 말했다.

"머리 정리하니까 딴사람이 됐네요. 이렇게 잘생기셨는지 몰랐어요."

타를로는 칭찬을 듣는 게 어색했는지 재빨리 흰 천 앞에 있는 의자에 가서 앉았다.

더지는 손으로 사진기를 세팅하고는 다가와서 말했다.

"빠른 거랑 느린 거 있는데 뭐로 하시겠어요?"

타를로는 잘 이해가 되지 않았다.

"뭐가 빠른 거고 뭐가 느린 거죠?"

"빠른 건 오늘 사진을 찾을 수 있고 느린 거는 내일 찾으러 오시면 돼요."

"그럼 빠른 거로 할게요."

"빠른 거는 20위안이고 느린 건 10위안이에요."

"네, 그럼 빠른 거로 할게요."

더지는 그를 향해 카메라를 들더니 곧 셔터를 눌렀다.

더지는 책상 앞으로 걸어가더니, 여전히 의자에 가만히 앉아 있는 타를로에게 말했다.

"이제 다 됐습니다. 20위안이에요."

타를로는 얼른 그녀에게 다가갔다. 50위안짜리 지폐 한 장을 꺼내 건네며 말했다.

"잔돈 있으세요?"

더지는 타를로가 내민 돈을 쳐다보고는 짧게 "네"라고 대답하고 서랍을 열어 잔돈을 찾기 시작했다. 그녀는 잔돈을 찾으면서 타를로에게 물었다.

"아까 밖에서 학생들이랑 얘기하는 거 같던데, 무슨 얘기 했어요?"

"나더러 예술가가 아니냐고 묻더라고요."

더지는 그를 자세히 살펴보더니 웃으며 말했다.

"그랬어요?"

"네, 그렇게 물어보더라고요."

더지는 웃으며 말했다.

"그래서 뭐라고 했어요?"

"양치기라고 했죠."

더지는 아예 소리 내서 웃기 시작했다.

타를로가 말했다.

"예술가가 어떤 거죠?"

더지는 웃으며 말했다.

"예술가 중에 당신처럼 꽁지머리를 하거나 아니면 머리를 길게 기른 사람이 많거든요."

타를로는 여전히 잘 이해가 안 된다는 표정으로 더지의 얼굴을 쳐다봤다. 더지는 거스름돈을 다 찾았는지 돈을 잘 정돈해 타를로에게 건넸다.

"30분 후에 사진 찾으러 오세요."

사진관 밖으로 나온 타를로는 다시 도로 한쪽 편에 서서 담배를 꺼내 물었다. 짧은 머리 여자가 미용실에서 걸어 나와 타를로 옆에 섰다.

"담배 펴요?"

"네, 담배 펴요."

"아까 미용실 창문으로 당신을 봤어요. 정말 잘생겼네요."

당황한 타를로는 담배를 한 대 다 태우고 곧바로 담배 하나를 또 입에 물었다.

짧은 머리 여자가 말했다.

"저녁에 같이 술집 가서 놀아요."

"술집 가본 적 없어요."

"재미있을 거예요. 당신 잘생겨서 분명 여자들한테 인기 많을 거예요."

타를로는 또 당황해서 안절부절못했다.

30분이 지나자 드디어 사진을 찾을 수 있었다.

자신의 상반신이 찍힌 사진을 받아 꺼내 보더니 대뜸 이렇게 말했다.

"어떻게 이렇게 못생기게 나왔지?"

저녁에 타를로는 소음이 가득한 술집에서 맥주를 많이 마셨다. 아침에 눈을 떠보니 짧은 머리 여자가 옆에 누워 자고 있었다.

타를로는 조금 긴장이 됐는지 몸을 일으켜 앉았다. 이때 잠에서 깬 짧은 머리 여자가 그를 보며 웃었다.

타를로는 그녀의 얼굴을 쳐다보지도 못했다. 오히려 짧은 머리 여자가 먼저 입을 열었다.

"내가 좋아요?"

속으로 잔뜩 긴장한 타를로는 가만히 앉아서 전혀 움직이지 않았다.

"어젯밤에는 좋아한다고 했잖아요."

짧은 머리 여자는 타를로의 꽁지머리를 만지작거렸다.

"당신 꽁지머리가 마음에 들어요."

타를로는 여전히 잔뜩 긴장한 모습이었다.

짧은 머리 여자는 타를로의 어깨에 머리를 기대며 말했다.

"날 데리고 어딘가로 떠나줘요. 여기 있고 싶지 않아요."

타를로는 이제야 무슨 할 말을 찾은 것 같았다.

"난 어디에도 가보지 않았어요."

"그럼 내가 당신을 데리고 가줄게요. 라싸拉萨, 베이징, 상하이, 광저우, 홍콩, 어디든지 다 같이 갈 수 있어요."

"지금껏 한 번도 그런 곳에 갈 생각을 하지 않았어요."

"선택할 수 있다면 어디에 가고 싶어요?"

"당연히 라싸죠."

"그럼 우리 라싸에 가요."

"그곳에 가려면 돈이 많이 필요하다던데 나한테는 그만한 돈이 없어요."

"양을 팔면 돈이 생기잖아요."

"전부 내 게 아니에요. 다른 사람 양도 있어요."

점심 무렵 타를로는 향촌 파출소에 도착했다. 소장이 그를 보더니 말했다.

"현에 가더니 인물이 훤해져서 돌아왔군."

"도시에 가서 나쁜 사람을 만난 것 같아요."

소장은 깜짝 놀랐다.

"나쁜 사람을 만났으면 얼른 신고해야지."

"진짜 나쁜 사람인지 아직 정확히 모르겠어요."

소장은 웃으며 말했다.

"이보게, 꽁지머리 양반. 나쁜 사람을 신고하려면 반드시 증거가 있어야 해. 증거도 없이 신고하면 나중에 법적 책임을 물어야 한다고."

타를로는 마치 목에 뭔가 걸려 내려가지 않는 듯한 표정으로 말이 없었다.

"사진은 가져왔나?"

타를로는 얼른 사진을 꺼내 소장에게 건넸다. 그리고 말했다.

"이상하게 나왔어요."

"상반신 사진이 원래 다 이렇다네."

타를로는 더 이상 말이 없었다.

소장은 사진을 받아 들고 등록을 했다.

"됐네. 이제 한 달 뒤에 신분증 찾으러 오게."

타를로가 돌아가려고 몸을 일으키자 소장이 또 그를 불러 세웠다.

"개인적으로 묻고 싶은 게 있는데, 머리는 왜 기른 건가?"

타를로가 다시 허리를 꼿꼿이 세워 앉더니 말했다.

"그게…."

소장은 흥미진진하게 물었다.

"그게 뭐?"

"사실 특별한 이유는 없어요."

소장은 조금 실망한 눈치였다.

"말하기 싫으면 말게. 말 안 하는 건 자네 권리니까."

타를로는 소장의 모습을 살피며 덧붙였다.

"특별한 이유는 아니고, 어떤 영화를 봤기 때문이에요."

소장은 또다시 흥미가 생겼다.

"그래서?"

"소학교를 졸업하고 산으로 양을 방목하러 가기 전에 돈을 좀 빌려서 시내 구경을 갔었어요."

"그리고?"

"그리고 거기에서 영화 한 편을 봤죠."

"영화랑 꽁지머리랑 무슨 관계야?"

"그러니까 영화를 본 다음부터 머리를 기르기 시작했어요."

"어째서?"

"영화에 꽁지머리를 한 남자가 나왔는데 여자들한테 인기가 많았거든요."

소장은 큰 소리로 웃기 시작했다.

"그래서 자네도 머리를 기른 거야? 꽁지머리 하려고? 그랬더니 여자들이 자네를 좋아하던가?"

"마을 여자들은 전부 저를 싫어해요. 저더러 가난뱅이라고 했어요."

소장은 웃음을 멈추더니 물었다.

"그 영화 제목이 뭔가?"

"저도 모르겠어요. 그때 듣기로는 무슨 외국영화라고 했던 거 같아요. 나중에 영화 줄거리를 다른 사람들에게 들려주면서 혹시 이 영화 본 적 있냐고 물어봤는데, 다들 없다고 했어요."

소장은 조금 아쉬운 듯이 말했다.

"나도 꼭 그 영화를 봐야겠어."

한 달이 지난 어느 저녁 타를로는 다시 현을 찾았다. 가방을 등에 메고 곧장 미용실로 들어갔다.

짧은 머리 여자는 남자 손님의 머리를 자르고 있었다. 타를로가 옆에 앉아 벽에 걸린 거울로 짧은 머리 여자를 쳐다봤다. 짧은 머리 여자는 거울을 보며 웃을 뿐 아는 척하지 않았다.

남자 손님이 미용실을 빠져나간 후 짧은 머리 여자는 거울로 그를 보며 말했다.

"머리가 또 더러워졌군요. 감아야겠네요."

타를로는 방금 남자 손님이 앉았던 의자에 앉아서 거울로 짧은 머리 여자를 계속 쳐다봤다.

짧은 머리 여자가 그제야 물었다.

"무슨 일이에요? 얼굴이 왜 이렇게 창백해요?"

타르로는 메고 있던 가방을 옆에 있는 미용 도구함 위에 올려놓으며 말했다.

"여기에 구만 위안이 있어요."

짧은 머리 여자는 타르로의 어깨에 두 손을 올려놓더니 거울로 그의 창백한 얼굴을 보며 말했다.

"힘 빼요. 힘 빼요. 힘 빼면 좀 나을 거예요."

타르로는 말이 없었다. 여전히 안색이 창백했다.

짧은 머리 여자가 말했다.

"머리 감겨드릴게요."

그리고는 타르로의 머리에 샴푸를 바르고 천천히 머리카락에 비벼 문질렀다.

머리를 만지는 손길에 점차 긴장이 풀렸는지 타르로의 눈이 감겼다. 얼굴색도 정상으로 돌아왔다.

타르로가 다시 눈을 떴을 때, 짧은 머리 여자가 옆에 앉아 그를 바라보고 있었다.

짧은 머리 여자가 말했다.

"너무 긴장했나 봐요. 방금 잠들었어요."

타르로는 주변을 살폈다. 황망한 표정과 눈빛이 계속 꿈속에서 헤매고 있는 것 같았다.

"머리 감기고 다시 땋았어요."

타르로의 표정과 눈빛은 여전히 꿈속에서 헤어나지 못한 것 같았다.

짧은 머리 여자는 타르로에게 생수 한 병을 건넸다.

"물 좀 마셔요."

타르로는 뚜껑을 열어 몇 모금 마셨다.

짧은 머리 여자는 타르로의 눈을 뚫어지게 쳐다봤다.

"우리 둘을 위해서 지금 당신이 해줄 일이 하나 있어요."

타르로는 짧은 머리 여자의 얼굴을 쳐다보면서 다시 물 한 모금을 마셨다.

짧은 머리 여자가 말했다.

"할 수 있겠어요?"

타르로는 다시 물을 벌컥벌컥 들이켰다. '꼴깍꼴깍' 소리를 내며 물이 목구멍으로 넘어가자 목젖이 위아래로 심하게 요동쳤다.

짧은 머리 여자가 말했다.

"꽁지머리는 너무 사람들 눈에 띄어요. 잘라버리는 게 낫겠어요."

타르로는 더는 물을 마시지 않았다. 거울 속 자신의 모습을 바라봤다.

짧은 머리 여자는 거울로 타르로의 얼굴을 보며 말했다.

"그렇게 해줄래요?"

타르로는 여전히 자신의 얼굴을 뚫어지게 쳐다봤다.

"긴 머리가 좋다고 하면 앞으로 내가 머리를 기를게요. 길러서 양 갈래로 땋아서 당신한테만 보여줄게요."

타르로는 다시 거울 속 짧은 머리 여자의 얼굴을 보았다.

"그럼 자를게요. 하나도 남김없이 빡빡 밀게요. 이제 누구도 당신을 알아보지 못할 거예요."

타르로는 눈을 감았다. 짧은 머리 여자가 전기바리캉을 들고 몇 번 움직이더니 이윽고 한 올도 남김없이 전부 밀어버렸다. 꽁지머리가 타르로의 발 옆에 떨어졌다. 붉은 실로 끝을 동여맨 머리였다. 타르로가 허리를 굽혀 꽁지머리를 주워 들고는 주머니 속에 집어넣었다. 그날 저녁 짧은 머리 여자는 타르로를 데리고 전에 갔던 술집으로 향했다. 그곳에서 두 사람은 실컷 맥주를 마시고 마음껏 즐기다가 아주 늦은 시각에서야 짧은 머리 여자의 집으로 돌아갔다.

아침에 타르로가 눈을 떠보니 짧은 머리 여자가 보이지 않았다. 다시 주위를 살펴보았지만 여자도, 자신이 가지고 온 가방도 사라지고 없었다.

타르로는 꼬박 이틀 밤낮으로 이 작은 도시를 샅샅이 뒤졌지만 짧은 머리 여자의 행방은 찾을 수 없었다.

·

이틀 후 타르로는 향촌 파출소를 찾았다. 소장과 경찰 몇 명이 한창 바쁘게 일하고 있었다.

타르로가 말했다.

"소장님, 저 왔어요."

소장은 한참 동안 타르로의 얼굴을 쳐다보더니 갑자기 말했다.

"어라, 왜 이렇게 변했는가? 꽁지머리는?"

"잘라버렸어요."

"아깝군."

"소장님, 저 지금 나쁜 사람처럼 보여요?"

"그게 무슨 말인가?"

"소장님이 전에 말씀하셨잖아요. 딱 보면 누가 좋은 사람이고 누가 나쁜 사람인지 알 수 있다고요."

소장은 웃으며 말했다.

"꽁지머리를 하고 있었을 때는 조금 나쁜 사람 같았는데, 지금 모습은 이상하게도 나쁜 사람 같지 않고 진짜 좋은 사람처럼 보이는군."

"지금 죽으면 깃털보다 가벼울 것 같아서 무서워요."

소장은 계속 웃으며 말했다.

"지금 마오 주석 어록 읊으려는 건가? 자네 기억력이야 진작에 알고 있으니 또 하지 않아도 괜찮네."

"제가 더 이상 좋은 사람이 아니라는 게 정말 안타까워요. 장쓰더처럼 인민의 이익을 위해 봉사하다 숨진 죽음은 태산보다 무겁다고 했는데, 이제 그럴 수 없어요. 파시스트를 위해 일하거나 인민을 착취하거나 핍박하다가 죽음을 맞이한 나쁜 사람들의 죽음하고 똑같이 깃털보다도 훨씬 가벼워져버렸어요."

소장은 웃었다.

"이번엔 마오 어록을 아주 제대로 응용했군."

타를로가 계속 말을 이었다.

"정말 안타까워요."

소장은 웃으며 일하고 있는 경찰들에게 말했다.

"어이, 자네들, 이 청년이 마오 주석 어록을 많이 외우고 있다는 걸 믿을 수 있나?"

경찰 몇 명이 하던 일을 멈추더니 타를로를 쳐다봤다. 얼굴 가득 의아하다는 표정을 지으며 말했다.

"이 사람이요?"

소장이 말했다.

"보아하니 이들 시야도 좀 넓혀줘야겠어."

이렇게 말하고는 몸을 돌려 타를로에게 말했다.

"자네, 〈인민을 위해 봉사하다〉 한번 읊어보게. 우리 경찰들 시야 좀 넓혀줘."

타를로는 경찰들의 표정을 보면서 군소리 하지 않고 거침없이 암송하기 시작했다.

"인민을 위해 봉사한다. 1944년 9월 8일, 마오쩌둥. 우리 공산당과 공산당이 이끄는 팔로군, 신사군은 혁명 대오입니다. 우리 혁명 대오는 오로지 인민의 해방을 위해, 철저히 인민의 이익을 위해 일해야 합니다. 장쓰더 동지는 우리 혁명 대오 중 한 명이었습니다.

사람은 언젠가 죽기 마련입니다. 그러나 죽음의 의미는 모든 사람에게 같지 않습니다. 중국 고대 문학가인 사마천은 '인간은 언젠가 죽는다. 죽음은 태산보다 무거울 수도 있고 깃털보다 가벼울 수도 있다'고 말했습니다. 인민의 이익을 위해 봉사하다 맞는 죽음은 태산보다 훨씬 무겁고, 파시스트를 위해 일하거나 인민을 착취하거나 핍박하다 맞는 죽음은 깃털보다 훨씬 가볍습니다. 장쓰더 동지는 인민의 이익을 위해 봉사하다 숨졌으므로 그의 죽음은 태산보다 무거울 수밖에 없습니다."

경찰들은 모두 입이 떡하니 벌어진 채 신들린 듯 읊어대는 타를로의 모습을 바라봤다.

소장은 타를로에게 멈추라고 손짓하고는 눈을 휘둥그레 뜬 채 아무 말도 못 하는 경찰들을 보며 말했다.

"어때? 놀랐지? 이것 말고도 마오 주석 어록도 많이 외우고 있다네."

경찰들은 여전히 우두커니 타를로의 모습만 바라봤다.

소장이 말했다.

"이제 됐어. 지금 한시가 바쁘니까 이제 그만 일하자고."

타를로가 말했다.

"소장님, 전 이제 나쁜 사람 됐어요."

소장은 타를로를 가만히 보더니 말했다.

"머리를 빡빡 민다고 다 나쁜 사람이 되는 건 아닐세."

그리고는 옆에 있는 경찰에게 말했다.

"거기 새로 만든 신분증 중에서 이 친구 신분증 좀 찾아다주게."

경찰이 물었다.

"이름이 뭔데요?

소장이 대답했다.

"꽁지머리."

"네?"

"아, 아니야. 이건 별명이지."

고개를 돌려 타를로에게 물었다.

"자네 진짜 이름이 뭐라고 했더라?"

"타를로요."

"맞아, 이제야 생각났네. 타를로였지."

경찰은 서류함을 하나씩 열어 신분증을 찾기 시작했다.

잠시 후 경찰이 신분증 하나를 들고 다가왔다.

"소장님, 혹시 이거예요? 본인하고 너무 다른데요."

소장은 그 신분증을 받아 들고 자세히 들여다봤다. 한참을 보더니 다시 타를로에게 물었다.

"나중에 머리 기를 생각 없나?"

"없어요."

"그럼 현에 가서 사진 좀 다시 찍어 오게. 사진하고 지금 이 모습하고 전혀 딴판이잖아. 이러면 나중에 다른 사람들이 사진하고 자네하고 동일인물인지 몰라본다네."

타를로는 또 뭔가 말하려고 했지만 소장이 되레 말을 꺼냈다.

"얼른 가서 찍어 오게. 사진 나오는 대로 가지고 오고. 오늘 우리가 좀 바쁘군."

여덟 마리 양

외국인의 말을 알아듣지 못한 익바로는 계속 울며 얘기했다.
"제가 안고 있는 검은 새끼 양 엄마도 어제 늑대한테 물려 죽었어요. 새끼 양이 너무 불쌍해요."
외국인은 익바로를 위로해주려고 장난기 가득한 말투로 말했다.
"좋아하는 여자가 생겼는데, 걔가 널 봐주지 않는구나?"

소년 익바로甲洛는 거의 매일 이곳에 양을 풀어놓는다.

열두 살, 열세 살 정도 되어 보이는 익바로는 부스스한 머리에 천진난만하고 귀여운 소년이다. 익바로가 입고 있는 작은 털외투는 지난해 춘절에 엄마가 손수 만들어주신 옷이다. 지금은 해지고 조금 작아졌지만 익바로는 아직도 즐겨 입는다. 심지어 여름철 가장 더웠을 때도 한동안 계속 입고 다녔다. 양을 방목하는 다른 아이가 "여름옷이 달랑 그거 하나밖에 없느냐"고 물었지만 대꾸하지 않았다. 다른 여름옷이 없는 건 아니다. 익바로도 자주 입는 꽤 좋은 여름옷이 여러 벌 있다. 그저 엄마가 자신을 위해 한 땀 한 땀 정성 들여 만든 옷이기에 더욱 애착이 가는 것이다. 엄마는 봄에 갑자기 돌아가셨다. 그래서 아쉬운 마음에 쉽사리 털외투를 벗지 못했다. 털외투를 입고 있으면 여전히 엄마가 곁에 있는 것 같았다. 그래도 그 후 다른 옷으로 갈아입었다. 여름에 가장 즐겨 입는 청으로 만든 옷이었다. 올해 춘절에는 털외투를 만들어줄 사람이 없다는 걸 알기에 잘 접어 옷장에 넣어두었다. 그러다 날이 점점 추워지자 또다시 꺼내 입었다. 앞으로 몇 년은 더 입을 수 있을 것 같았다.

한낮의 따뜻한 햇살이 황금빛 초원을 비춘다. 수풀 사이에서 양들이 나른하게 풀을 뜯고 있다.

매일 이 시간이 되면 익바로는 항상 뭔가를 씹고 있다. 바로 야크 고기로 만든 육포다. 엄마가 살아계실 때는 언제든지 먹을 수 있도록 매일 가방에 챙겨주셨다. 지금도 습관처럼 매일 육포를 가지고 다니지만 아무 때나 먹지 않고 시간을 정해서 먹는다. 태양이 머리 바로 위에 있어서 햇살이 수직으로 내리쬐어 그림자가 작은 동그라미가 되면 그제야 육포를 꺼내 먹는다.

육포를 먹은 후엔 습관적으로 주전자를 들어 물을 한 모금 마신다. 그리고 다시 하늘을 보며 잠시 누워 있는다. 가끔은 일부러 한낮의 태양을 정면으로 쳐다보곤 한다. 눈이 부셔 아파도 절대 피하지 않는다. 점심을 먹고 나면 한바탕 졸음이 쏟아진다. 가끔 눈을 붙일 때도 있지만 엄마는 항상 풀 위에서 자지 말라고 당부하셨다. 아이들이 풀 위에서 잠을 자면 벌레가 귓속으로 들어가 뇌를 갉아먹는다고 겁을 주셨다. 또 이런 이야기도 해주셨다. 예전에 가난한 양치기 소년이 매일 자신의 양치기 개를 데리고 산으로 올라가 양을 방목했다. 소년은 종종 양을 풀어놓고 풀 위에서 자곤 했다. 하루는 집에 돌아온 후 귓속이 몹시 아프기 시작하더니 어떻게 해도 나아지지 않았다. 한밤중이었다. 누군가 대화하는 소리를 들은 소년이 호기심에 눈을 번쩍 뜨고 쳐다봤다.

양치기 개와 고양이가 이야기하고 있었다.

고양이가 말했다.

"주인님이 아파하시는 모습을 보니 마음이 너무 아파."

"주인님이 평소 우리에게 얼마나 잘해주셨니? 내 마음도 아파."

"고칠 방법은 정말 없는 거야?"

"사실 심각한 병은 아니야. 산에서 주무실 때 벌레 몇 마리가 귓속에 들어갔는데, 그 벌레들이 뇌를 갉아먹을 때마다 머리가 아픈 거야."

"그럼 어떻게 치료해?"

"사실 그것도 간단해. 집 안에 물을 좀 뿌린 다음 대야에 불을 피워. 그리고 귀 옆에서 북을 치면 벌레들이 봄에 천둥이 치는 소리인 줄 알고 밖으로 나올 거야. 그때 벌레를 하나씩 손으로 눌러 죽이면 되는 거지. 우리가 동물이라 주인님께 방법을 알려드릴 수 없어서 정말 안타까워."

"그러게 말이야. 주인님이 하루빨리 건강해지시면 좋겠다."

양치기 소년은 얼른 개가 말한 대로 따라 했다. 그랬더니 과연 아픔이 싹 사라졌다.

익바로는 이 이야기를 떠올릴 때마다 기분이 좋아진다. 엄마가 해주신 이야기이기 때문이다. 사실 이 이야기를 완전히 믿지는 않지만 속으론 조금 두려운 마음이 있다. 그래서 버틸 수 없을 정도로 피곤할 때 잠깐 눈을 붙이는 걸 빼고는 웬만해선 풀 위에서 잠을 자지 않는다. 행여 잠을 자더라도 양털로 귀를 완전히 틀어막고 잔다.

졸음이 한바탕 지나가면 익바로는 멍하니 먼 곳을 바라보곤 한다. 사실 보이는 풍경은 거의 비슷하지만, 그래도 매일 새로운 풍경이 눈앞에 펼쳐진 것처럼 그렇게 먼 곳을 바라본다.

저 멀리에서 수십 마리의 양이 풀을 뜯고 있다. 때때로 '메에' 하는 울음소리가 들려왔다.

먼 곳을 바라보는 익바로의 얼굴에 알 수 없는 근심이 가득하다.

가까운 곳의 풀은 이미 누렇게 시들어 가을바람에 처량하게 흔들리고 있다.

새끼 양 몇 마리가 간간이 양 무리와 수풀 사이를 이리저리 뚫고 지나간다.

익바로가 몸을 살짝 움직이더니 그제야 얼굴에 새로운 표정이 드리워졌다.

새끼 양 한 마리가 비틀거리며 익바로 앞 풀밭을 어슬렁거렸다. 그러더니 익바로를 몇 번 쳐다보고는 다시 무리로 뛰어갔다. 어미로 보이는 양이 다가와 새끼 양의 꼬리 냄새를 맡았다. 새끼 양이 어미 양의 배에 파고들어 젖을 먹으려고 하자 어미 양은 새끼 양을 놔두고 뛰어가 버렸다.

익바로는 안색이 바뀌어서 그 모습을 유심히 지켜보았다.

새끼 양이 '메에' 하고 울어대자 어미 양이 다시 돌아왔다. 새끼 양의 머리 냄새를 맡더니 알아서 새끼 양에게 젖을 내어줬다.

익바로의 얼굴에 미소가 번졌다.

익바로의 왼쪽에서 바스락바스락 소리가 들려왔다. 양들도 놀랐는지 풀을 뜯던 몇 마리가 재빨리 다른 곳으로 뛰어갔다. 익바로는 얼른 소리 나는 곳으로 고개를 돌렸다. 야생토끼 한 마리가 풀 속에서 뛰어나오더니 재빨리 사라졌다. 야생토끼가 사라진 자리에는 풀만 바람에 가볍게 흔들리고 있었다. 다른 곳으로 뛰어갔던 양들도 멈춰 서서 놀란 눈으로 토끼가 사라진 곳을 쳐다봤다.

익바로는 양들을 쳐다보며 육포를 하나 꺼내 입으로 잘게 뜯어 먹기 시작했다. 익바로는 또 다른 쪽을 쳐다봤다. 반대쪽 초원에는 풀 위에 엎드려 있는 양도 있고 가만히 서 있는 양도 있었다. 다들 배불리 먹은 것 같다. 무리에 있던 새끼 양 한 마리가 천천히 다가오더니 익바로 손의 육포 냄새를 맡았다. 먹고 싶은 모양이었다. 익바로는 손바닥으로 새끼 양의 입을 살짝 때리며 말했다.

"이건 먹으면 안 돼. 안 좋아."

새끼 양은 알아듣기라도 한 듯, 다시 느릿느릿 무리로 되돌아갔다.

익바로는 남은 육포를 입에 털어 넣고는 씹기 시작했다.

수풀 너머 먼 곳에서 발소리가 한참 들리더니 그 소리가 점점 더 커졌다. 익바로는 심드렁히 소리 나는 곳으로 고개를 돌렸다. 발소리는 철책 바깥쪽 초원에서 들려왔다. 철책 바깥은 익바로네 목초원이 아니다. 익바로는 자신의 초원에서만 양을 방목할 수 있다. 몇 년 전 집집마다 초원을 나눠 가지면서 드넓던 대초원은 철책으로 갈기갈기 찢어져버리고 말았다. 집집마다 남의 가축이 넘어오지 못하도록 자신의 초원 주변에 철사로 울타리를 만들었다.

발소리가 점점 커졌지만 익바로의 눈에는 여전히 아무것도 보이지 않았다. 익바로는 자리에서 벌떡 일어났다. 누군가 초원 밖 비탈길을 천천히 걸어 올라오고 있었다. 챙이 넓은 모자를 쓴 탓에 얼굴이 가려져 누구인지 정확히 알아볼 수 없었다. 하지만 커다란 배낭을 메고 있는 건 분명했다. 그 모습은 익바로의 흥미를 자극하기에 충분했다. 익바로는 육포 씹는 것도 멈추고 그 사람이 걸어오는 모습을 가만히 보고 있었다. 그림자는 다소 피곤해 보였지만, 그래도 건장한 체격의 사람이었다.

계속 고개를 들지 않아 누군지 알 수 없었다. 익바로는 조금 의아했다. 지금 이곳으로 걸어오고 있는 사람과 비슷한 그림자가 있었는지 기억을 더듬기 시작했다. 하지만 익바로가 알고 있는 사람 가운데 이런 그림자를 가진 사람은 없었다. 그래서 더욱 열심히 그곳을 뚫어져라 쳐다봤다.

마침내 그 사람이 철책 근처까지 걸어왔다. 챙이 넓은 모자를 벗더니 고개를 들었다. 그 모습에 익바로는 깜짝 놀랐다. 푸른 눈의 외국인이었다. 익바로는 지금까지 한 번도 외국인을 직접 본 적이 없다. 예전에 텔레비전에서 본 적은 몇 번 있지만, 직접 본 것은 이번이 처음이다. 이렇게 갑자기 외국인을 만나다니 놀랍고 두려웠다. 어미젖을 빨고 있던 새끼 양도 행동을 멈추고 신기하게 외국인을 쳐다봤다. 익바로는 입에 넣은 육포를 씹는 것도 깜빡했다. 너무 놀라 입이 쩍 벌어진 채 아무 말도 하지 못했다. 외국인은 영어로 인사를 하더니 친근하게 웃었다. 익바로의 벌어진 입은 여전히 다물 줄 몰랐다.

외국인은 울타리를 넘어왔다. 익바로 옆으로 걸어오더니 손을 내밀고는 서툰 티베트 말로 인사를 했다.

"안녕하세요."

더욱 놀란 익바로의 입이 더 크게 벌어졌다. 아무 말도 할 수가 없었다.

외국인은 다시 한 번 어색한 티베트 말로 인사했다.

"안녕하세요."

잠시 후 익바로는 씹고 있던 육포를 뱉고 그제야 외국인에게 말했다.

"안녕하세요."

순간 외국인의 얼굴에 친근한 웃음이 드러났다.

여전히 수직으로 내리쬐는 한낮의 햇살 때문에 눈이 부셨다.

익바로는 갑자기 뭔가 떠오른 듯 고개를 숙여 외국인의 그림자를 보았다. 외국인의 그림자가 자신과 별반 차이가 없다는 걸 확인하자 갑자기 안심되어 웃음이 터져 나왔다.

익바로가 웃자 외국인의 얼굴에도 금세 미소가 번졌다.

외국인이 웃는 모습을 본 익바로는 평소 자신이 보던 웃음과는 다르다는 생각이 들었다. 호기심이 일어 외국인에게 물었다.

"어디에서 왔어요?"

외국인은 어깨를 들썩이더니 손을 내려놓고 영어로 말하기 시작했다.

"미안해. 티베트 말은 '안녕하세요'밖에 몰라."

익바로가 아무런 반응이 없자 외국인은 다시 어눌한 중국어로 방금 말을 반복했다.

익바로는 여전히 망연한 얼굴이었다.

외국인은 계속 중국어로 물었다.

"너 중국어 못하니?"

익바로는 여전히 망연한 얼굴을 하고 있었다.

외국인은 조금 실망한 듯 다시 어깨를 들썩이며 말했다

"못하나 보네."

말을 마친 외국인은 메고 있던 가방을 내려놓고 익바로 옆에 앉았다.

익바로는 외국인의 행동을 경계하면서 지켜보았다.

외국인은 익바로 옆에 앉아 익바로를 잠시 쳐다보더니 다시 초원으로 고개를 돌려 풀을 뜯는 양들을 보았다.

이렇게 가까운 곳에, 그것도 바로 옆에 외국인이 앉아 있는 모습을 보니 익바로는 더욱 호기심이 생겼다. 그는 외국인의 얼굴을 차근차근 살펴보고는 다시 한 번 티베트 말로 질문했다.

"어디에서 왔어요?"

외국인은 익바로를 보며 잘 모르겠다는 동작을 했다.

외국인은 다시 앞에 있는 양을 쳐다보며 영어로 말했다.

"양이 정말 많구나."

아까 어미 양의 젖을 먹던 새끼 양이 익바로의 앞으로 걸어왔다. 배가 부른 것처럼 보였다. 어미 양이 쫓아와 냄새를 맡더니 바로 돌아가 풀을 뜯었다.

그 모습을 사랑스러운 눈빛으로 보던 익바로가 새끼 양을 품에 안았다.

외국인도 새끼 양의 머리를 쓰다듬으며 영어로 말했다.

"넓은 초원에서 누군가를 만난다는 건 정말 좋은 거야."

익바로는 외국인이 새끼 양 얘기를 한다고 생각해 고개를 끄덕였다.

외국인은 조금 흥분한 듯 말을 이었다.

"너, 내 말 알아듣는 거니?"

익바로는 다시 갸우뚱거리며 고개를 저었다.

외국인도 조금 실망한 듯 익바로를 따라 고개를 저었다.

익바로는 새끼 양을 괴롭히며 놀았다. 얼마 지나지 않아 새끼 양은 더는 못 참겠는지 도망가버렸다.

외국인은 새끼 양이 가는 것을 보며 혼잣말하듯 드문드문 중국어 단어를 섞어 영어로 말했다.

"여기 온 지도 일 년이 넘었어. 지금 대학교에서 중국어를 공부하고 있어. 이젠 어느 정도 말할 수가 있고 볼 수도 있게 되었어. 난 티베트 문화에 관심이 많아."

외국인이 그렇게 말을 많이 하는 것을 처음 본 익바로는 어떻게 대응해야 할지 몰랐다. 그래서 주머니 속에 있던 육포를 꺼내 입에 넣고 씹기 시작했다.

외국인은 익바로를 보더니 또 영어로 말했다.

"사람과 얘기할 수 있다니 정말 좋네."

익바로는 외국인의 부르튼 입술을 보고는 품 안에서 육포 하나를 꺼내 건네며 티베트 말로 말했다.

"먹어요."

외국인은 단번에 익바로의 행동을 이해했다. 육포를 받아 들고 감격스러운 눈빛으로 익바로를 쳐다보면서 육포를 입에 넣고 천천히 씹기 시작했다.

외국인은 육포를 조금 음미하더니 엄지손가락을 치켜세우고 중국어로 말했다.

"정말 맛있구나!"

외국인이 엄지손가락을 올린 것을 보고 익바로도 단번에 지금 자신을 칭찬하고 있다는 것을 알고는 활짝 웃었다.

외국인은 육포를 삼킨 후 손목에 차고 있던 전자시계를 풀어 익바로에게 보여주며 영어로 물었다.

"이게 뭔지 알지?"

익바로는 알아들었는지 고개를 끄덕였다.

잔뜩 흥분한 외국인이 전자시계를 가리키며 영어로 말했다.

"오늘은 28일이야. 이 넓은 초원에 온 지도 이십여 일이 지났어."

익바로는 알아듣기라도 한 듯 고개를 끄덕였다.

이런 반응에 한껏 신이 난 외국인은 계속해서 영어로 말을 이었다.

"누군가하고 말할 수 있다는 건 정말 좋은 거야!"

잠시 침묵이 흐른 후, 외국인이 조금 진지한 말투로 말했다.

"티베트 문화를 잘 알고 싶어서 혼자 여기까지 왔어. 먼저 직접 현장을 느껴보고 나중에 심도 있는 연구를 할 생각이야."

말을 마친 외국인이 익바로를 쳐다봤다.

익바로는 여전히 멍한 표정으로 육포를 씹고 있었다.

외국인도 어쩔 수 없다는 표정을 지었다. 잠시 뭔가 생각하더니 배낭에서 책을 꺼내 펼쳤다.

외국인은 위쪽에 있는 자유의 여신상을 가리키며 중국어로 말했다.

"난 미국 사람이야. 이게 바로 그 유명한 자유의 여신상이지."

이렇게 말을 하고는 다시 익바로의 얼굴을 보았다.

익바로는 자유의 여신상을 잠깐 보며 어떤 생각을 하는 것 같았다. 그러나 다시 멍한 표정으로 되돌아와 계속해서 육포를 먹었다.

외국인은 다른 페이지를 펼쳤다. 그곳에는 빽빽한 빌딩 숲으로 뒤덮인 뉴욕 사진이 있었다. 외국인은 그곳을 가리키며 영어로 말했다.

"여기가 뉴욕이야. 내 고향이지. 다른 사람들은 여기가 천국이라는데 사실 난 별로야. 더는 그곳 생활을 견딜 수 없었어. 이렇게 파란 하늘이 있고 시야가 탁 트인 광활한 초원이 좋아. 그래서 계속 고향이 아닌 다른 곳에서 생활했어."

여기까지 말하고는 다시 익바로의 얼굴을 쳐다봤다.

익바로는 여전히 멍한 표정으로 책에 있는 뉴욕 사진을 보고 있었다.

외국인은 걱정스러운 말투로 말했다.

"내 말 못 알아 듣는 거 알아. 그래도 상관없어. 사실 지금까지 전부 나 자신에게 하는 말이었거든."

익바로는 마치 그가 뭐라고 하든 상관하지 않는 듯 육포만 계속 씹고 있었다.

갑자기 뭔가 떠올랐는지 외국인이 자신의 가슴을 가리키며 영어로 말했다.

"이거 아니?"

익바로는 외국인에게 다가갔다. 외국인 가슴에는 라마교 사원인 '포탈라 궁' 기념 휘장이 달려 있었다.

외국인이 다시 물었다.

"포탈라 궁을 알고 있니?"

익바로는 고개를 끄덕이더니 육포를 삼키고는 신난 듯 말했다.

"포탈라 궁 알아요."

외국인도 덩달아 신이 났다.

"이제야 내가 무슨 말을 하는지 이해하는구나."

익바로는 즐거운 듯 휘장을 자세히 살펴봤다. 익바로의 집에는 아주 큰 포탈라 궁 그림이 걸려 있다. 엄마는 그림을 보면서 '제일 가고 싶은 곳이 여기'라고 자주 말씀하시곤 했다. 살아생전 꼭 한번 순례를 가보고 싶다고 하셨지만 결국 이루지 못하고 세상을 떠나고 말았다. 엄마가 돌아가신 후, 익바로는 이 점이 항상 마음에 걸렸고 안타까웠다. 이런 사연을 외국인에게 말해주려 했지만, 생각해보니 말해도 알아듣지 못할 것 같아 그만두기로 했다.

양 울음소리가 익바로의 이런 생각을 흩트려놓았다. 소리 나는 곳을 쳐다보니 초원에서 어미 양이 힘겹게 새끼를 낳고 있었다.

익바로는 안고 있던 새끼 양을 내려놓고 어미 양에게 다가갔다.

풀 위에 비스듬히 옆으로 누워 있는 어미 양의 다리 사이로 새끼 양의 머리가 보였다.

익바로는 옆에 앉아 능숙하게 어미 양이 새끼 낳는 것을 도왔다.

외국인도 익바로 옆으로 다가가 어미 양이 새끼를 낳는 모습을 지켜보았다. 그는 어미 양이 고통스럽게 발버둥 치는 것을 보고는 안절부절못했다. 뭐라도 돕고 싶은 마음에 주변을 맴돌았지만, 결국 아무 도움도 되지 못했다.

마침내 새끼 양이 모습을 드러냈다. 양수가 바닥에 흥건하게 흘렀고 끈끈한 막 같은 걸로 새끼 양의 온 몸이 덮여 있었다.

어미 양이 휘청거리며 일어나더니 새끼 양의 몸에 있는 끈끈한 막을 사랑스러운 듯 핥기 시작했다.

새끼 양은 바닥에서 발버둥 치며 몇 번이고 일어서려고 했지만 계속 쓰러지고 말았다.

익바로는 신난 듯 외국인에게 말했다.

"금방 일어설 수 있을 거예요."

외국인은 무슨 말인지 알아듣지는 못했지만 그래도 익바로를 보고 웃었다.

익바로는 바닥에 있는 마른 풀로 손을 깨끗이 닦고는 몸을 일으켜 다시 원래 앉았던 자리로 돌아왔다.

검은 새끼 양 한 마리가 익바로의 앞으로 뛰어오자 익바로는 새끼 양을 품에 안았다.

막 태어난 새끼 양을 보고 있던 외국인도 다시 익바로의 옆으로 다가와 앉았다.

익바로는 품속에서 육포를 꺼내 외국인에게 건넸다.

방금과는 달리 익바로의 표정이 조금 침울해 보였지만, 그래도 그는 육포를 받아 들고 감격한 듯 고개를 끄덕이며 먹기 시작했다.

얼마 지나지 않아 외국인은 또 한 번 엄지손가락을 치켜세우며 중국어로 말했다.

"정말 맛있구나. 너도 참 잘했다."

이때 외국인은 익바로 얼굴에 흐르는 눈물을 보았다.

얼른 중국어로 물었다.

"왜 그러니?"

익바로는 외국인을 쳐다보며 말했다.

"우리 집 양이 곧 백 마리가 돼요. 하지만 어젯밤에 늑대가 철책을 망가뜨리고 넘어와서 여덟 마리를 물어 죽였어요."

외국인은 울먹이며 말하는 익바로의 모습에 놀란 것 같았다.

익바로는 계속 울먹이며 말을 이었다.

"양 백 마리를 채우는 게 나와 엄마의 올해 소망이었어요. 근데 어젯밤에 흉악한 늑대가 우리 집 양을 여덟 마리나 물어 죽였어요."

외국인은 갑자기 뭔가 알았다는 듯 영어로 말했다.

"아, 알겠다. 속상한 일이 있었구나?"

외국인의 말을 알아듣지 못한 익바로는 계속 울며 얘기했다.

"제가 안고 있는 검은 새끼 양 엄마도 어제 늑대한테 물려 죽었어요. 새끼 양이 너무 불쌍해요."

외국인은 익바로를 위로해주려고 장난기 가득한 말투로 말했다.

"좋아하는 여자가 생겼는데, 걔가 널 봐주지 않는구나?"

외국인의 표정을 보고는 익바로도 웃었다.

"방금 새끼 양 한 마리가 또 태어났으니까 이제 괜찮아요. 내년에는 분명 백 마리를 채울 수 있을 거예요."

익바로의 웃는 모습을 보자 외국인은 자신의 말이 효과가 있었다는 생각에 기뻐했다.

"내 말이 맞지? 여자들한테는 칭찬을 많이 해줘야 해. 분명 칭찬이 부족했을 거야."

이때 멀리서 오토바이 소리가 들려왔다.

익바로와 외국인은 고개를 돌려 소리가 들리는 곳을 바라봤다. 풀을 뜯던 양 몇 마리도 먹는 것을 멈추고 고개를 돌렸다.

시야가 닿지 않는 흙길 북쪽에서 뿌옇게 먼지가 일었다. 오토바이 소리도 점점 크게 들렸다. 얼마 지나지 않아 풀숲 사이로 어떤 사람이 오토바이를 타고 흙길을 달려오는 모습이 보였다. 오토바이 뒤로 흙먼지가 점점 더 많이 일었다.

익바로와 외국인 그리고 양 몇 마리는 계속 오토바이가 다가오는 모습을 지켜보고 있었다. 오토바이는 철책 가까이 오더니 길옆 풀밭에서 멈췄다.

오토바이를 타고 온 사람은 중국 전통 두루마기를 입은 중년 남성이었다. 그는 오토바이를 세우더니 익바로에게 물었다.

"옆에 있는 사람은 누구니?"

"몰라요. 금발의 외국인이에요. 예전에 텔레비전에서나 봤었는데 지금 제 옆에 앉아 있는 걸 보니 정말 신기해요."

두루마기를 입은 중년 남성이 말했다.

"무슨 일이 일어날지 모르니 이런 외국인일수록 더욱 조심해야 한단다. 몇 년 사이에 초원에도 외국인이 많아졌어."

익바로는 뭔가 생각하는 듯 고개를 끄덕이며 외국인을 바라봤다.

외국인은 친근하게 웃으며 중년 남성에게 티베트 말로 인사를 했다.

"안녕하세요."

두루마기를 입은 중년 남성이 놀란 눈으로 외국인을 보며 물었다.

"티베트 말을 할 줄 아네."

익바로는 외국인의 얼굴을 보더니 말했다.

"그 말밖에 못 하는 거 같아요."

두루마기를 입은 중년 남성은 놀란 표정을 감추고는 웃으며 말했다.

"그럼 됐다. 아까 우리가 한 말을 알아들었을까 봐 걱정했단다."

익바로가 확신에 찬 목소리로 말했다.

"못 알아들었을 거예요."

두루마기를 입은 중년 남성은 오토바이에 걸린 전대에서 끈으로 묶인 신문 한 부를 꺼내 들고 익바로에게 물었다.

"촌장님, 댁에 계시니?"

익바로가 자리에서 일어나 중년 남성에게 다가갔다.

"계세요. 늑대가 간밤에 습격한 얘기를 하러 그 댁에 아침에 갔을 때 계셨어요."

두루마기를 입은 중년 남성이 말했다.

"에잇, 요새 늑대 습격이 자주 일어나는구나. 앞으로 신경을 더 많이 써야 한단다. 양은 몇 마리 죽었니?"

익바로는 금세 잔뜩 풀이 죽은 채 말했다.

"여덟 마리요."

두루마기를 입은 중년 남성은 별일 아니라는 듯 말했다.

"여덟 마리 정도면 많은 것도 아니다. 작년에 내 친구 집에 늑대가 들어 삼십 마리도 넘게 물려 죽었단다. 얼마나 포악한 늑대인지 잡아먹지도 않을 거면서 하나하나 전부 물어 죽였어."

익바로의 얼굴에 다시 웃음이 묻어났다.

"오늘부터 매일 양 옆에 있을 거예요. 그럼 아무 일도 안 생길 테니까요."

익바로는 말을 하며 고개를 돌려 방금 막 태어난 새끼 양을 가리켰다.

"방금 또 양 한 마리가 태어났어요."

두루마기를 입은 중년 남성도 익바로의 손이 가리키는 방향을 바라봤다. 그곳에는 막 태어난 새끼 양 한 마리가 일어서려고 애쓰고 있었다.

두루마기를 입은 중년 남성은 익바로 앞으로 신문을 던졌다.

"보름에 한 번 나오는 신문이니 꼭 촌장님께 전해주렴. 여기에 여러 가지 뉴스가 많단다."

익바로는 성실하게 대답했다.

"걱정 마세요. 촌장님께 잘 전달해드릴게요."

외국인은 계속 두 사람의 대화를 지켜보았다. 두루마기를 입은 중년 남성이 떠나려고 하자 갑자기 뭔가 떠올랐는지 다가가 중국어로 물었다.

"중국어 할 줄 아세요?"

두루마기를 입은 중년 남성은 순간 당황했지만, 곧 어색한 중국어로 말했다.

"저는 중국어를 못합니다."

외국인은 소스라치게 놀라 말했다.

"방금 중국어 하셨잖아요."

두루마기를 입은 중년 남성은 잠시 머뭇거리더니 다시 중국어로 말했다.

"이 말밖에 못 해요."

외국인도 더는 말을 꺼내지 않았다.

두루마기를 입은 중년 남성은 티베트 말로 익바로와 외국인에게 잘 있으라고 인사하고는 오토바이를 타고 다시 흙길을 달렸다. 그의 뒷모습에서 또 흙먼지가 피어올랐다.

신문은 익바로와 외국인 사이에 떨어졌다. 그들은 눈으로 두루마기를 입은 중년 남성을 배웅했다.

마침내 두루마기를 입은 중년 남성이 풀숲으로 사라졌고 오토바이 소리도 점점 작아졌다. 이때 뒤에서 '메에' 하는 양 울음소리가 들렸다.

익바로가 고개를 돌려 쳐다보자 새끼 양이 드디어 네 발로 서 있었다. 하지만 똑바로 서 있지 못하고 계속 휘청거리더니 몇 걸음 떼지 못하고 다시 넘어져버렸다.

무슨 소리라도 들었는지 익바로가 고개를 돌려 외국인을 보았다. 외국인은 신문에 난 한 기사를 응시하고 있었다.

익바로도 외국인의 시선이 닿는 곳을 쳐다봤다. 흑백사진 한 장이 특히 눈에 띄었다. 고층 빌딩에 비행기가 부딪히는 사진으로 빌딩 주위는 연기에 휩싸여 있었다. 사진 아래에는 중국어가 빼곡하게 적혀 있었다.

무슨 상황인지 이해하지 못한 익바로가 고개를 들었다. 사진을 보는 외국인의 얼굴이 온통 눈물투성이였다.

사진을 보던 외국인이 익바로의 얼굴을 쳐다봤다. 눈물범벅이 된 얼굴로 아무 말도 하지 못했다.

익바로는 어떻게 해야 할지 몰라 외국인을 잠깐 보고는 위로의 말을 건넸다.

"분명 무슨 안 좋은 일이 생긴 거죠? 울지 말아요."

외국인이 영어로 말했다.

"내 고향에서 이번 달 11일에 아주 무서운 일이 생겼어. 많은 친척이 다 그곳에 살고 있는데도 전혀 모르고 있었어."

말을 마친 외국인의 눈에서 하염없이 눈물이 흘러내렸다.

이런 모습을 보면서도 익바로는 무슨 말로 위로해야 할지 몰랐다.

외국인은 갑자기 익바로를 안고 엉엉 울기 시작했다.

외국인에게 안기게 되자 익바로는 조금 긴장이 되었지만 금세 적응이 되었고 실컷 울도록 내버려두었다.

익바로의 뒤에서 또 새끼 양의 울음소리가 들려왔다. 익바로는 얼른 고개를 돌렸다.

새끼 양은 안정적으로 네 발로 서서는 꼬리를 흔들며 어미 양의 몸에서 젖을 찾고 있었다.

익바로는 외국인을 몇 차례 밀어내려 했지만, 외국인은 계속 울고만 있었다. 익바로가 다시 한 번 힘껏 외국인을 밀었다.

이번엔 외국인이 고개를 들었다. 익바로는 손가락으로 새끼 양을 가리키며 보라고 손짓했다.

새끼 양이 어미의 젖을 찾는 데 성공했는지 꿇어앉은 채 꼬리를 흔들며 젖을 빨고 있었다.

외국인은 울음을 멈추고 멍하니 그 모습을 바라봤다.

잠시 후 외국인이 자리에서 일어나 배낭을 짊어졌다.

그는 익바로를 보며 영어로 말했다.

"얼른 돌아가야겠어. 돌아가서 가족과 함께 있을 거야."

말이 끝나자 외국인은 챙이 넓은 모자를 쓰고는 철 울타리를 넘어갔다.

익바로는 넋이 나간 채 떠나가는 뒷모습을 바라보고 있었다.

외국인이 몇 발자국 걸어갔을 때 익바로가 갑자기 티베트 말로 말했다.

"안녕하세요."

외국인은 발걸음을 멈추고 다시 돌아봤다.

익바로는 철책 옆으로 다가갔다. 품 안 비닐봉지에서 야크 육포를 꺼내 외국인에게 건넸다.

"가면서 먹어요."

익바로의 말을 알아들었는지 외국인이 다가와 육포를 받아 들었다. 모자 밑으로 익바로의 얼굴을 잠시 보더니 말했다.

"꼭 다시 올게."

외국인은 몸을 돌려 다시 걷더니 얼마 못 가 다시 되돌아왔다.

그는 가슴에 달려 있던 포탈라 궁 기념 휘장을 빼 익바로에게 건넸다.

익바로는 잠시 머뭇거렸지만 결국 휘장을 받아 들고는 즐거운 듯 자세히 들여다보았다.

외국인은 익바로를 가만히 보면서 아무 말도 하지 않았다.

익바로도 그저 외국인의 얼굴을 쳐다보면서 아무 말도 하지 않았다. 모자의 넓은 챙에 가려져 외국인의 눈이 거의 보이지 않왔다.

외국인은 익바로의 어깨를 툭툭 치고는 다시 발걸음을 재촉했다. 신발 소리가 우렁찼다. 그가 풀숲을 완전히 떠날 때까지 계속 우렁찬 신발 소리가 울려 퍼졌다.

익바로는 멍하니 외국인이 떠난 쪽을 바라보고 있었다. 그의 신발 소리가 완전히 사라지자 갑자기 고개를 냅다 들어 머리 위에 있는 태양을 바라봤다. 여전히 수직으로 내리쬐는 한낮의 햇살에 눈이 따가웠다. 하지만 억지로 참으며 피하지 않았다. 갑자기 눈앞이 새하얗게 변하더니 아무것도 보이지 않았다. 깊은 두려움이 몰려들었다.

익바로의 주위에서 갑자기 양 울음소리가 끊임없이 울려 퍼졌다.

죽음의 색

그가 말을 이었다.
"죽음에 색이 있다고는 생각 못 했어."
그는 잠시 말을 멈췄고, 나도 그가 말할 때까지 가만히 기다렸다. 그가 다시 입을 열었다.
"그 색을 보고 다와에게 무슨 일이 생겼다는 걸 직감했어."

그 날 니마尼玛를 만나러 가는 동안 녀석을 만나서 할 말을 내내 고민했다. 하지만 결국 적절한 말을 찾지 못했다.

출발 전에 니마에게 전화를 걸었다.

"나 왔어. 너 보러 갈게."라고 말하자 수화기 너머에서 니마가 "응" 하고 짧게 대답하고 바로 끊었다.

니마에겐 다와达娃라는 쌍둥이 남동생이 있다. 사실 엄마 배 속에서 고작 몇 분 일찍 나왔을 뿐이지만, 니마는 '형'이라는 부담을 오롯이 떠안아야만 했다. 둘의 부모님이 일찍 돌아가시는 바람에 동생인 다와를 돌보는 일은 형 니마의 몫이 됐다. 가끔 귀찮은 일이 생길 때면 니마는 항상 투덜거렸다.

"몇 분 일찍 세상에 나왔다고 형 노릇을 해야 한다는 건 너무 억울해. 차라리 내가 동생이었으면 좋았을걸."

니마는 똑똑하고 뭐든지 잘하는 편이라 모두 그와 친구가 되고 싶어 했지만, 쌍둥이 동생인 다와와 친구가 되는 것은 다들 꺼렸다. 다와 머리에 문제가 있다고들 했다. 하지만 니마도 이것만큼은 인정하지 않았다. 그저 자기 동생이 아직 철이 덜 들어서 그런 거라고 좀 더 크면 좋아질 거라며 펄쩍 뛰었다.

다와가 열여섯 살 때였나, 어느 날인가 돌마卓玛의 가슴을 만지고 나서야 잔뜩 화가 난 니마가 다와에게 "너 진짜 머리에 문제가 있구나!"라고 말했다. 이렇게 화를 내봤자 다와는 그저 '킥킥' 거리며 웃을 뿐이었다.

돌마는 니마의 여자 친구이다. 대단한 미인이라 남자 녀석들이 넋을 잃고 그녀를 쳐다보기 일쑤였기에 내가 니마에게 이렇게 말했다.

"어떻게 이런 미인을 여자 친구로 만든 거야? 바보 천치인 다와도 돌마가 예쁜 건 알잖아."

니마가 대답했다.

"다와가 열여덟이 되면 정말 뭐든지 다 알게 될 거 같아."

나는 그저 재밌다며 웃고 말았지만 나와 달리 돌마는 잔뜩 화가 난 것 같았다. 나는 얼른 돌마를 위로하는 척했다.

"넌 기뻐해야지. 머리가 어떻게 된 바보천치까지도 네가 예쁘다잖아. 이건 네가 그냥 평범하게 예쁜 게 아니라는 거야."

니마는 웃었고 다와도 웃었다. 돌마는 여전히 화난 것처럼 보였지만 더는 신경 쓰지 않았다. 사실 속으로 아주 좋아하고 있을 거라는 걸 잘 알고 있었기 때문이다. 돌마는 사람들이 자신의 미모를 갖가지 표현으로 칭찬하는 것을 즐겼다. 똑똑한 여자니까 이 말이 최고의 찬사라는 것을 모를 리 없다.

다와의 머리에 진짜 문제가 있다는 걸 확인한 후, 니마는 가끔 자포자기라도 한 듯 말했다.

"에이, 다와가 나보다 먼저 태어나서 형이 되었다고 한들 무슨 소용 있겠어. 이 녀석이 이 꼴이 되어버리면 내가 녀석을 돌봐야 한다는 사실은 변하지 않는데 말이야. 대체 우리는 왜 형제인 거지?"

쌍둥이 남동생 때문에 니마와 돌마는 자주 다투곤 했다. 돌마는 줄곧 니마와 결혼하고 싶어 했지만 니마는 항상 이렇게 말했다.

"조금만 더 기다려줘. 다와 상태가 좀 나아지면 그때 결혼하자."

그때마다 돌마는 화를 냈다.

"형수 될 여자 가슴도 만지는 앤데, 좋아져봤자 얼마나 더 좋아지겠어?"

니마는 아무런 대꾸도 하지 않았다.

출중한 외모 덕에 돌마를 흠모하는 사람도 많았지만, 그녀가 좋아하는 사람은 오로지 니마뿐이었기 때문에 그녀도 더는 어떤 말도 할 수가 없었다.

사실 나도 한때 돌마를 좋아했었다. 하지만 이번 생에는 운이 그렇게 좋은 편이 아니라서 그녀와 잘 될 기회가 없다는 걸 알고 있었기에 포기했다. 돌마도 내가 자신을 좋아했었다는 사실을 알고 있었기에 평소 마음 놓고 속마음을 털어놓곤 했다.

"넌 재네 둘이 쌍둥이라는 걸 믿을 수 있어? 한 명은 뭐든지 척

척 해내는 엘리트인데, 나머지 한 명은 자기 콧물 하나도 제대로 못 닦고 눈코입도 제자리에 안 붙어 있는 바보잖아."

이런 말을 듣고 기분이 썩 좋지는 않았지만, 그래도 한숨 쉬며 대답했다.

"세상일이 다 그렇게 이상하지. 제대로 설명할 수도 없고 근거도 없고 말이야."

돌마는 그저 고개를 저으며 한숨을 내쉴 뿐이었다.

그러다 내가 불쾌해한 것을 눈치챘는지 웃으며 말했다.

"사실 너도 능력 있고 잘생겼어. 니마가 없었더라면, 분명 너를 좋아했을 거야."

위로하려고 꺼낸 말이었겠지만, 그 말을 듣고 나니 오히려 가슴 한 곳이 이상하게 아려왔다.

돌마는 가끔 바보 같은 소리를 한다.

다와의 외모에 관한 얘기는 사실 조금도 과장되지 않았다. 실제로 보면 확실히 조금 놀라기 때문이다. 눈코입이 제자리를 찾지 못한 듯 얼굴이 틀어져 있어 어떤 여자라도 그를 한 번 보고 나면, 절대 두 번 다시는 보고 싶어 하지 않을 거라고 확신한다.

돌마 앞에서 니마는 항상 다와를 아끼고 사랑하는 모습이다. 이런 모습 때문에 돌마가 니마를 더욱 존경하게 된 것 같다. 돌마는 부모님이나 형제들 앞에서도 항상 니마는 정말 마음씨가 착하다고 칭찬하면서 자신이 사람을 제대로 봤다고 말했다. 그녀의 친척들도 이 점에 대해서는 모두 동의하며 그들의 교제를 응원했다.

다와는 자신의 유일한 혈육이 니마라는 걸 아는지, 니마에게는 잔뜩 어리광을 부리면서도 다른 사람에게는 항상 거리를 두고 지나치게 친밀한 행동을 하지 않았다. 그때, 딱 한 번 생각지도 못하게 돌마의 가슴을 만진 사건을 제외하곤 말이다.

항상 좋은 형의 모습이지만, 가끔 니마도 돌마가 없을 땐 다와를 귀찮아하고 그의 행동에 짜증을 내며 이런 말을 했다.

"이 자식이 죽어버리면, 당장에라도 돌마와 결혼할 수 있을 텐데."

처음 이 말을 했을 때에는 스스로도 놀랐는지 얼이 빠진 채 다와의 얼굴을 쳐다봤다. 하지만 다와는 어떤 표정 변화도 없이 여전히 천진난만하게 웃고 있었다. 그날 이후, 니마는 아무런 거리낌도 없이 거의 입버릇처럼 이런 말을 했다.

하지만 돌마 앞에선 절대 그러지 않았다.

니마가 이런 말을 입에 올릴 때마다 나는 마음이 편치 않았다. 매번 화를 참지 못하고 니마를 노려보며 말했다.

"어떻게 자기 친동생한테 그런 말을 할 수 있어?"

니마는 전혀 상관없다는 태도였다.

"만약 너한테도 이런 쌍둥이 동생이 있고, 오랫동안 보살펴야 한다면, 너도 분명 이렇게 말했을 거야."

가끔 니마가 그럴 때면 '어떻게 이런 자식이랑 친구가 됐지?'라고 생각하기도 했다. 그러면 니마도 내 속을 꿰뚫어 보기라도 한 듯이 덧붙였다.

"죽는 것도 나쁘지 않아. 우리 부모님은 이미 돌아가셨으니까 고생스럽게 우리를 키울 필요가 없잖아. 내가 죽는다면 이렇게 고생하며 다와를 돌보지 않아도 될 거고. 만약 다와가 죽으면, 다와도 더는 그렇게 고생하며 살지 않아도 될 거야."

그럼 나는 오히려 조금 진지하게 말했다.

"불경에 사람으로 환생하는 게 얼마나 어렵다고 쓰여 있는지 알아?"

니마가 대답했었다.

"나도 알아, 하지만 난 죽는 게 사는 것보다 좀 더 쉬운 거 같아."

니마네 집까지 절반 정도 갔지만, 만나서 뭐라고 말해야 할지 고민이 되었고, 여전히 적절한 말이 떠오르지 않았다. 갑자기 앞쪽에서 사람들이 웅성거리는 소리가 들려왔다. 고개를 들어 쳐다보니 한 무리의 사람들이 뭔가 에워싸고 한창 떠들고 있었다. 내가 가까이 다가갔지만 아무도 눈치채지 못했다. 무슨 일인지 궁금해서 사람들을 비집고 들어가서 살펴봤다. 길가에 있는 돼지 무리 가운데 한 마리가 뭐에 물렸는지 형체를 알아볼 수 없을 정도로 온몸이 뜯겨 있었다.

옆에 있던 사람에게 물었다.

"무슨 일이에요?"

그 사람은 이상한 눈초리로 쳐다봤다.

"무슨 일이냐고요? 이 돼지가 다른 돼지한테 물려서 죽었다우."

나는 깜짝 놀랐다.

"뭐라고요? 돼지가 돼지를 물어 죽였다는 얘긴 난생처음 듣네요."

그 사람은 더는 아무런 대꾸도 하지 않았다.

사람들은 그곳에 모여 돼지한테 물려 죽은 돼지를 먹어도 되는지 토론하고 있었다. 어떤 사람은 '당연히 먹어도 되지, 못 먹을 일이 뭐가 있느냐' 하고, 또 어떤 사람들은 '동족한테 물려 죽은 돼지는 절대 먹으면 안 된다'고 했다. 또 어떤 사람들은 '논쟁할 필요가 있냐, 이 지경이 됐는데 그냥 태워버리자'고 했다. 결국 하나둘씩 잇달아 '태워요, 그냥 태워버려요'라며 목청을 높였다.

나는 그들을 뒤로한 채 발걸음을 옮겼다. 줄곧 날 괴롭게 했던 문제가 다시 머릿속에 떠올랐지만, 여전히 적절한 대답을 찾지 못했다.

보름 전쯤이었다. 니마의 쌍둥이 동생인 다와가 트럭에 치여 죽었다. 현장에서 목격한 사람들 증언에 따르면, 날카로운 브레이크 소리가 들렸고 다와의 몸이 공중으로 날아오르더니 낡디낡은 솜옷처럼 서서히 바닥으로 다시 떨어졌다고 한다. 니마가 황급히 현장에 도착했을 때, 다와는 이미 숨이 끊어진 후였다. 얼굴은 창백했지만, 웬일인지 눈, 코, 입은 마치 성형이라도 한 듯이 제자리를 찾아 평범한 사람의 얼굴을 하고 있었다고 했다.

니마는 울면서 말했다.

"이 녀석 죽고 나더니, 잘생겨졌구나."

다와를 쳤던 트럭 기사는 진작 차를 끌고 도망쳤다. 사람들이 얼른 신고해서 범인을 잡으라고 재촉했지만, 니마는 오히려 이렇게 말했다.

"그냥 내버려둘래요. 분명 다와가 잘못했을 거예요. 머리에 문제가 있었으니까요."

니마의 남동생이 사고를 당해 죽었을 때, 나는 외지에 있어 당장 갈 수가 없었다.

다와의 죽음과 관련된 얘기는 모두 전해 들은 것이다.

지금이라도 서둘러 돌아가는 것은 니마를 만나기 위해서다. 다와의 장례도 아주 단출하게 치렀다고 들었다. 장례를 치를 때 가지 못했기 때문에 계속 미안한 마음이 있었다.

니마의 집에 거의 도착했지만, 난 여전히 적절한 말 한마디가 떠오르지 않아 아주 답답했다.

친동생인 다와를 빼면 니마에게 가장 가까운 동성 친구는 분명 나일 것이다. 이건 니마도 여러 번 말하곤 했었다. 이런 사이였기에 니마의 동생이 죽었을 때, 나도 어떤 책임감 같은 게 느껴져 마음이 불안했었다.

니마를 만나고, 내가 뭐라고 말을 꺼내기도 전에 뜻밖에 니마가 먼저 입을 열었다.

"이 망할 놈의 녀석, 다와는 내가 저주해서 죽인 거나 다름없어."

적절한말이 떠오르지 않았다. 니마는 계속 말했다.

"만약 내가 입버릇처럼 저주를 퍼붓지만 않았어도 죽지 않았을 거야."

그제야 나는 입을 뗐다.

"그건 네가 다와를 끔찍이 생각해서 한 말이었잖아."

니마에게 맨 처음 한 말이 이 말일 거라곤 전혀 생각지 못했다. 니마는 그제야 내 얼굴을 보더니 물었다.

"정말 그렇게 생각해?"

나는 고개를 끄덕였다. 그러자 그는 예상치 못한 말을 했다.

"하지만 내가 그런 말을 자주 해서 다와가 죽은 거라고 누군가가 그랬어."

이때서야 비교적 적절한 말을 생각해냈다.

"죽고 사는 건 하늘이 결정하는 거지, 우리 마음대로 되는 게 아니야. 이런 일은 누구에게나 일어날 수 있어."

말을 하고 나니, 왠지 바보 같다는 생각이 들었다. 조금도 적절하지 않았다.

역시나 위로는커녕 오히려 니마의 화를 돋우고 말았다.

"때려죽여도 시원찮을 트럭 기사 같으니! 감히 사람을 치고 도망쳐? 만약 내 손에 잡히면 반드시 가죽을 죄다 벗기고 혈관을 몽땅 뽑아버릴 거야!"

그의 얼굴을 보며 조금 놀라 나도 모르게 이렇게 말했다.

"죽고 사는 건 하늘이 결정하는 거야. 너무 마음 쓰지 마."

아주 시의적절한 말이라고 생각했다. 하지만 이 말에 니마는 되레 눈물 콧물을 흘리며 울어버리고 말았다. 그는 눈물과 콧물을 훔쳐 바지에 쓱 닦더니 말했다.

"어떻게 마음을 안 써, 내가 죽인 거나 다름없는데."

그리곤 다시 아이처럼 큰 소리로 목 놓아 울기 시작했다.

니마가 이렇게 우는 모습을 단 한 번도 본 적이 없었기에, 나는 깜짝 놀랐다.

그는 울면서 말했다.

"우리 함께 양 치러 갔을 때 기억해? 내가 다와를 낭떠러지에서 밀어버리고 싶다고 했었잖아."

나는 고개를 끄덕였다. 당시에 그 말을 듣고 아주 놀랐던 기억이 있다.

그는 계속 울먹이며 말했다.

"내가 대체 왜 그랬지? 그때는 다와를 낭떠러지에서 밀어버리고 싶은 마음이 정말 굴뚝같았어. 그날 마귀한테 씐 게 분명해. 분명 마귀한테 홀려서 저주를 퍼부어 죽게 한 거야."

"예상치 못한 사고였어. 네 탓이 아니야. 맹세할게."

나는 또 바보 같은 소리를 했다고 생각했다. 그는 얼이 빠진 채 내 얼굴을 잠깐 보았고 이윽고 울음소리도 조금 잦아들었다. 그러나 여전히 작은 소리로 흐느껴 울고 있었다.

"사고가 나던 그 날, 비록 현장에 없었지만 무슨 일이 생겼는지 알 수 있었어."

놀란 나는 말없이 그의 얼굴을 보며 다음 말을 기다렸다.

그는 잠시 말을 멈추더니 흐느껴 울던 것도 완전히 멈추고는 진지하게 말했다.

"그날 죽음의 색을 봤거든."

나는 너무 놀라 그가 계속 말하기를 기다렸다. 그가 말을 이었다.

"죽음에 색이 있다고 생각 못 했어."

그는 잠시 말을 멈췄고, 나도 그가 말할 때까지 가만히 기다렸다.

그가 다시 입을 열었다.

"그 색을 보고 다와에게 무슨 일이 생겼다는 걸 직감했어."

나는 속으로 좀 이상하다고 생각했다. 죽음이라는 건 대체 어떤 색이지? 그러면서도 이 상황에 그런 생각을 하면 안 된다고 자책했다.

그는 이어서 말했다.

"그건 네가 살아오면서 평생 한 번도 보지 못한 그런 색일 거야. 만약 네가 그 색을 본다면, 너도 분명 죽음이 다가왔다는 걸 직감할 수 있을 거야."

내 머릿속엔 계속 '죽음은 대체 무슨 색일까?' 하는 물음이 가득차 있어, 그다음에 무슨 얘기를 했는지도 전혀 기억나지 않았다.

함께 저녁을 먹고 나서야 돌마가 없다는 것을 깨달았다. 니마에게 물었다.

"돌마는?"

"다와 장례를 치른 다음부터 계속 날 상대도 안 해."

"왜?"

"모르겠어. 여자 마음을 어떻게 알겠어."

나는 아무 말도 하지 않았다. 그러자 니마가 다시 입을 열었다.

"내일 돌마한테 좀 가봐."

다음 날 나는 돌마를 만나러 갔다.

가는 도중에 아는 사람들을 만났다.

"니마 만났어?"

나는 대답했다.

"응. 만났어."

그들은 고개를 끄덕이더니 아주 진지한 표정으로 다시 물었다.

"지금 어디 가는 거야?"

나는 대답했다.

"니마 부탁으로 돌마 보러 가."

순간 모두 표정이 변하더니 나를 재촉했다.

"그래, 가봐. 얼른 가봐."

그게 대체 어떤 의미인지 전혀 알지 못한 채, 난 돌마의 집으로 향했다.

나를 본 돌마가 내 품으로 달려들더니 가슴팍에 얼굴을 묻고 울기 시작했다.

그렇게 그녀는 내 품에서 한참을 울었다. 나도 막지 않고 실컷 울게 내버려두었다.

어느새 울음을 그친 돌마가 내게 뜬금없는 말을 했다.

"너 나 좋아했던 거 맞지?"

나는 진지하게 말했다.

"이 상황에 갑자기 그런 걸 왜 물어?"

돌마는 말했다.

"네가 나 좋아했었다는 거 알아. 너 나한테 장가 와라."

깜짝 놀란 나는 그녀의 얼굴을 빤히 쳐다보았다.

그녀는 자연스러운 표정으로 말을 이었다.

"그저 진심으로 나를 좋아해주는 사람을 찾아서 당장 시집가고 싶다는 생각뿐이야."

"그럼 니마는?"

"니마는 날 좋아하지 않아. 걔 마음속엔 오로지 다와밖에 없어. 다와가 죽고 나서야 그걸 분명하게 알았어."

돌마를 내 품에서 떼어내고는 말했다.

"그럴 리 없어. 니마는 줄곧 너를 좋아했어."

"예전엔 나도 그렇게 믿었어. 하지만 이제 확실히 알겠어. 걔 마음속엔 내가 없어."

"그게 무슨 말이야?"

"어쨌든 걔 마음속에 나는 없다는 걸 알았어."

"이유를 말해줘야지."

"말하기가 좀 그래."

돌마의 대답은 애매모호했다.

"말 못할 게 뭐가 있어? 이유를 말해줘야 알지."

잠시 생각하더니 돌마가 다시 입을 열었다.

"아마 열흘 전쯤이었을 거야. 다와 장례를 다 치르고 난 후, 니마가 우리 집으로 뛰어오더니 잔뜩 흥분해서는 나한테 결혼하자는 거야. 난 기뻤지. 물론 계속 바라던 일이었으니 아주 기뻤어. 하지만 지금은 때가 좋지 않으니까 좀 더 기다렸다 하자고 말했어. 그런데도 계속 당장 결혼하자고 재촉하는 거야. 더는 기다리지 못하겠다면서. 그래서 나도 뭐라 말 못하고 그냥 동의했어."

여기까지 말하고는 또다시 말을 멈췄다.

그녀의 얼굴을 보며 내가 말했다.

"잘된 거 아니야? 너 계속 니마랑 결혼하고 싶어 했잖아."

돌마의 대답은 의외였다.

"아니, 내가 좋아서 결혼하자는 게 아니었단 걸 알았거든."

내가 물었다.

"그게 아니면 뭔데?"

돌마는 입을 꾹 닫았다.

나는 돌마의 얼굴을 쳐다보고 있었고, 그녀의 얼굴은 조금씩 벌겋게 달아올랐다.

잠시 후에 그녀가 겨우 다시 말을 꺼냈다.

"그날 밤, 니마가 나를 안고 싶다고 했어. 나도 물론 원했어. 지금까지 니마는 날 안을 때마다 항상 신중했어. 애라도 생기면 골치 아프다면서 알아서 콘돔도 챙겼고. 근데, 그날따라 이상하게 그걸 쓰지 않는 거야. 이상한 생각에 왜 쓰지 않느냐고 물었어. 그랬더니 대뜸 아이를 갖고 싶다는 거야. 아직 결혼식도 안 올렸는데 그건 안 된다고 말했더니, 니마가 뭐라고 했는지 알아? 자기가 라마*를 찾아가 계산을 해봤는데, 사후 49일 전에는 다와가 자기 집으로 환생할 수 있다고 했대. 그러면서 서두르지 않으면

* 티베트 불교인 라마교의 노승

늦는다는 거야….”

여기까지 말하더니 다시 입을 다물었다.

이때 나는 뭐라고 말해야 할지 혼란스러웠다. 감히 그녀의 얼굴을 쳐다볼 수도 없었다. 마치 내가 무슨 큰 잘못이라도 저지른 느낌이었다.

뜻밖에도 돌마가 다시 입을 열었다.

“이제 너도 알겠지? 니마 마음속엔 다와뿐이야. 난 없어. 걔는 날 무슨 도구로 생각하나 봐.”

난 고개를 더 깊이 떨궜다.

그녀가 지금 날 보고 있는지는 알 수 없었지만, 계속 목소리가 이어졌다.

“바로 니마를 침대에서 걷어차고 바로 집 밖으로 내쫓았어.”

나는 고개를 들고 그녀를 쳐다봤다.

그녀가 말했다.

“다시는 니마를 보고 싶지 않아.”

그녀도 내 얼굴을 빤히 보았다.

나는 또다시 고개를 떨구고 말았다.

그녀가 말했다.

“지금 나는 나 좋다는 남자 만나서 시집가고 싶은 생각밖에 없어. 말해봐. 넌 내가 좋아 싫어?”

나는 잠시 생각하고 다시 고개를 들어 말했다.

“널 제일 좋아하는 사람이 니마라는 거 잘 알잖아.”

그녀는 냉소를 짓더니 매섭게 말했다.

"나도 알아."

나는 계속 말했다.

"다와가 살아 있을 때, 니마가 나한테 자주 했던 말이 뭔 줄 알아?"

돌마가 물었다.

"뭔데?"

나는 말했다.

"니마는 자주 그랬어. '이 자식이 죽어버리면, 지금 당장에라도 돌마와 결혼할 수 있을 텐데'라고."

돌마는 매우 놀라더니 전혀 예상하지 못했다는 표정으로 나를 바라봤다.

내가 계속 말을 이었다.

"니마는 그저 네 앞에서만 그런 말을 하지 않았던 거야. 그땐 널 잃는 게 두려웠고, 지금은 어떻게든 다와를 잡고 싶은 거겠지. 니마 삶에서 가장 중요한 사람이 너와 다와라는 걸 알아야 해."

돌마는 놀라 입이 조금씩 벌어지면서 나를 쳐다봤다.

나는 말했다.

"얼른 니마한테 가봐. 니마한테 지금 가장 필요한 건 바로 너야."

둘이 함께 집을 나서다가 니마의 말이 떠올라 돌마에게 물었다.

"니마가 죽음의 색을 봤다는 얘기, 너한테도 했어?"

"응, 그때는 계속 그런 이상한 소리만 했어."

"그럼 어떤 색인지 물어봤어?"

"이런 꼴을 당했는데 무슨 기분으로 그런 이상한 걸 물어보겠어?"

갈림길에 도착해서 우리는 헤어졌다. 헤어지기 전에 그녀에게 말했다.

"얼른 가서 니마 곁에 있어 줘."

돌마는 고개를 끄덕이고는 서둘러 발걸음을 옮겼다.

나는 또 말했다.

"좀 지나고 보러 가겠다고 니마한테 전해줘!"

기억 속 두 사람

동짓날엔 날씨가 유난히 추웠다. 다들 꼼짝 않고 집 안에만 있는지 마을 길에는 한 사람도 보이지 않았다. 뜻밖에 엄마 쉬투파엔이 나왔다. 그녀는 맨발로 절뚝거리며 마을의 오솔길을 걷다가 종종 고개를 들어 하늘을 쳐다봤다. 날이 어둑해지더니 검은 먹구름이 몰려와 답답할 정도로 온 하늘을 완전히 뒤덮었다.
엄마 쉬투파엔이 말했다.
"어라? 하늘이 왜 사라졌지?"

몇 년 전인가 마을 사람들이 입을 모아 엄마 쉬투파엔冷措 머리가 고장 나버렸다고 말했다. 엄마 쉬투파엔은 일 년에 딱 두 번 옷을 갈아입었다. 여름부터 겨울이 오기 전까지는 차가운 기운이 소매나 옷깃 사이로 조금이라도 들어올까 두려운 듯 아주 두꺼운 털외투로 자신의 몸을 빈틈없이 꽁꽁 싸맸다.

그 모습을 본 사람들은 박장대소하며 물었다.

"엄마 쉬투파엔, 그렇게 입고 안 더우세요?"

그녀도 웃음을 터트리며 대답했다.

"하나도 안 더워. 이 털외투는 정말 편하거든."

어떤 이들은 고개를 저었고, 어떤 이들은 그저 '하하' 웃어넘겼다.

겨울이 오면 그녀는 털외투를 벗어 던지고는 다른 사람들이 여름에나 입을 얇은 옷을 입고 봄까지 지낸다.

사람들이 그녀의 이런 모습을 보고는 또 박장대소하며 물었다.

"엄마 쉬투파엔, 그렇게 입고 안 추우세요?"

그녀도 웃음을 터트리며 대답했다.

"하나도 안 추워. 이 셔츠는 정말 편하거든."

결국, 또 어떤 이는 고개를 저었고, 어떤 이들은 그저 '하하' 웃고 넘긴다.

그녀는 겨우내 그저 얇디얇은 셔츠 하나만 입고 있다. 누군가가 회상하길, 처음에는 분명 멀쩡하던 흰색 셔츠가 두 해가 지나자 원래 무슨 색이었는지, 어떤 재질이었는지 불분명해지더니 시간이 흐를수록 원래 색과 재질을 도통 알아볼 수 없게 되었다고 한다.

어느 해 겨울 향촌 간부가 실태 조사차 마을을 찾았을 때였다. 엄마 쉬투파엔의 옷차림을 보고는 마을 촌장을 불러 호되게 꾸짖었다.

"아무도 이 어르신을 돌보지 않습니까?"

"형제도 자식도 없습니다. 혼자 여기에 살고 있죠."

향촌 간부는 촌장의 말에 깜짝 놀라 입이 벌어진 채 잠시 멍해 있더니 다시 물었다.

"그게 말이 됩니까! 친척도 없어요?"

"없습니다. 확실해요."

"한겨울에 이런 차림으로 다니는 걸 보고도 마을 위원회는 신경도 안 씁니까?"

"신경 쓰죠. 저희도 항상 먹을 거나 다른 부분은 챙겨드리고 있어요. 그렇다고 마을 위원회에서 일일이 챙겨드릴 수는 없는 노릇 아닙니까?"

"지금 그걸 말이라고 합니까? 말이라고 해요!"

간부의 말에 촌장은 고개를 숙인 채 아무 말도 하지 않았다.

향촌 간부가 말을 이었다.

"됐어요. 이렇게 불쌍한 어르신을 마을에서 안 챙기니, 앞으로는 우리 향촌에서 챙기겠습니다!"

그날 향촌 간부는 촌장댁 솥에서 맛있게 만들어진 양고기도 먹지 않고 씩씩거리며 마을을 떠났다.

며칠 후 엄마 쉬투파엔은 나라에서 의식주와 의료, 장례 다섯 가지 항목을 모두 보장받게 되었다. 마을에서 이런 혜택을 받는 사람은 엄마 쉬투파엔이 유일하다. 다섯 가지 보장을 받게 됐음에도 불구하고, 엄마 쉬투파엔은 옷 두 벌로 일 년을 버티는 습관을 아직도 고치지 못했다. 심지어 여름과 가을에는 더욱 두꺼운 옷을, 겨울과 봄에는 더 얇은 옷을 입었다.

향촌 간부가 상황을 조사하기 위해 다시 마을을 찾았을 때, 마을 촌장은 엄마 쉬투파엔을 그녀 집의 어두운 방에 가두고는 청년 둘을 보내 문 앞을 지키게 했다.

향촌 간부가 엄마 쉬투파엔의 일을 묻자 촌장은 히죽거리며 말했다.

"잘 지내죠. 아주 잘 지냅니다. 당의 정책 덕분에 겨울에는 따뜻하게 두꺼운 옷을 입고, 여름에는 시원하게 얇은 옷을 입게 됐습니다."

간부는 즐거워하면서 말했다.

"다음에 올 때는 그 어르신 집에 가봐야겠으니 안내해주세요."

촌장은 시종일관 "알겠습니다. 꼭 그렇게 하겠습니다."만 반복했다.

간부는 촌장이 일 처리를 잘했다며 칭찬했다.

촌장은 겸손하게 대답했다.

"아닙니다. 당연히 해야 할 일인걸요."

그날 간부는 지난번처럼 바로 돌아가지 않고 촌장댁에 들러 양고기를 먹고 마을 총무가 들고 온 미주도 두 병이나 마셨다.

간부가 돌아간 후, 촌장은 문 앞을 지키고 있던 두 청년에게 즉시 엄마 쉬투파엔을 놓아주게 했다. 엄마 쉬투파엔은 어두운 방에서 빠져나오자마자 실성이라도 한 듯 큰소리로 뭔가 마구 외치기 시작했다. 그렇게 꼬박 사흘 밤낮을 마을 곳곳을 이리저리 뛰어다니며 소란을 피웠다.

마을의 현명한 노인 몇 명이 촌장에게 말했다.

"엄마 쉬투파엔이 이 지경인데 활불을 모셔 와 상태를 좀 봐야 하지 않겠나?"

촌장은 엄숙한 표정으로 대답했다.

"오랜 세월 온갖 풍파를 겪어오신 분들이 어찌 이렇게 깨어 있지 못하십니까? 당원인 저는 이런 일에 동조할 수 없습니다. 하지만 어르신들이 꼭 그렇게 하셔야 한다면 저도 반대는 하지 않겠습니다. 당에서는 종교와 신앙의 자유를 제창하고 있으니까요."

노인들은 말의 의중을 파악했는지 고개를 끄덕였다.

그중 한 노인이 엄마 쉬투파엔에게 찾아가 이 일을 설명했다.

노인은 엄마 쉬투파엔이 평소 손목에 차고 있던 염주가 사라진 것을 알고 이상하게 여겨 즉시 물었다.

"쉬투파엔, 조상 대대로 내려오던 자단목 염주는 어쨌어요? 항상 차고 다녔잖아요."

엄마 쉬투파엔은 잠시 생각하더니 느닷없이 이렇게 말했다.

"염주는 우리 집 쥐가 먹어버렸어요."

노인이 되물었다.

"뭐라고요? 쥐가 먹어요?"

엄마 쉬투파엔은 손가락을 펴 수를 세기 시작했다.

"이미 여러 날 됐어요."

노인은 깜짝 놀라 그녀의 얼굴을 쳐다보았다.

엄마 쉬투파엔이 입을 열었다.

"쥐가 우리 집 검은 고양이를 잡아먹고 갑자기 몸집이 엄청나게 커졌어요. 원래 있던 고양이보다 훨씬 더 커졌어요."

더욱 놀란 노인이 그녀를 가만히 쳐다보았다.

엄마 쉬투파엔은 뜻밖에도 상심한 듯 말했다.

"그 염주도 쥐가 한 알씩 먹어버렸어요. 한 알 먹을 때마다 몸집이 조금씩 커지더니 나중엔 염주를 꿰었던 실까지 먹어버렸지 뭐예요."

노인은 혼잣말하듯 웅얼거렸다.

"아무래도 더 미루면 안 되겠어. 얼른 활불께 데려가 봐야지."

엄마 쉬투파엔은 솔깃한 표정을 지었다.

"활불이요?"

"네, 활불이요."

엄마 쉬투파엔은 마치 생각에 잠긴 듯한 모습이었다.

그 후 노인들은 건장한 마을 청년 몇 명에게 부탁해 엄마 쉬투파엔을 사원의 활불 앞으로 데려갔다.

활불은 엄마 쉬투파엔의 모습을 가만히 보더니 눈을 감고 소리 내 불경을 읊었다.

"전생에 지은 업보 때문에 이렇게 된 거지요. 누구도 고칠 수 없을 것입니다."

기대에 부풀었던 노인들의 얼굴에 일순간 어둠이 짙게 내려앉았다.

엄마 쉬투파엔이 활불을 보며 말했다.

"누구시더라? 어디서 본 거 같은데."

노인과 청년들이 엄마 쉬투파엔의 머리를 눌러 활불께 고두를 시키려 했다. 이 모습을 본 활불은 되레 손을 흔들어 엄마 쉬투파엔을 놓아주라고 표시했다.

엄마 쉬투파엔은 풀려나자 금세 조용해졌다.

활불은 불단에서 호신부를 하나 꺼내 옆에 있는 연로한 노인에게 건넸다.

"돌아가서 이걸 목에 걸어주세요. 아마 조금 도움이 될 겁니다."

그날 이후 사람들은 엄마 쉬투파엔의 목에 붉은 호신부가 걸려 있는 모습을 볼 수 있었다. 계절이 아무리 변해도 그녀의 목에는 항상 호신부가 걸려 있었다.

겨울이 다가오던 어느 날 갑자기 추위가 들이닥쳤다. 사람들은 장롱 깊숙이 넣어두었던 두꺼운 솜 외투를 일찍부터 꺼내 입었다. 엄마 쉬투파엔도 얇은 셔츠로 갈아입었다. 소매 한쪽은 어디 갔는지 나머지 한쪽만 덩그러니 남아 있는 셔츠였다. 추운 날씨에도 엄마 쉬투파엔은 오히려 맨발로 온 마을을 뛰어다녔다. 아예 신발도 신지 않았다. 먼발치에서 그 모습을 보고 있던 사람들은 조금 걱정스레 엄마 쉬투파엔의 상태가 더 나빠진 것 같다고 말했다.

동짓날엔 날씨가 유난히 추웠다. 다들 꼼짝 않고 집 안에만 있는지 마을 길에는 한 사람도 보이지 않았다.

뜻밖에 엄마 쉬투파엔이 나왔다.

그녀는 맨발로 절뚝거리며 마을의 오솔길을 걷다가 종종 고개를 들어 하늘을 쳐다봤다. 날이 어둑해지더니 검은 먹구름이 몰려와 답답할 정도로 온 하늘을 완전히 뒤덮었다.

엄마 쉬투파엔이 말했다.

"어라? 하늘이 왜 사라졌지?"

그 말에 먼발치에 있던 한 중년 남자가 답했다. 그는 초라하게 옷 한 벌만 걸친 채 자기 집 담 옆에서 부들부들 떨고 있었다.

"하늘은 먹구름이 집어삼켰어요."

높은 담장 옆에 서 있는 남자는 아주 작아 보였다.

엄마 쉬투파엔이 말했다.

"당신은 왜 그렇게 작죠?"

중년 남자이 말했다.

"이쪽으로 오면 내가 커질 거예요."

엄마 쉬투파엔은 남자가 있는 곳으로 걸어갔다.

"그러네요. 정말 커졌네요."

중년 남자는 '헤헤' 웃었는데 어째 그 모습이 조금 험상궂게 보였다.

엄마 쉬투파엔도 무서웠는지 뒤로 물러서서 그를 보며 말했다.

"당신 웃는 모습이 왜 그렇게 늑대 같죠?"

중년 남자가 말했다.

"진짜 늑대처럼 웃을 수 있으면 좋겠네요."

엄마 쉬투파엔은 하늘을 올려다보더니 말했다.

"아, 이제 알았어요. 알고 보니 먹구름도 웃고 있던 거였네요. 먹구름이 늑대 이빨처럼 생겼어요."

중년 남자는 하늘을 올려다보더니 다시 엄마 쉬투파엔을 보았다. 그러더니 담장 쪽으로 물러서서 아무 말이 없었다.

엄마 쉬투파엔은 큰 소리로 웃으며 말했다.

"저 먹구름이 입을 크게 벌려 우리를 잡아먹을 거예요. 온 마을 사람들을 한입에 전부 집어삼켜버릴 거라고요."

중년 남자가 말했다.

"엄마 쉬투파엔, 열 안 나요?"

"안 나요."

"그럼 얼굴이 왜 그렇게 빨갛죠?"

"못 견딜 정도로 더운걸요."

중년 남자는 엄마 쉬투파엔의 얼굴을 쳐다보며 말했다.

"왜 못 견딜 정도로 덥죠?"

엄마 쉬투파엔은 잠시 생각하더니 대답했다.

"아까 집에서 나오기 전에 양머리를 고아 만든 국을 먹었거든요. 어찌나 맛있던지!"

"양머리는 어디서 났어요?"

엄마 쉬투파엔은 '히히'거리며 웃더니 말을 이었다.

"훔쳤죠. 어제 이웃집에서 양을 잡았는데 양머리를 문기둥에 걸어놨더라고요. 그걸 훔쳐다가 껍질을 벗기고 푹 고아서 먹었어요."

중년 남자가 웃기 시작했다.

엄마 쉬투파엔은 계속 말했다.

"당신, 지금 추워서 떠는 것 같은데 양머리 국 한 그릇 먹어요. 우리 집에 아직 한 솥 가득 남아 있어요."

"전 됐어요. 놔뒀다 드세요."

"당연히 먹어야죠. 전부 다 먹으려면 보름은 족히 걸릴 거예요."

"나중에 우리 집에서 양을 잡으면 그 양머리도 드릴게요. 또 끓여 드세요."

엄마 쉬투파엔은 웃으며 말했다.

"그럼 앞으로 삼십 일은 양머리 국을 먹을 수 있겠네요."

중년 남자는 '하하하' 웃기 시작했다.

엄마 쉬투파엔이 갑자기 말했다.

"웃지 마세요. 먹구름이 다시 하늘을 물려고 해요. 크게 베어 물 거예요."

순간 중년 남자는 웃음을 멈추고 엄마 쉬투파엔의 얼굴을 쳐다봤다.

엄마 쉬투파엔은 기이한 표정으로 물었다.

"못 들었어요? 아까 '우지끈' 하는 소리가 났어요. 늑대가 양 목을 물고 비틀 때 나는 것 같은 소리요."

중년 남자는 조금 무서워하며 하늘을 쳐다보더니 귀를 하늘에 대고 자세히 소리를 들었다. 아무 소리도 들리지 않자 손으로 귀를 한 차례 때린 후, 계속 하늘에 귀를 대고 소리를 들었다.

엄마 쉬투파엔이 물었다.

"지금 뭐 해요?"

중년 남자가 대답했다.

"먹구름이 하늘을 무는 소리를 들으려는 거예요."

엄마 쉬투파엔이 웃으며 말했다.

"아까 한 번 물고는 끝이에요. 지금 안 물어요."

"어쩐지, 그래서 못 들은 거였군요."

"이따 또 물면 미리 알려줄게요."

"어르신은 먹구름이 언제 하늘을 물지 알 수 있어요?"

"난 알아요."

"어떻게요?"

"그건 나도 잘 모르겠어요."

중년 남자는 이상한 표정으로 엄마 쉬투파엔의 얼굴을 뚫어지게 쳐다보았다.

엄마 쉬투파엔이 말했다.

"보지 마세요."

"왜요?"

"그렇게 보고 있으니까 남자가 여자를 보고 있는 거 같잖아요."

중년 남자가 웃으며 말했다.

"설마, 난 남자도 아니란 거예요? 지금 남자가 여자를 보고 있는 거 맞아요."

"그런 말이 아니에요. 이게 어떤 모습인지 생각났어요. 마치 아주 오래전 내 남편이 나를 볼 때와 같은 거예요."

중년 남자는 웃으며 엄마 쉬투파엔 앞으로 다가왔다.

"알았어요. 안 볼게요. 그럼 지금부터 어르신이 저를 보세요."

"나도 그렇게 남자 얼굴을 보지 않을 거예요."

중년 남자는 엄마 쉬투파엔의 말에 신경 쓰지 않았다.

"제가 누군지 아세요?"

엄마 쉬투파엔이 대답했다.

"누군지 몰라요."

"같은 마을에 사는 사람인데."

"잘 모르겠어요. 난 아는 사람이 한 명도 없어요."

"우리가 먼 친척이래요."

"난 모르겠어요."

"우리 아빠의 엄마의 엄마의 여동생하고 어르신 엄마의 아빠의 아빠의 형이 배다른 남매라고 하던데요."

"잘 모르겠어요."

"친척 맞아요. 어르신들이 자주 말씀하셨거든요."

엄마 쉬투파엔이 말했다.

"난 아버지 이름도 기억나지 않는걸요."

"그럼 어머니 이름은요?"

"그것도 기억 안 나요."

"헤헤, 정말 이상한 분이시군요."

엄마 쉬투파엔이 말했다.

"난 이상한 사람이 아니에요. 그냥 많은 일이 기억나지 않을 뿐이에요."

"자기 부모님 이름도 기억 못 하는데, 그래도 이상한 사람이 아니에요?"

엄마 쉬투파엔은 부들부들 떨었고 기괴한 표정이 얼굴을 가득 덮었다. 그녀는 손짓으로 중년 남자의 말을 막더니 이내 목소리를 낮추고 말했다.

"서둘러요, 먹구름이 또 하늘을 물려고 해요."

중년 남자도 말을 멈추고 다시 한번 손으로 귀를 때렸다. 그리곤 다시 먹구름으로 가득한 하늘에 갖다 댔다.

중년 남자는 이 자세로 일 분 넘게 있었다.

엄마 쉬투파엔이 말했다.

"이번엔 들었죠? '우지끈' 하는 소리가 아까보다 훨씬 컸잖아요."

중년 남자는 몸을 곧게 펴더니 실망한 듯 입을 열었다.

"뭐라고요? 벌써 물었어요?"

"진작 물었죠, 아까보다 훨씬 더 많이 물어서 피도 엄청 많이 흘렸다고요."

중년 남자는 실망한 기색이 역력했다.

"전 이런 운은 없나 봐요."

"많이 추운가 봐요? 얼굴이 돼지 간처럼 변했네요. 근데 왜 밖에 나와 있어요?"

중년 남자의 얼굴에 슬픈 표정이 드리우더니 "에잇" 하는 외마디를 내뱉었다.

엄마 쉬투파엔이 말을 이었다.

"집에 틀어박혀 있으면 얼마나 좋아요. 보세요. 밖에 한 사람도 없잖아요. 이런 날에는 애들도 나오지 않는다고요."

중년 남자는 한숨을 내쉬더니 입을 열었다.

"에잇, 마누라한테 쫓겨났어요."

엄마 쉬투파엔은 '히히' 거리며 웃었다.

중년 남자가 다시 말했다.

"기분도 안 좋은데 왜 비웃어요?"

"비웃는 게 아니에요. 나도 예전에 비슷한 행동을 한 적이 있거든요."

"어르신은 제 아내가 누군지 아세요?"

"몰라요."

"제 아내는 예전에 이 주변에서 제일 예쁜 여자였어요."

"복이 많은 남자군요."

"어르신도 예전에 미인이셨다고 다들 그러시던데요."

엄마 쉬투파엔은 여자아이처럼 부끄러워하며 웃더니 말을 이었다.

"뭐가 예전이라는 거예요? 지금도 예뻐요."

중년 남자가 맞장구를 쳤다.

"맞아요. 지금도 미인이세요."

엄마 쉬투파엔은 또다시 부끄러워하며 웃었다.

중년 남자는 고개를 저으며 말했다.

"아름다운 여자를 아내로 맞이한 게 너무 후회돼요."

엄마 쉬투파엔이 그를 뚫어지게 쳐다보았다.

"아름다운 여자에게 장가가놓고 그렇게 생각하면 안 되죠."

말문이 막힌 중년 남자가 핑곗거리라도 찾는 듯 하늘을 올려다보며 말했다.

"먹구름이 또 하늘을 물까요?"

엄마 쉬투파엔도 하늘을 올려다보며 말했다.

"그렇지는 않을 것 같아요. 하늘도 조금 화가 났거든요. 더는 참지 않을 거예요."

중년 남자가 이해할 수 없다는 듯 물었다.

"참지 않는다는 게, 무슨 말이에요?"

중년 남자는 그 이상 하늘과 먹구름 얘기를 꺼내지 않고 그저 엄마 쉬투파엔의 얼굴만 쳐다보았다.

"어르신 얘기 좀 해봐요. 아무것도 기억하지 못하신다고 했죠?

그럼 생각나는 건 있어요?"

"아무것도 없어요."

"두 사람은 기억하고 있는 거 아니에요?"

"아, 두 사람을 말하는 거였어요? 그럼요. 기억하죠. 제가 유일하게 기억하는 건 두 사람뿐인걸요."

중년 남자가 다시 물었다.

"왜 두 사람뿐이에요?"

"나도 모르겠어요. 그냥 두 사람만 떠올라요. 두 사람은 세상에서 제일 행복한 사람이죠."

중년 남자는 기운이 없어 보였지만 쉬지 않고 계속 질문을 퍼부었다.

"그 두 사람이 누구죠?"

엄마 쉬투파엔의 눈에서 빛이 반짝거렸다.

"내 남편하고 아들이요."

"남편분하고 아들 이름 기억나요?"

엄마 쉬투파엔의 얼굴이 더욱 붉어졌다.

"그럼요, 당연히 기억하죠. 그걸 어떻게 잊어버리겠어요?"

"이름이 뭔데요?"

"남편 이름은 콘바비交巴太고 아들 이름은 니마비尼玛太예요. 아들 이름은 남편이 지었어요."

"어떻게 그 이름은 제대로 기억해요?"

"모르겠어요."

"정말 이상한 분이시네요."

엄마 쉬투파엔은 수줍게 웃었다.

중년 남자는 갑자기 뭔가 발견한 듯 엄마 쉬투파엔의 목을 보며 물었다.

“활불께 받은 부적은 어디 갔어요?”

엄마 쉬투파엔은 조금 낙담한 듯 말했다.

“사라졌어. 우리 집 큰 쥐가 먹어치운 게 분명해요.”

“뭐라고요?”

엄마 쉬투파엔은 망설이지 않고 말했다.

“며칠 전에 우리 집 쥐가 내 부적을 목에 걸고 이리저리 뛰어다니는 걸 봤어요. 쥐를 잡으려고 계속 쫓아다녔는데, 아무리 쫓아도 잡지 못하겠더라고요. 근데 오늘 아침에 보니까 쥐가 걸고 있던 부적이 사라졌어요. 먹어치운 게 분명해요.”

중년 남자는 흥흥거리며 괴상한 웃음소리를 내더니 아무런 대꾸도 하지 않았다.

“그 부적 아주 쓸 만했어요. 그걸 목에 걸고 있으면 몇 번이고 남편과 아들 꿈을 꿨거든요. 근데 쥐가 훔쳐간 다음부터는 전혀 꿈을 꾸지 못했어요.”

중년 남자는 계속 흥흥 괴상한 소리를 내며 웃다가 이윽고 웃음소리가 더욱 커졌다.

엄마 쉬투파엔은 돌연 숨을 죽이고 먹구름으로 가득한 하늘을 보며 말했다.

“하늘이 다른 소리 내는 거 들었어요?”

중년 남자는 괴상하게 웃던 것을 멈췄다.

"어떤 소리요?"

엄마 쉬투파엔은 신비로운 말투로 말했다.

"묵직하고 낮은 소리가 구름 사이에서 메아리치고 있어요. 경운기 소리랑 비슷한 거 같아요."

중년 남자는 다시 귀를 하늘에 대고 집중하여 소리를 들었다.

멀지 않은 담장 안에서 날카로운 여자의 목소리가 날아들었다.

"TV 화면에 아무것도 안 나오잖아! 들어와서 고쳐놓고 다시 나가!"

중년 남자는 바로 몸을 일으키더니 히히거리며 웃었다.

"들어가 봐야겠어요."

"내 남편하고 아들 얘기 좀 듣고 가요."

"안 돼요. 이미 여러 번 들었잖아요."

"그럼 이따 다시 쫓겨나면 그때 얘기해줄게요."

중년 남자는 여전히 히히거리며 웃고 있었다.

"아마 다시 쫓겨나진 않을 거예요."

말을 마치고 중년 남자는 아이처럼 깡충깡충 뛰어 담장 옆의 좁고 작은 문 안으로 뛰어 들어가더니 이내 시야에서 사라졌다.

엄마 쉬투파엔은 멍하니 굳게 닫힌 좁고 작은 문을 보며 혼잣말을 웅얼거렸다.

"오늘은 왜 아무도 내 얘기를 들어주지 않지?"

하늘에 거위 털 같은 눈이 일기 시작했다.

허공을 빼곡하게 메운 눈송이가 흩날리기 시작했다. 거위 털보다 큰 눈송이였다.

눈송이가 온 대지를 가득 덮었고 엄마 쉬투파엔은 맨발로 그 위에 서 있었다. 그녀의 얼굴이 더욱 불그스름해졌다.

엄마 쉬투파엔은 고개를 들고 눈송이로 가득한 하늘을 바라봤다.

"결국 못 참았구나. 내가 그럴 줄 알았어."

그리곤 그녀는 또 '히히' 두 번 웃었다.

해설

티베트의 이야기꾼 페마체덴, 그리고 활불, 돌마, 이방인의 유비(allegory)들

임대근(한국외대 교수, 문화콘텐츠비평가)

1

페마체덴을 처음 만난 건 여러 해 전 부산영화제에서였다. 〈오색신검〉(五彩神箭, 2014)이라는 그의 영화가 상영되고 있었다. 티베트의 오랜 전통인 활쏘기 대회를 둘러싼 우정과 사랑 이야기였다. 그는 소년처럼 맑은 얼굴로 나타났다. 내친 김에 그가 감독한 다른 영화들을 보고 싶었다. 마침 홍콩침회대학(Hong Kong Baptist University) 제시카 영(Jessica Yeung) 교수가 감독의 영화를 한국에 소개하는 행사를 만들어 보면 어떻겠냐는 제안을 해 온 터였다.

나는 바삐 움직였다. 작더라도 감독의 전작을 볼 수 있는 영화제를 열어보고 싶었다. 새로운 중국영화에 목말라 있는 우리 관객에게 더 좋을 수 없는 기회가 되리라 생각했다. 영화를 전해 받고, 자막을 만들고, 극장을 빌리고, 홍보물을 제작했다. 그리고 나는 페마체덴을 위한 '선전 · 선동가'가 됐다.

2015년 1월 10일과 11일, 이틀 동안 서울아트시네마에서 "티벳영화: 페마체덴 특별전"이 열렸다. 〈초원〉(단편: 草原, 2005), 〈성스러운 돌〉(단편/장편: 靜靜的嘛呢石, 2005), 〈나팔바지 휘날리던 1983년〉(喇叭褲飄揚在一九八三, 2009), 〈쿤덴을 찾아서〉(尋找智美更登, 2009), 〈올드독〉(老狗, 2011), 〈오색신검〉 등 모두 7편이 관객을 만났다. 여러 제약으로 고작 한 번씩밖에 상영되지 못했지만, 반응은 자못 뜨거웠다. 연인원 300명이 넘는 관객이 그와 그의 영화를 보기 위해 극장을 찾았다.

새로운 중국영화에 대한 관심, 국내에서는 처음 열렸던 티베트 영화에 대한 관심, 티베트라는 역사적 · 문화적 공간에 대한 관심 때문이었을 터다. 영화제 앞뒤로 우리는 많은 이야기를 나눴다. 영화, 중국, 티베트, 중국영화, 페마체덴 개인의 삶이 모두 대화의 주제였다. 그리고 나는 페마체덴을 조금 더 이해할 수 있게 됐다.

2

페마체덴은 1969년 12월에 태어났다. 중국어 이름은 완마차이단(萬瑪才旦). 이 이름은 티베트어의 발음을 비슷하게 빌린 음역일 뿐이다. 중국에서는 모두 그를 '완마차이단'이라고 부르지만, 티베트어에 더 가까운 발음은 페마체덴(Pema Tseden)이다.

1959년 미국의 티베트 연구자 터렐 와일(Turrell V. Wylie) 워싱턴대(University of Washington) 교수가 창안한 '와일 표기법'을 따르면 '패드마체브르탄'(Padmatshebrtan)이 된다. 티베트 문자로는 པད་མ་ཚེ་བརྟན།라고 쓴다.

우리는 두 겹 세 겹의 껍질을 지나서야 페마체텐의 원래 이름과 만나게 된다. 그건 마치 티베트 문화가 존재하는 방식과도 같다. 그 고갱이는 때로 낯선 로마자 알파벳과 같은 껍질에 둘러싸여 있다. 중국어라는 껍질은 티베트 문화를 만나는 길목에서 가장 두껍고 단단한 껍질이다. 노파심에 한 가지만 더 짚고 넘어가자. 티베트 사람들은 성을 따로 쓰지 않는다. 페마체텐은 마치 '페마'라는 성과 '체텐'이라는 이름으로 이뤄진 것 같지만, 그렇지 않다. 페마체텐은 통째로 그의 이름일 뿐이다.

페마체텐은 중국 칭하이성(青海省) 하이난티베트족자치주(海南藏族自治州)에서 태어났다. 남동생과 여동생을 하나씩 둔 맏이였다. 할아버지는 전통 티베트 불교 닝마파(寧瑪吧)의 승려였다. 할아버지는 주로 재가 수행을 했다. 늘 독경을 했고, 다양한 불교의 의례를 잘 이해하고 있었다. 어린 시절 할아버지를 곁에서 본 그의 경험은 고스란히 소설 속에 스며들었다. 문화대혁명의 와중에 태어난 그는 '동란'이 끝나갈 무렵 소학교에 들어갔다. 문혁은 어린 시절 아슴푸레한 기억으로 남아 있다.

대학을 들어가기 전에 이미 소학교 교사로 학생들을 가르쳤다. 티베트어와 중국어, 수학 등 무엇이든 가르쳐야 했다. 그때 경험 역시 소설의 기반이 됐다. 서북민족대학에서는 티베트어문학을 전공했다. 1991년, 대학 1학년 때부터 소설을 쓰기 시작했다. 처녀작 「사람과 개」(人與狗)를 바로 그해 문학잡지 『티베트문학』(西藏文學)에 발표했다. 이야기꾼은 그때 탄생했다. 그는 이야기에 목말라 있었다.

대학을 졸업하고서는 공무원을 지냈다. 노동과 인사 분야의 일이었다. 정말 다양한 노동계약서에 도장을 찍었다. 그러면서 줄곧 소설을 썼다. 1997년에는 단편 「유혹」(誘惑)을 썼다. 그 뒤에도 「눈」(崗, 1999)*, 「거지」(乞丐, 2001), 「초드론과 그녀의 아들 로텐」(切忠和她的兒子羅丹, 2004) 등을 발표했다.

이 작품들은 티베트자치주가 주관하는 여러 문학상들을 휩쓸었다. 이야기꾼으로서 그의 재능은 진작 확인됐다. 이 소설들은 대부분 그의 첫 단편집 『유랑가수의 꿈』(流浪歌手的梦, 2011)에 실려 있다. 이야기에 대한 그의 열망은 티베트에서 내려오는 민담에까지 타올랐다. 『티베트: 다하지 못한 이야기』(西藏: 说不完的故事, 2014)는 중국어로 번역, 출판한 티베트 민담집이다.

그는 자신의 이야기를 영화로 만들겠다는 꿈을 꾸었다. 티베트를 떠나 베이징으로 날아갔다. 영화를 배우려면 아무래도 베이징영화대학에서 수학해야만 했다. 최초의 티베트인 학생으로서 베이징영화대학을 다녔다. 그리고 영화감독이 됐다. 처음으로 연출한 단편 〈성스러운 돌〉은 대학생영화제 제4회 단편 세션, 극영화 부문에서 우수상을 수상했다. 다큐멘터리에도 도전했다. 〈마

---

* 이 소설의 원제 '崗'은 티베트어로 '눈'(雪)이라는 말의 발음을 한자로 적은 것이다.

지막 날씨 주술사〉(最后的防雹师, 2004), 〈삼예사〉(桑耶寺, 2007), 〈카토크대법회〉(嘎陀大法會, 2007), 〈바옌카라의 눈〉(巴颜喀拉的雪, 2008) 등을 잇달아 찍었다. 이야기를 펼치는데 장르나 미디어는 중요하지 않았다. 〈천년 보살의 길〉(千年菩提路, 2010)은 다큐멘터리 방식으로 중국 불교의 역사를 알리는 텔레비전 기획물이었다. 연작 중에서 티베트 불교 부분을 연출했다.

페마체덴에게 영화와 소설은 그저 이야기의 다른 도구일 뿐이었다. 그는 영화를 찍으면서도 줄곧 소설을 썼다. 아니, 소설을 써야 영화를 찍을 수 있었다. 그의 영화는 대부분 자신이 쓴 소설에서 연유한 이야기들이다. 최근작 〈타를로〉(塔洛, 2015)를 찍은 뒤에는 동명의 소설 제목을 표제로 하는 단편집을 출판(2016)하기도 했다. 이미 발표했던 단편 「타를로」를 중심으로 새로 엮은 소설집이다. 올해에는 『부딪혀 죽은 양 한 마리』(撞死了一只羊, 2018)라는 단편집을 새로 냈다. 소설이 나왔다는 건 머지않아 그의 새 영화가 나온다는 뜻이기도 하다. 그러므로 페마체덴을 이해하기 위해서는 소설과 영화를 함께 읽고 보아야 한다. 그의 소설을 우리말로 옮겨야겠다는 기획도 바로 그때 시작됐다.

3

그리고 여기 『마니석, 고요한 울림』(嘛呢石, 静静地敲, 2014)이 있다. 그의 두 번째 단편집이다. 모두 10편의 소설이 실려 있다.

이야기는 티베트의 한가한 마을에서 일어난다. 거기엔 티베트 사람들의 삶이 있다. 부모가 있고, 친구가 있고, 사랑이 있고, 라마가 있고, 양치기가 있다. 그 삶은 막연한 초월이 아니다. 성스러운 삶도 아니다. 만남이 있고, 떠남이 있고, 스침이 있고, 아쉬움이 있다. 거기에도 여느 곳처럼 사람들의 삶이 있다.

「아홉 번째 남자」는 티베트 사람들의 온갖 형상을 잘 보여준다. 용우파엔은 자신의 아홉 번째 남자에게 그동안 만났던 여덟 남자에 관한 이야기를 들려준다. 환속한 승려, 여자에게 버림받은 남자, 산호 장사꾼, 트럭 기사, 잘생긴 남자, 양치기 소년, 마을 싸움꾼, 외동아들이 그들이다. 아홉 번째 남자는 소학교 선생님이다. 이들은 그 호칭만으로는 그럴듯한 인물들이지만, 모두 무언가 결핍을 안고 살아간다.

승려는 용우파엔을 만나 사랑을 나누고 파계를 한다. 여자에게 버림받은 남자는 보상 심리로 용우파엔에게 접근하지만, 옛 여자가 다시 찾아오자 떠나버린다. 산호 장사꾼은 산호를 좋아하는 용우파엔의 마음을 이용해 그녀를 얻는다. 트럭 기사는 용우파엔에게 어디론가 떠나자고 말한다. 잘생긴 남자는 용우파엔의 산호 목걸이를 훔쳐 간다. 양치기 소년은 고아였는데 용우파엔에 대한 성욕이 끓어 넘쳤다. 마을 싸움꾼은 겉보기엔 강한 남자여서 양치기 소년에게서 용우파엔을 구해주지만, 밤에는 무능했다. 용우파엔은 외동아들과 사이에서 아들을 낳았지만, 곧 죽고 만다. 용우파엔은 소학교 선생님에게 여덟 남자 이야기를 들려준다. 평소엔 아무렇지도 않은 듯 대범한 척하는 소학교 선생님은 술에 취하기만 하면 이전 남자들과의 경험을 묻는다. 용우파엔은 결국 아홉 번째 남자를 떠난다.

이야기는 티베트에서 일어났지만, 사실은 우리 모두의 삶에 관해 말한다. 용우파엔이 만난 남자들은 우리의 삶을 적나라하게 보여주는 유비(allegory)다. 인생은 종교, 사랑, 재물, 타향, 외모, 섹스, 권력, 자식, 지식을 추구한다. 인생은 용우파엔처럼 이들에게 서슴없이 자신의 몸을 내어준다. 인생이 그렇게 이들을 좇을 때, 이들은 우리를 속인다. 그리고 뒤도 돌아보지 않고 우리를 떠나간다.

> 용우파엔이 자신의 첫 번째 남자 이야기를 하나도 숨김없이 아홉 번째 남자에게 말하자, 아홉 번째 남자는 미소를 지으며 말했다. "그게 바로 남녀가 서로 끌리는 이유야. 아무리 막으려고 해도 막을 수 없는 거지. 나도 그래서 너를 만나게 된 거고." (「아홉 번째 남자」)

아홉 번째 남자의 말처럼 인생은 자신이 추구하는 욕망에 자연스럽게 끌린다. 그 욕망은 "아무리 막으려고 해도 막을 수 없"다. 그러나 욕망의 충족은 곧 이별이며 배신이자 파국이다. 인생이 욕망에서 스스로 벗어날 때, "길게 땋은 머리카락 두 벌 가지런히" 남기고 그들을 떠나갈 때, 비로소 자유를 얻게 된다. 페마체덴의 소설은 이렇게 온 삶과 세상의 유비들로 가득 차 있다.

「낯선 사람」은 또 다른 유비를 보여준다. 어느 날 홀연히 마을에 나타난 이방인은 '돌마'를 찾는다. 그는 자신이 생각한 '돌마'

를 찾고 싶어 한다. 마을에 사는 돌마들이 하나씩 나타난다. 그는 돌마가 나타날 때마다 100위안씩을 준다. 그러나 결국 그가 원하는 돌마는 나타나지 않고 그는 다시 홀연히 떠난다.

> 그 후 몇 명의 돌마가 더 찾아왔다. 뚱뚱한 돌마, 홀쭉한 돌마, 키 큰 돌마, 키 작은 돌마, 늙은 돌마, 어린 돌마, 예쁜 돌마, 못생긴 돌마…… 모든 종류의 사람이 다 있었다. (「낯선 사람」)

소설에는 모두 21명의 돌마가 등장한다. 그러나 그가 원하는 돌마는 나타나지 않는다. 소설은 마치 영화의 미스터리 장르처럼 이야기를 풀어나간다. 정체를 알 수 없는 이방인, 까닭을 알 수 없는 돌마 찾기, 온통 한 가지 문제에 매몰되는 마을 사람들, 그리고 문득 사라져 버리는 이방인. 페마체덴은 독자에게 구체적인 정보를 주지 않는다. 맥락(context) 없는 이야기만 제시된다. 페마체덴의 이야기는 무맥락주의(non-contextualism)에 가깝다. 이야기는 자신의 기원과 결과를 명시적으로 제시하지 않는다. 이야기는 마치 우리 삶의 어느 한 부분을 무심코 떼어내 보여주는 것처럼 펼쳐진다.

이건 전통적인 소설 기법이 아니다. 익히 알고 있는 소설에선, 인물이 등장하고, 갈등이 발생하고, 갈등이 고조되고, 다시 그것이 해소되는 일련의 과정을 거친다. 갈등은 인물과 인물 사이에 위치하기도 하고, 인물 내면에 위치하기도 하지만, 어떻든 이야기는 어떤 시간과 공간 속에 몰입되는 게 보통이다.

페마체덴의 소설은 인물이 앞선다. 사건과 갈등은 내면에서 일어난다. 손에 땀을 쥐는 흥미진진한 소설이 아니다. 우리는 그의 소설을 읽으며 "그 다음은 어떻게 됐을까?" 하고 묻지 않는다. 오히려 소설의 어느 행과 행 사이에 멈춰서 잠시 사색에 잠긴다. 내면적 사건의 발생 때문에 그 인물에 주목하게 된다. 그리고는 "돌마는 과연 누굴까?" 하고 묻게 된다.

표제작 「마니석, 고요한 울림」은 어디선가 들려오는 마니석 두드리는 소리에 르싸네가 귀를 기울이는 사건으로 시작한다. 문득 바깥에서 벌어지는 사건을 동기로 이야기가 흘러가는 듯하다. 이야기는 이내 돌아가신 아버지와 어머니, 조각공을 꿈속으로 불러낸다. 죽은 조각공이 어머니와 아버지를 위해 마니석에 육자진언을 새기는 행위를 통해, 아들 르싸네는 부모의 죽음에 대한 의례를 치른다. 그는 취한 상태, 꿈꾸는 상태에서 만나는 소리와 사람들을 통해 의례를 완성한다. 그 소리는 결국 아버지와 어머니의 극락왕생을 기원하는 르싸네 자신이 꾸며낸 마음의 염원인 셈이다. 내면의 사건을 판타지로 솜씨 좋게 풀어낸 이야기다.

「붉은 천」은 티베트 소학교 꼬마 아이들의 일상을 그린다. 학교와 마을에서 벌어지는 또래 집단의 놀이와 사귐이 소박한 필치로 이어진다. 특별한 사건이랄 것도, 갈등이랄 것도 없는 그저 그런 아이들의 그저 그런 놀이를 따라간다. 가장 순박한 삶에 대한 동경과도 같은 이야기가 펼쳐진다. 거기엔 아직 어른들의 세계를 맛보지 않은, 티베트 바깥의 세계를 겪어보지 않은 삶이 있다. 라디오를 인공위성으로 믿고 있는 소년들의 삶을 읽다 보면, 아등바등 대립과 갈등을 내세우는 어른의 세계가, 티베트 바깥의 세계가 부끄러워진다. 페마체덴은 그렇게 우리가 처한 사건과 갈등의 크기가 소년들의 세계에서는 도저히 상상할 수 없는 정도임을 보여준다. 소년들의 세계 속 갈등은 고작 티격태격하는 정도에 지나지 않기 때문이다.

페마체덴의 이야기는 마무리를 통해 어떤 암시를 주곤 한다. "돌마는 과연 누굴까?" 하는 물음에 대한 답은 마지막에 제시된다. 티베트의 대표적인 여자 보살 이름이기도 한 돌마는 세상천지 어느 곳에나 있다. 낯선 이방인이 떠나고, 매점 판매원 돌마가 떠나 버린 곳에서 새로운 생명이 태어난다. 그 아이의 이름도 여지없이 돌마다. 그토록 찾기를 원하는 욕망의 끝인 돌마는 우리 삶의 처처에 자리하고 있다. 티베트의 세계를 이해하지 못한 이방인은 결국 자신의 돌마를 찾지 못하고 홀연히 떠나가지만, 거기엔 벌써 스물한 명의 돌마가 있었다. "모든 종류"의 돌마였다. 세상을 이해 못하는 우리는 "모든 종류"의 추구가 바로 우리 옆에 있음에도 불구하고, 그걸 알아채지 못하고 새로운 추구를 향해 나아간다. 우리는 세계도 돌마도 얻지 못하는 어리석은 중생으로 살아가게 된다. 페마체덴의 소설은 그렇게 우리의 삶을 유비한다.

4

페마체덴 단편집에는 수많은 형상이 등장한다. 그러나 이들을 대표하는 인물은 셋으로 모아볼 수 있다. 바로 활불, 돌마, 이방인이다.

'활불'은 「마니석, 고요한 울림」, 「우겐의 치아」, 「기억 속 두 사람」에 등장한다. 활불은 티베트의 전통을 대표한다. 티베트의 고유한 역사와 문화의 정점에 활불이 있다. 그러나 활불은 고상한 체하는 존재가 아니다. 활불은 언제나 티베트 사람들 곁에서 그들이 맞닥뜨린 문제를 함께 고민하고 걱정하는 인자한 존재다.

「마니석, 고요한 울림」에서 '활불'은 "자식도 친척도 없"이 돌아가신 조각공 노인을 위해 "직접 오셔서" 경을 읊어주기도 하며, 르싸네와 테엔젠이 술고래라는 사실도 "미소를 지으며" 받아들이고, 그들이 주워 온 마니석을 보고 "신기하다는 듯" 질문을 던지기도 하고 "눈이 휘둥그레"지기도 하며 "조각공 노인을 위해 했던" 자신의 제도가 "큰 효과가 없었나"보다며 자책하기도 하며, "육자진언이 새겨진 마니석"을 보고 "너무 기뻐 입을 다물지 못"하기도 한다. 활불은 그렇게 티베트 사람들과 아무런 거리낌 없이 희로애락을 같이하며 소통하는 존재다.

「우겐의 치아」에서 활불은 심지어 저 멀리 있는 초월적 존재가 아니라 "내 소학교 친구"이기도 하다. 활불은 '나'를 절로 불러 스스럼없이 소학교 시절 수학을 잘하지 못했던 옛 추억을 나누기도 한다. 그러나 티베트 사람들이 마냥 활불을 편하게 대하는 것만은 아니다.

> 우겐이 활불로 인정을 받은 후, 마을에는 우겐의 출생에 관한 여러 가지 기이한 이야기가 전해졌다. 뭐 겨울에 과일나무에서 꽃이 폈다거나, 무슨 맑은 날 갑자기 천둥이 쳤다거나, 만 리가 보일 만큼 청명한 하늘에 무지개가 떴다는 둥 과학으로 설명할 수 없는 수많은 기묘한 현상들이었다. 이런 말을 전부 믿는 것은 아니지만, 완전히 못 믿는 것도 아니다. 나와 우겐은 특별한 사이였기 때문에 후에 일부 사람들이 어린 시절 우겐에게 남다른 점이 없었는지 나에게 물어 왔다. 수학 시험을 볼 때마다 과락한 것을 빼고는 내 기억 속의 우겐은 다른 사람과 별반 다르지 않았다. (「우겐의 치아」)

'나'는 우겐, 그러니까 활불의 소학교 친구이면서도 "나도 모르는 사이 자연스럽게 경외감 같은 게 생긴"다. 수학을 잘 하지 못했던, 너무나도 인간적인 활불은 문득 '원적'을 하고 만다. 사원의 스님들은 우겐을 위해 불탑을 세우고 거기에 치아를 모시기 위해 어린 시절 우겐이 살았던 집 지붕 위로 던져진 유치를 찾아온다. 그렇게 모은 치아는 58개였다. 이야기는 우겐의 친구였던 '나' 또한 어린 시절 우겐의 집에서 유치를 뺀 뒤 그 지붕 위로 던졌다는 사실을 일러준다. 그러니 우겐과 활불, 그리고 '나'는 의도했든 그렇지 않든 합일이 된 셈이다. 사람들이 아무리 지나친 의례와 경외심으로 활불을 모신다 해도, 활불은 그렇게 '나'가 되고, '나'는 그렇게 활불이 된다.

「기억 속 두 사람」에서는 더 나아가 활불은 세상의 문제를 전혀 해결하지 못하는 형상으로 그려지기도 한다. '엄마 쉬투파엔'은 반미치광이처럼 살아간다. 마을 사람들은 그녀를 활불 앞으로 데려간다.

> 활불은 엄마 쉬투파엔의 모습을 가만히 보더니 눈을 감고 소리내 불경을 읊었다.
> "전쟁에 지은 업보 때문에 이렇게 된 거지요. 누구도 고칠 수 없을 것입니다."
> 기대에 부풀었던 노인들의 얼굴에 일순간 어둠이 짙게 내려앉았다.
> 엄마 쉬투파엔이 활불을 보며 말했다.
> "누구시더라? 어디서 본 거 같은데."
> 노인과 청년들이 엄마 쉬투파엔의 머리를 눌러 활불께 고두를 시키려 했다. 이 모습을 본 활불은 되레 손을 흔들어 엄마 쉬투파엔을 놓아주라고 표시했다.
> 엄마 쉬투파엔은 풀려나자 금세 조용해졌다.
> 활불은 불단에서 호신부를 하나 꺼내 옆에 있는 연로한 노인에게 건넸다.
> "돌아가서 이걸 목에 걸어주세요. 아마 조금 도움이 될 겁니다."
> 그날 이후 사람들은 엄마 쉬투파엔의 목에 붉은 호신부가 걸려

있는 모습을 볼 수 있었다. 계절이 아무리 변해도 그녀의 목에는 항상 호신부가 걸려 있었다. (「기억 속 두 사람」)

'엄마 쉬투파엔'은 우연히 만난 '중년 남자'와 자신의 옛 추억을 나누며 매우 일상적이며 정상적인 대화를 나눈다. 활불이 내린 호신부를 아마도 "큰 쥐가 먹어치운 게 분명"하다는 그녀의 말은, 활불의 권위를 통째로 부정하는 선언이 된다. 활불은 이렇게 티베트의 전통이자 역사이고 문화이지만, 그의 단편집에서 세 단계에 걸쳐 무력화된다. 친근하고 인자하게 문제를 해결해 주는 활불, 친구이지만 결국 원적하고 마는 활불, 문제의 핵심을 꿰뚫지 못한 채 독경과 부적에 의존하는 활불이 그렇다. 그 과정에서 티베트 사람들은 전승되어 온 경외와 의례만으로 활불을 대한다. 으레 고두를 해야 하고, 으레 탑을 세워야 하고, 으레 치아를 모셔야 한다. 활불이 의례로 남을 때, 티베트 문화는 흔들린다.

'돌마'는 「낯선 사람」, 「오후」, 「죽음의 색」에 등장한다. 「낯선 사람」의 돌마는 앞서 말한 바와 같이 삶의 처처에 자리하고 있는, 그러나 우리가 알아채지 못하고 있는 우리의 욕망을 대표한다.

「오후」에서 돌마는 안예의 여자 친구다. 돌마는 누구든 이루고 싶어 하는 삶의 목표다. 안예는 돌마를 만나러 밤마다 그녀의 집을 찾는다. 창에 돌을 던져 신호를 보내면 돌마가 창문을 열어준다. 때로는 돌마가 그저 잠들어 버리기 때문에 사다리를 챙겨 가기도 한다. 그런 모습을 안예의 친구 자브가 보고 "멍청한 자식"이라며 놀린다. 둘은 치고 박고 싸운다. 자브는 목표를 성취하러 가는 길, 뜻밖에 만나는 장애물이다. 안예는 도중에 다시 과부 저우바연을 만난다. 과부는 저돌적으로 안예에게 들이댄다. "내 건 전부 네 거나 다름없어. 너만 원한다면 지금 당장 내 전부를 줄게"라고 고백한다. 돌마의 집까지 가려면 반드시 지나야만 하는 동파 아저씨 집 앞에서는 사위가 돼 달라는 요청이 들어온다. 결정적으로 "동파 아저씨의 딸도 돌마다." 그렇게 온갖 유혹과 장애를 뒤로하고 도착한 돌마의 집에서 그는 돌마와 자신의 결혼을 상의하고 있는 집안사람들을 만난다. 안예는 문득 겸연쩍어진다. 우리 삶에서 때로는 친구, 성욕, 심지어 그럴듯하게 제안되는 유사한 목표까지 모두 유혹과 장애가 된다. 이들을 헤치고 나가야 '진짜 돌마'를 얻을 수 있게 된다.

「죽음의 색」에서 돌마는 니마의 여자 친구다. "대단한 미인"이었기에 "남자 녀석들이 넋을 잃고 그녀를 쳐다보기 일쑤였"다. 이 이야기에서 돌마가 니마를 흠뻑 좋아한다. 니마는 쌍둥이이다. 니마는 꽤 우수한 인재이지만, 동생 다와는 "자기 콧물 하나도 제대로 못 닦"는 바보다. 니마는 그런 동생을 잘 "아끼고 사랑"하며 돌봐준다. 그러나 그건 돌마가 있을 때뿐이다. 돌마가 사라지면 동생이 빨리 죽어버리면 좋겠다고 말할 정도다. 그런 니마를 보는 '나'는 불편하다. 그런데 결국 다와는 트럭에 치여 죽고 만다. 니마는 다와가 죽던 날 '죽음의 색'을 보았다고 '나'에게 고백한다. 돌마는 다와가 죽고 나자 니마를 상대조차 하지 않는다.

상황을 파악하고자 찾아간 '나'에게 돌마는 "나한테 장가 와라"고 말한다. 돌마는 니마가 다와의 환생을 위해 자신과 관계를 맺으려는 모습에 실망하고 니마가 가장 사랑했던 사람은 자신이 아니라 다와임을 깨달았다고 고백한다. '나'는 니마의 진심을 돌마에게 전하고, 돌마는 그를 받아들인다.

돌마는 이 이야기에서도 인생의 욕망으로 대표된다. 제발 우리의 삶에서 떨어져나갔으면 하고 바라마지 않는 귀찮은 존재들의 유비로서 다와가 있다면, 우리의 삶에 하루 속히 들어왔으면 하고 바라마지 않는 욕망의 존재들의 유비로서 돌마가 있다. 다와는 지금 여기 함께 있지만 귀찮은 존재다. 돌마는 우리 주변을 맴돌지만 선뜻 가질 수 없는 것이다. 우리는 다와가 사라지면 돌마를 얻을 수 있다고 믿는다. 돌마를 얻지 못하는 까닭이 온전히 다와에게 있다고 판단한다. 그러나 체면 때문에 그런 속내를 아무렇지 않게 드러내지는 못한다. 정작 다와가 사라진다 해도 돌마는 우리 곁을 떠나기 일쑤다. 다와가 소중한 존재였다는 사실은 그가 떠나고 나서 알게 되기 때문이다.

우리 삶에서 다와와 돌마는 양립할 수 없는 존재이면서, 어느 하나가 다른 하나를 대체할 수도 없는 존재임이 분명하다. 돌마를 얻는 선결 조건이 다와의 사라짐이라고 생각하지만, 다와가 사라지더라도 돌마는 내게 오지 않는다. 잡힐 듯 잡히지 않는 욕망이란 내게 붙어 있는 귀찮은 존재가 사라진다고 해서 성취되는 게 아니다. 어쩔 수 없이 나와 함께하고 있는 그 존재, 그리고 내가 성취하고 싶은 욕망 그 자체를 인정할 때, 우리는 불안

하지만 둘이 함께 공존할 수 있는 길을 모색하게 된다. 그러나 어리석은 인생은 '죽음의 색'을 보고 나야만 그런 진리를 깨닫게 된다.

이방인은 '낯선 사람'의 형상으로 등장한다. 「낯선 사람」의 '낯선 사람'은 티베트 마을에 문득 나타나 마을을 온통 휘젓고 사라지는 사람이다. 이방인은 티베트 마을 밖, 그러니까 대도시 또는 소도시에서 들어온다. 「아홉 번째 남자」에서 용우파엔이 만난 트럭 기사, 잘생긴 남자 등은 모두 도시에서 왔다. 때로 티베트 사람들은 '도시'로 나가기도 하고 돌아오기도 한다. 「오후」에서 돌마의 오빠는 "도시에서 돌아온"다.

「타를로」에서 타를로는 신분증을 만들러 도시에 나갔다가 다양한 낯선 사람들을 만나면서 난생 첫 경험과 마주한다. 양치기인 그는 미용실에서 머리를 감기도 하고, 예술가로 오인되기도 하고, 파출소에 들어가기도 한다. 사실 그의 '전공'은 양치기다. 양치기에 있어서 그만큼 전문가는 없다.

"저는 소학교만 다니고 더는 안 다녔어요. 부모님이 일찍 돌아가시고 친척들도 저를 도와줄 형편이 아니었거든요. 친척들이 '기억력이 좋으니 마을 몇 집 양을 도맡아서 방목하는 게 어떻겠나?'라고 했어요. 양 한 마리, 한 마리 색깔과 생김새를 잘 기억하면 입에 풀칠은 할 수 있을 거라고요. 다른 수가 없어서 산에 가서 양을 방목하기 시작했어요. 처음 일을 시작했을 때는 양이 136마리였는데, 두 번째 해에는 16마리가 늘어났고, 세 번째 해에는 47마리가 늘어났어요. 네 번째 해에는 11마리밖에 안 늘었지만요. 그 해에 폭설이 심해서 새끼 양이 많이 죽었거든요. 에이, 어쨌든 매년 꾸준히 늘고 있지 단 한 번도 줄어들지 않았어요. 지금은 총 375마리가 있는데, 그중에 209마리는 흰 양이고 71마리는 검은 양이고 95마리는 얼룩 양이에요. 134마리는 뿔이 있고 241마리는 뿔이 없어요." (「타를로」)

신분증을 만드는 행위는 티베트의 전통과는 상관없는 일이다. 그건 중국의 행정구역 안에 사는 '인민'으로서 자신의 정체성을 위치시키는 일이다. 타를로가 티베트 바깥에서 낯선 사람들을 만나게 되는 건 자신의 정체성을 중국이라는 공식적인 둘레 안으로 전치(displacement)하는 과정이다. 그는 행정력이 요구하는 대로 머리를 잘랐다가, 땋았다가 한다. 그리고 "인민을 위해 복무하라"는 마오쩌둥의 어록을 외움으로써 '중국인'으로서 자기 정체성을 확고히 한다.

"자네, 〈인민을 위해 봉사하다〉 한번 읊어보게. 우리 경찰들 시야 좀 넓혀줘."

타를로는 경찰들의 표정을 보면서 군소리 하지 않고 거침없이 암송하기 시작했다.

"인민을 위해 봉사한다. 1944년 9월 8일, 마오쩌둥. 우리 공산당과 공산당이 이끄는 팔로군, 신사군은 혁명 대오입니다. 우리 혁명 대오는 오로지 인민의 해방을 위해, 철저히 인민의 이익을 위해 일해야 합니다. 장쓰더 동지는 우리 혁명 대오 중 한 명이었습니다. 사람은 언젠가 죽기 마련입니다. 그러나 죽음의 의미는 모든 사람에게 같지 않습니다. 중국 고대 문학가인 사마천은 '인간은 언젠가 죽는다. 죽음은 태산보다 무거울 수도 있고 깃털보다 가벼울 수도 있다'고 말했습니다. 인민의 이익을 위해 봉사하다 맞는 죽음은 태산보다 훨씬 무겁고, 파시스트를 위해 일하거나 인민을 착취하거나 핍박하다 맞는 죽음은 깃털보다 훨씬 가볍습니다. 장쓰더 동지는 인민의 이익을 위해 봉사하다 숨졌으므로 그의 죽음은 태산보다 무거울 수밖에 없습니다." (「타를로」)

티베트 사람으로서 타를로는 낯선 사람들과의 만남 속에서 불통의 경험을 반복한다. 그의 정체성은 흔들리고, 티베트의 전통은 마치 그의 꽁지머리처럼 잘려나간다. 중국이라는 행정구역의 지도가 그의 삶으로 다가올 때, 그는 혼란을 경험한다. 중국식 교육에 어쩔 수 없이 함몰돼 있는 그이지만, 그의 내면에서 우러나는 지식과 경험은 마오쩌둥 어록이 아니라 '양치기 방법론'이다. 티베트가 맞닥뜨린 정체성의 위기가 그렇게 그려진다.

'낯선 사람'은 때로 "푸른 눈의 외국인"으로 등장하기도 한다. 「여덟 마리 양」 역시 양치기 소년 익바로를 그린다. 익바로에게 문득 찾아온 외국인은 충격으로 다가온다. 익바로는 "지금까지 한 번도 외국인을 직접 본 적이 없"기 때문이다. 익바로와 외국인은 더듬더듬 티베트어와 중국어, 영어를 오가면서 소통을 시도한다. 외국인은 "티베트 문화를 잘 알고 싶어서 혼자" 찾아온 사람이다. 그러나 익바로의 관심은 온통 양뿐이다.

익바로는 외국인을 쳐다보며 말했다.
"우리 집 양이 곧 백 마리가 돼요. 하지만 어젯밤에 늑대가 철책을 망가뜨리고 넘어와서 여덟 마리를 물어 죽였어요."
외국인은 울먹이며 말하는 익바로의 모습에 놀란 것 같았다.
익바로는 계속 울먹이며 말을 이었다.
"양 백 마리를 채우는 게 나와 엄마의 올해 소망이었어요. 근데 어젯밤에 흉악한 늑대가 우리 집 양을 여덟 마리나 물어 죽였어요."
(「여덟 마리 양」)

익바로는 중년 남성에게 외국인을 조심해야 한다는 훈계를 듣는다. 외국인은 이런저런 얘기를 나누다가 돌아가 버린다. 그에게 찾아온 충격은 그렇게 마무리된다. 익바로에게 그건 "깊은 두려움"이었다.

익바로는 멍하니 외국인이 떠난 쪽을 바라보고 있었다. 그의 신발 소리가 완전히 사라지자 갑자기 고개를 냅다 들어 머리 위에 있는 태양을 바라봤다. 여전히 수직으로 내리쬐는 한낮의 햇살에 눈이 따가웠다. 하지만 억지로 참으며 피하지 않았다. 갑자기 눈앞이 새하얗게 변하더니 아무것도 보이지 않았다. 깊은 두려움이 몰려들었다. (「여덟 마리 양」)

티베트 공간에 들고 나는 '낯선 사람'이란 존재는 티베트 바깥의 모든 이들로 상징된다. 그들은 한족 중국인, 티베트를 행정구역화한 공무원, 푸른 눈의 이방인 등이다. 티베트 사람들은 이들을 처음으로 경험하며 놀라고 두려워한다. 그러나 티베트 바깥 사람들은 티베트 사람들을 아무렇지도 않게 오히려 무언가 신비에 둘러싸여 있는 인물들로 이해한다. 그런 의미에서 페마체덴의 단편집은 티베트에 대한 이해의 현실적 반영이다.

페마체덴은 이처럼 활불과 돌마, 이방인이라는 상징과 표상을 통해 티베트 사람들의 삶과 문화, 그리고 티베트 안과 밖에서 서로를 바라보는 교차하는 시선을 그려내고 있다.

5

페마체덴의 소설을 말하면서 어쩌면 마술적 사실주의(magic realism)이라는 용어를 꺼내 들지 않을 수 없을지도 모르겠다. 현실에서 이해하기 힘든 일들, 현실의 법칙으로 설명하기 어려운 인과를 그려내기 때문이다. 그의 소설에서 티베트라는 공간은 현실이기도 하면서 판타지이기도 하다. 말 그대로 현실과 판타지를 적절하게 버무림으로써 전통 소설의 한계를 뛰어넘어 보려 하기 때문이다.

마술적 사실주의 문학이 20세기 후반 라틴아메리카를 휩쓸었던 걸 생각하면, 지구 반대편의 티베트에서도 그런 기법과 세계관이 통용되지 못하란 법은 없다. 생소한 주인공들, 충분히 설명

되지 않는 형상들, 문득 등장했다가 사라져버리는 인물들, 신비하고 비정상적인 듯하면서도 지극히 정상적인 캐릭터들, 그런 과정을 묵묵히 지켜보는 일인칭으로서 '나'라는 존재들, 사건이 일어난 까닭과 결과가 없는 이야기들, 꿈과 현실이 뒤섞이고, 이야기와 현실이 중첩되며, 근대적 인과율을 벗어나는 사건 전개들, 무언가 암시와 상징으로 가득 찬 선적(禪的) 분위기의 서사들. 이런 요소는 페마체덴의 소설을 마술적 사실주의라고 말할 수 있는 근거가 된다.

우리 독자에게 티베트 소설이 소개된 게 처음은 아니지만, 이렇게 두고두고 곱씹을 만한 작품이 풍성하게 차려진 건 틀림없이 처음이다. 티베트는 신비한 땅이기도 하지만, 그들의 문화와 정체성은 위기에 놓여 있으면서, 동시에 대안적(alternative)인 것으로 인식되기도 한다. 두 겹 세 겹 껍질을 벗기고 들어가야만 하는 그 길목에서 우리는 이제 겨우 한 겹 껍질만을 벗겨냈을 뿐이다. 옮긴이는 어려운 상황에서도 노력을 다하기 위해 등장인물의 이름을 그저 중국어 식으로 음역 표기하지 않고 가능한 티베트식으로 읽고 쓰기 위해 노력했다. 페마체덴의 이야기를 우리에게 정성껏 전해 주고자 한 옮긴이에게 찬사를 보낸다. 오랜만에 풍부한 상징성과 문학성으로 우리에게 인간 삶의 보편적 고민과 문제들, 티베트라는 특수한 문화와 그 곳에서 살아가는 사람들의 이야기를 접할 수 있는 기회가 주어져 즐겁기 그지없다.